日本汉学家
『近世』中国研究丛书

朱刚 李贵 主编

西游记研究

[日] 太田辰夫 著

王言 译

复旦大学出版社

本书由上海文化发展基金会图书出版专项基金资助出版

前　言

中国小说杰作甚多,但像《西游记》那样广受读者喜爱,恐也绝无仅有。除了"精彩"二字,我们无法形容这部小说。

如果在小说史上区分中世和近代,那么中世小说的首要特征,就在于其著作权之不明确。这是因为,许多小说来自说话、讲故事那样的口头传承之文艺,而《西游记》亦不例外。虽然现在勉强把明代的吴承恩看作《西游记》的作者,但把他视为近代意义上的"作者"即著作权者,恐怕是错误的。

如此远离实际的一部幻想小说,怎样产生,怎样成长,怎样发展为呈现于我们眼前的这种姿态,对此,笔者长年累月地抱着疑问,因而也是我研究的中心课题。

笔者于昭和三十四年(1959)发表《〈朴通事谚解〉所引〈西游记〉考》,次年出版了清代本《西游记》和《大唐三藏取经诗话》的全译本(前者与鸟居久靖共译)。此后写作的有关论文、解说,大大小小合计二十余篇。本书就从这些论文中选出主要的部分,大致按时代顺序排列,意图在于搞清《西游记》的发展成熟过程。旧稿中的错误和不统一之处,在编书的时候尽可能地作了订正和统一,也稍加必要的删削和增补,再添入三篇新稿,使全书显得较易理解。所收的旧稿,在各篇之末附记了发表的杂志名称和日期,但内容上并不完全同于旧稿。

这部小说完成于明代,此后不但看不到新的发展,其故事容量反而趋于缩小。为了节省篇幅,本书的记述也到明代为止,只在第十五章的第六部分略及清代。

为了方便一般读者,本书的引文之类,都附记了人民文学出版社 1980 年排印本的页码。

在数量的表示上,本书并用汉字和阿拉伯数字。一般情况下用汉字,例外的情况用阿拉伯数字,如"注 5""第 88 话""第 10 则"等,这表示笔者自己数出来的第五个注、第八十八话和第十则(小说中的章节),并非原本中有这样的标记。如果写作"卷五",则是原本如此标记的。

另外,本书排版之时,山本敬太郎审阅了校样,并给予诸多指教,涉及文献学方面的知识,以及从一般读者的立场容易关注的问题,对笔者订正词句、补充记述起到帮助作用,特此致谢。

昭和五十九年(1984)六月,太田辰夫。

目　　录

［一］

西游故事的发生

　　《西游记》是以玄奘三藏（596？～664）到印度求取佛典，经过许多危难而归国的史实为骨干的，这一点已无须赘述。玄奘的传记，有下列三种基本资料：

　　　　《大唐故三藏玄奘法师行状》一卷（唐·冥祥撰）
　　　　《大唐大慈恩寺三藏法师传》十卷（唐·慧立本、彦悰笺，以下简称《慈恩传》）
　　　　《续高僧传》卷四（唐·道宣撰）

其中《慈恩传》特别详细。另外，玄奘自撰的《大唐西域记》十二卷，虽是印度等诸国的地方志，却也按其旅行见闻的顺序记录，故应一并参考。

　　不过，《西游记》虽以上述诸书所载史实为骨干，实际上百分之九十九的内容出于虚构，其与史实间的差异之大不得不令人惊异。玄奘去往印度途中所受的苦难非同寻常，而以上所列举的基本资料中可见的，不过是险阻的山河、酷烈的气候、旅人眼中所见的飘忽的磷火和海市蜃楼之类的自然现象，以及奇形怪状的异教徒、盗贼等，小说中接二连三出现的妖怪等在这些资料中并没有现身。但是尽管如此，其中还是存在这些传说性要素：

　　　　……从是已去，即莫贺延碛。长

玄奘

3

八百余里，古日沙河。上无飞鸟，下无走兽，复无水草。是
时顾影唯一。但念观音菩萨及《般若心经》。——初，法师
在蜀，见一病人，身疮臭秽，衣服破污。愍将向寺施与衣服
饮食之直。病者惭愧，乃授法师此经，因常诵习。至沙河
间，逢诸恶鬼，奇状异类，绕人前后，虽念观音，不能令去。及
诵此经，发声皆散。在危获济，实所凭焉。（《慈恩传》卷一）

此处已经可以见到后世的《般若心经》（以下简称为《心经》）传
说的原型。除此之外，《慈恩传》中还有不少令我们联想到《西
游记》的部分。

丽藏本《慈恩传》的彦悰序，附记了垂拱四年（688）三月十
五日这个日期。由此可知，在玄奘示寂后二十余年，玄奘取经
的史实就已经被传说化。

丽藏本《慈恩传》

北宋太平兴国二年(977)编纂成的《太平广记》卷九十二"玄奘"条有如下引用:

> 沙门玄奘俗姓陈,偃师县人也。幼聪慧,有操行。唐武德初,往西域取经。行至罽宾国,道险,虎豹不可过。奘不知为计,乃锁房而坐。至夕开门,见一老僧,颜面疮痍,身体脓血,床上独坐,莫知来由。奘乃礼拜勤求,僧口授《多心经》一卷,令奘诵之,遂得山川平易,道路开辟,虎豹藏形,魔鬼潜迹。遂至佛国,取经六百余部而归。其《多心经》至今诵之。

> 初奘将往西域,于灵岩寺见有松一树。奘立于庭,以手摩其枝曰:吾西去求佛教,汝可西长;若吾归,即却东回,使吾弟子知之。及去,其枝年年西指,约长数丈。一年忽东回,门人弟子曰:教主归矣。乃西迎之。奘果还。至今众谓此松为摩顶松。出《独异志》及《唐新语》。

以上在紧接着玄奘得授《心经》的传说后,又讲述了另一个传说:摩顶松长向西方的枝条转回东方,预示了玄奘的归国。出典的注较为含糊,而可能意思是这两个传说并非在《独异志》和《唐新语》中都有,而是根据此二书把它们拼合起来的。现行的《独异志》(《稗海》本)卷上仅收录了摩顶松的故事。《唐新语》大概是现在的《大唐新语》或谓《唐世说新语》(明刊本)的简称。现存的该书中虽有"玄奘"条,但没有记载以上的这两个故事。可能《太平广记》将出典搞错了。《独异志》的成书年代不详,而书里言及武宗朝(841~846)的李德裕,所以成书年代应该是在此之后。遗憾的是,现行本是个残本。

又,《神僧传》卷六亦收录了以上两个传说。《神僧传》的撰者不详,《四库提要》推定它为元仁宗以后的元人所撰。

晚唐的李洞之诗《送三藏归西域》(《三体诗》卷一。《全唐

诗》题作《送三藏归西天国》)有句云:

> 十万里程多少难,沙中弹舌授降龙。

杨东来本《西游记》第五出亦引用了此诗。元代圆至(1256~
1298)有如下注解:

> 奘公弹舌,念梵语《心经》,以授流沙之龙。

诗中虽然没有出现《心经》这样的文字,但也许说的是在沙河授
降龙以《心经》。《心经》产生了降伏龙的效果。李洞是唐昭宗
(888~903)时代的人。

唐代戴叔伦(732~789)有题为《赠行脚僧》一诗:

> 补衲随缘住,难违一作维尘外踪。木杯能渡水,铁钵肯
> 降龙。到处栖云榻,何年卧雪峰。知师归日近,应偃旧
> 房松。

这首诗是赠给出发前往西天的行脚僧的。以木杯渡水原来是
梁代慧皎《高僧传》卷十记载的被称为杯渡的神异僧的故事,
《神僧传》卷三对之进行了明显的润色。

用钵降伏龙的故事见于隋代阇那崛多译《佛本行集经·迦
叶三兄弟品》。原文极为冗长和散漫,在此概括如下:

> 如来化迦叶三兄弟,至优螺频罗聚落,求一止息处。
> 彼有一草堂,迦叶一弟子病下痢,秽草堂,故以恨摈出之,
> 死为毒龙,在此草堂害人畜。迦叶欲伏之,祭祝火神,火神
> 之力不及。如来住堂内,寂然入禅定。尔时,毒龙吐火焰
> 逼如来,如来亦入火光三昧,身出大火,草堂炽燃,如大火
> 聚。时毒龙见如来所坐处独寂然无火,自至佛所,踊身入
> 佛钵中,说偈曰:……尔时如来擎钵至优娄频蠡迦叶所告
> 言:此毒龙汝等所畏,今我以威火灭其毒火,以示汝等。

另《高僧传》卷十记载，有个叫涉公的西域僧人在干旱时，将龙捕入钵中，于是天降下雨来。"栖云榻""卧雪峰"可能也是据某个典故而来。倘若如此，那么这首诗很可能是缀合了好几个僧人的故事；但从结尾处的摩顶松是指玄奘的故事来看，也可以认为全诗总体上是以有关玄奘取经的传说为基础。也许在最早的玄奘取经传说中，有玄奘在去天竺的旅途上以铁钵降伏毒龙的内容，后来铁钵被《心经》取而代之。如果是这样，那么这首诗中反映的取经传说，可能显示了其原初的形态。

此类最初的取经传说中，是玄奘独自一个人去印度。为了使故事更有趣，于是变成玄奘带领随从一起去。后来的《大唐三藏取经诗话》（简称《诗话》）中，就有玄奘的随从——猴行者（孙悟空的前身）出场。其《入九龙池处第七》提到，猴行者降伏了九龙，拔出龙背上的筋系在三藏法师的腰上，于是三藏法师健步如飞。降伏龙这个差事，被让给了行者。

关于《心经》，前文所引的《慈恩传》说是玄奘在蜀地时，从一个病人那里得到的；《太平广记》记载是在罽宾国（克什米尔地区）从老僧那里得到的；明本《西游记》第十八回中，说是在一个叫浮屠山的地方从乌巢禅师那里得到的，并把《心经》全文都抄录出来。

关于摩顶松，除了前述的戴叔伦的诗以外，还有李洞的《送僧还南海》诗写道：

> 长安却回日，松偃旧房前。

元代圆至有简单注解：

> 玄奘往西域，房前有松，其枝西偃，忽一日枝东偃，弟子曰，师归矣。果然。

另时代虽晚一些，苏轼所作的题为《合浦俞上人以诗名岭外，将访道南岳，留诗壁上云，闲伴孤云自在飞，东坡居士过其精舍，

7

戏和其韵》诗中有这样的句子：

> 为问庭松尚西指，不知老奘几时归。

老奘指的是玄奘。摩顶松的故事在明本《西游记》中出现于第十二回与第百回。

称得上是《西游记》的主人公的孙悟空（猴行者），是猴子。以猴子作为玄奘三藏的随从这样的构思，来源为何？关于这个问题，很早开始就有种种推测。笔者一开始认为这个构思是据《大日经疏》序而来，但后来又认为这可能也受到了十二支像和药师十二神将的影响。以下略述笔者新说的概要。

统一新罗时代的古坟中，作为王陵留传下来的规模壮大的十七座封土坟，分布于韩国庆州市内外。这些王陵里，有的坟墓的基底部周围环绕有用整块石头雕刻的十二支立像或雕刻在板石上的十二支像。其中，金庾信墓（673 年）的这些雕像不仅保存状态良好，同时也具有较高的艺术水准。这些十二支像，应该是坟墓的守护神；而其中的申神像，与泉州开元寺西塔的雕像极为类似。金庾信墓的申神为兽头人身，身上穿着衣服、结着带子，两脚分开，左向站立，左手向上持着从鞘中拔出的大刀，右手放在腹部的位置。不仅这些点与开元寺的猴行者雕像相同，猴子的容貌也很相似。开元寺的猴行

金庾信墓的申神像

者雕像是行者的装扮,头上戴着像头巾一样的东西(后来的金箍),脖子上挂着念珠,腰间悬挂着《孔雀王经》卷本和瓢,等等,作为西游故事进行了较多的润色,反映了西天取经故事的成熟;但如果除去这些点,我们可以感觉到它与金庾信墓的申神像似乎是脱胎于同一母体。然而两者无论是地理位置还是所处时代都有较大距离,应该没有直接关系,所以尽管略为曲折复杂,接下来还是要考察十二支像的来源问题。

十二支像又称作十二支生肖。十二支(子丑寅卯辰巳午未申酉戌亥)起源于殷的卜辞,而将它们与东西南北的方位相配或者与一天中的时刻相配似乎是从汉代开始的。汉中期的方格规矩镜,内区中的方格上排列着十二支的文字。北为子,南为午,顺时针排列。但是,将它们进一步与鼠、牛、虎、兔、龙、蛇、马、羊、猴、鸡、狗、猪这些动物相配,则要到再晚些时候,也许是与佛教的传入相伴随的一种外来文化。到了隋朝,有了与方位明确相配的十二支生肖。有的墓志的周围刻有十二生肖(有三种),以及独立的十二支生肖的土偶也被制作出来。如前文所述,统一的新罗迅速地接受了这种制度,王陵的封土周围安置的护石上刻了十二支生肖的浮雕。内藤湖南指出,日本的元明天皇陵(708～714 在位)的某块隼人石,可能也是十二支生肖之一。

隋唐墓志的十二支生肖,有以下三种:(1)单纯将兽形进行图案化的;(2)官服兽头像;(3)十二个着朝服的人手里依次持十二支(动物)之一。现列举若干相关旧例:

(1)段威暨妻刘氏墓志　隋代开皇十五年(595)　子位于下方中央,顺时针排列(中田勇次郎《中国墓志精华》70);

朱仁表暨妻梁氏墓志　神功元年(697)　子位于上方中央,顺时针排列。各加有如下的三字句:

夜半子,鸡鸣丑,平旦寅,日出卯,食时辰,禺中巳,正南午,日跌未,晡时申,日入西,黄昏戌,人定亥。(同上84)

(2)宋俨墓志盖　建中四年(783)　子位于下方中央,顺时针排列(内藤湖南《关于隼人石与十二支神象》,《读史丛录》所收);

(3)崔载墓志　元和十四年(819)　详细情况不明(同上论文中有言及)。

宋俨墓志盖

内藤湖南在上述论文中有如下推测:

支那的那些东西(笔者注:指雕刻在墓志上的十二支像)中,把十二支的形象原封不动地刻上去的,多少是种古老的形式;刻成人身或人拿在手里的样式是较新的,但是已发现的只有五六个,颇难定下判断式样新旧的标准。虽然支那的墓志中,高延福墓志的开元十二年是最早的,而比起新罗、日本的还是远远更晚,但是,把十二支刻在石头上的风习,并不是从新罗、日本传到唐朝去的。仍然唐朝的是根本,其风东渐而传到了新罗、日本。

　　还有一点疑惑是,日本、朝鲜的都是在陵墓外面,而支那的都只留存于墓志上。但是日本、朝鲜出土的古老墓志不算太多,支那的古陵墓的形状原封不动地保存下来的较少,因此,仅通过现存的材料,不能断言日本、朝鲜的墓志上没有神像,支那没有陵墓刻石。也许支那也曾有陵墓刻石,只是现在没有留存下来的了。在墓志上刻十二神像,大概只有支那才有,其风未尝波及日本等。当然,由于没有充分的材料,所以不过是臆说而已,姑发表于此,俟学者详考。

遗憾的是,至今都没有能够证明明治四十四年发表的这篇内藤氏论文的"臆说"的考古学成果,然而内藤说可以说是切中肯綮。另大村西崖著《支那美术史雕塑篇》(大正六年初版),述及唐代有十二属俑(六三三页)、十二属铜像(六三四页)、十二辰金人(六四三页)等。可惜记述较为简单,无法得知其详。

　　另一方面,密教里有药师十二神将。这是药师如来的眷属,守护行者的十二名夜叉大将,与十二支相配,各自有特殊的

申神

亥神

名称。例如申神名为摩虎罗,亥神名为毗羯罗。但这些名称有异说,较为混乱,因此也有像《奈良六大寺大观》那样不用这些名称,而采用十二支名来命名的。神像是武将,大多数头上戴着十二支兽,据说这样的造形是镰仓时代以后才出现的。日本现在存有十二神将像的寺院,东大寺、新药师寺、灵山寺(以上奈良)、广隆寺(京都)、东山寺(兵库)等很有名。

《药师经》有五种译本,而最为普及的是玄奘译《药师瑠璃光如来本愿功德经》,单说《药师经》时就是指此。十二神将的名字也见于这些《药师经》,但并未将其与十二支相配。可能是由于十二这个数字与十二支的数字吻合,大概从昙无谶等译《大方等大集经》第二十三述及的十二时兽开始,中国的十二支就特与十二支神结合在一起,这大概是一种牵强附会。据说这十二时兽关涉岁月运行、调伏众生,所以仅与时间有关系。十二支神也与时间相配,这可以从前引的朱仁表墓志中有以"夜半子"开头的三字句看出来。但是十二支神也好,十二神将也好,都被配置在时间、空间两个维度。药师十二神将头上戴有十二支兽,是相当于前述的十二支像之第(2)种官服兽头像。

摩虎罗

总之,药师十二神将与十二支神有密切关系是确凿无疑的。成为西天取经故事中三藏随从的猴子——猴行者,大概是源于十二神将及十二支神中的申神。现实中的玄奘是《药师经》的译者这个事实,恐怕是传说乃至小说中的三藏法师收动物为随从这种构思产生的最大原因。此与文殊菩萨乘狮子、普贤菩萨乘白象性质相似。

但是这十二种动物中,为什么猴子首先被选为三藏的随从呢?笔者认为理由有二。第一是佛典中的猴子形象,常常被描写为善良的动物,多敬畏三宝,采来山间的野果等供奉于佛。虽然也有愚钝的猴子,但至少不会反抗佛僧和加害他们。第二是猴子(申)的配列方位。将十二支作为天神雕刻、配置在各自的方位,这样的事情早在《论衡》等里面就有记载。申的方位是西南,正好与西天取经的方向相配。这也许就是猴子最先被选为三藏法师的守护者的理由。《诗话》的猴行者并非像后来的孙悟空那样是三藏的弟子,而是承担行路向导,乃至三藏的保镖这样的任务。这是原来的守护神这一角色的印迹,后来以随从身份加入取经队伍的马(原为龙,即辰)、猪八戒(亥),也都是十二支的成员。还有深沙神(后来的沙悟净),有手里握着蛇或脖子上盘着蛇的像,因而也可以认为是蛇(巳)的变身。倘若如此,那么三藏法师的随从身上,全部都有十二支神乃至十二神将的投影,以此为灵感而构思出了这些形象,这样的推测应该是成立的。但假如果真是这样,大概各个神的方位就被忽略了。

《大唐三藏取经诗话》考

（一）关 于 传 本

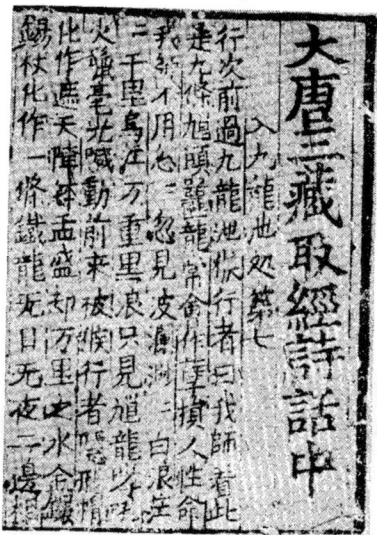

《大唐三藏取经诗话》（以下简称为《诗话》）及与之内容相同的《新雕大唐三藏法师取经记》（以下简称为《取经记》），都是已经在中国失传，而仅存于日本的书籍。虽然无法判定它们是在什么时候被船运到日本的，但附有宽永十年（1633）跋语的《高山寺圣教目录》卷上著录了"玄奘取经记二部"，因此无疑它在此之前就已传入我国。自此约100年后，在癸亥（宽保三年，1743）初秋某日高山寺宝库曝书时，贤首院住持照谷在中国汉籍中发现了此书。由于此书据说是完全不为世人所知的贵重文献，于是照谷将它抄写，并加以校订。然而全十七章中第一章的三百字（一张）全部已亡佚，第七章的中间至第八章的开头约六百字（二张）亦不存。他在跋文（延享元年甲子，1744）中说道：希望后世君子能选定一个足本来补正这些阙文。据传此附有延享元年识语的写本存于京都大学、龙谷大学及大阪的南村文库，而龙谷大学所藏为前田慧云据岛田蕃根藏本所转抄的本子，京都大学及南

《大唐三藏取经诗话》

村文库所藏版本未详。①

高山寺宝库中所藏的《诗话》之原本为有识之士所注目，如上所见有若干种抄本问世，而原本不知在何时流出寺外，成为三浦梧楼（号观树，陆军中将。即后述的王、罗跋文所云三浦将军）的藏书，现在又辗转为大仓文化财团所有。② 辛亥革命时王国维和罗振玉一起逃亡到日本，暂隐栖于京都东山，此时肯定了该书作为宋人平话的真正价值。王国维在民国四年（1915）为之作了跋文，云其乃南宋临安刻本，那么很显然它展现了《西游记》的早期形态。罗振玉也在翌年民国五年（1916）作了跋文，出版了影印本（没有版权页等的一本小书）。另外排印本虽有民国十四年（1925）商务印书馆出版的黎烈文标点本，然讹误较多，不足为信。1954 年中国古典文学出版社亦出版了标点本，比前者良心了很多，然而也有一些原本的误字等未订正、若干句读值得商榷等瑕疵。

另外德富苏峰也收藏有《取经记》③，罗振玉借阅之，附上跋文出了影印本，收于《吉石庵丛书》初集。罗振玉云此书为高山寺旧藏，那么照谷进行校勘，应该知道此书的存在。1955 年，合此两种影印本为一册，由北京的文学古籍刊行社发行。虽然印刷技术未如人意，但使用较为方便。

《诗话》分上、中、下三卷，缺了三叶，是文字颇小的袖珍型书。《取经记》虽然分一、二、三三卷，但残缺很严重，第一卷缺了大约一半，第二卷全部缺失。文字较大，版框为纵 16 厘米、横 11 厘米，属于中等大小。《诗话》和《取经记》有若干文字异同，但实际上它们是同一种。有一说认为由于《诗话》误刻较

---

① 小川贯式《大唐三藏取经诗话之形成》，《竜谷大学論叢》第 362 号（1959 年 5 月）。

② 《大倉文化财団漢籍善本目録》，昭和三十九年，五六页著录。

③ 《成簣堂善本書目》，昭和九年，二九八页著录。

多，所以是晚出的版本。① 然
而误刻较多者就是晚出版本
这个前提，首先就值得商榷。
这种观点过于相信早期刻本
一般讹误较少这个倾向，而
早期刻本如果是在仓促间刊
行讹误也会较多，晚出刻本
如果加以细致校正讹误也会
较少。讹误的多少并不能作
为判定刊行前后的依据。重
要的并非误刻的量，而是质。
《取经记》中修正的地方通过
前后文脉可以完全明白的有
很多；《诗话》里修正的地方

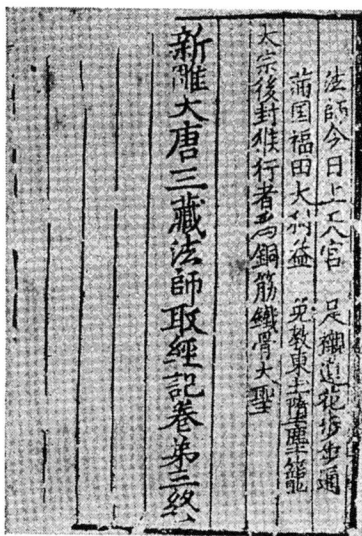

《大唐三藏法师取经记》（卷尾）

有通过文脉无法推测的特殊用语。例如，《诗话》第十四的"优
钵羅"（Utpala，花名，因其叶似佛眼，故在经典中很常见）在《取
经记》中误作"优钵维"，第十七的"广布梁缘"在《取经记》中误
作"广布津梁"。在此"梁"指梁武帝，与津梁之"梁"没有关系，
因此可能是《取经记》的臆改。"缘"可能是"懺"字之误。另外
《诗话》第十五的"猶闷"在《取经记》中作"添闷"，这或许是"猶"
是"憂"之误字，然后由于"猶"字在这里意思不通，所以把它改
成了字形相似的"添"字。除了这类差异以外，《取经记》也可以
从书名中的"新雕"二字判断出它是后出的。"新雕"意为新版，
既然强调是新版，那么必定存在旧版。新是与旧相对的一个
词，不是指最初。也许因为《诗话》是袖珍型书，版刻也不佳，所

---

① 长泽规矩也《大唐三藏取经记与大唐三藏取经诗话》，《書誌学》第十三卷
第六号（1939 年 12 月）。

以出了便于阅读的新版。另外当时"诗话"这个名称与一般的诗话（与诗有关的评论随笔）易于混同，所以将它改名为小说更常用的"记"。两书的前后另当别论，两者都是宋代的刊本，似已是定说。王国维以《梦粱录》卷十三的记载为依据，把《诗话》卷末的"中瓦子张家印"，判定是南宋临安的书铺。然而《梦粱录》记载张官人经史子文籍铺是在保佑坊前，并非在中瓦子。这一点虽然有必要另外讨论，但《咸淳临安志》中所见的地图上，宝祐坊（虽然文字不同，但大致就是保佑坊）靠近中瓦子，有可能是把保佑坊前又叫做中瓦子。鲁迅痛击了德富苏峰认为《取经记》是宋刊本的观点，[①]另郑振铎在《中学生》1931年1月号上发表了题为《宋人话本》的一文，对认为《诗话》是宋刊本的观点也提出了异议，但两人都没有拿出积极性论据。《中国小说史略》中将其归为宋元的拟话本，而并未明言所据为何。只云从其文体来看，本书不太像是口语作品，而近于书面语，所以可能是拟话本；倘若是话本，就必定会更加口语化。此外鲁迅指出本书分为十七章，被认为是后世小说分章回的鼻祖。因而认为本书大概时代要比较晚一些。但是，即使是话本，它如果是说唱者的记录，也不妨跟书面语接近。此外关于分章，把此书视作开端并不恰当，笔者倾向于认为它与后世的小说分章回之间没有关系（详见后述）。鲁迅怀疑《诗话》的版本是元代，对此笔者所见相同。但是他似乎认为其内容也是元代之物，笔者认为并不一定。

（二）佛 典 之 影 响

此小说大致是宋代所谓"说话人"中属于"说经"者所使用

---

① 《关于〈三藏取经记〉等》（《华盖集续编》所收）以及《关于〈唐三藏取经诗话〉的版本》（《二心集》所收）。

的底本之一。它之所以被称为"诗话",是因为其中既有诗,又有故事。诗作为情节来说并不重要,但是不可能在说唱时即席创作出来;而故事的枝叶末节,随便怎样都可以,可以在不同的场次随意讲唱。故而这部小说比较粗糙,尽管具有不接近口语的特点,也不能成为这部书是拟话本的根据。当然它是说唱艺人的底本,既然经历了两次(或更多)刊行,就无疑是把一般的读者也作为接受对象,但为了一般对象而作的修改并不多。

　　这部小说的通常习惯是先讲故事,然后再出诗。这一点,与日本的和歌物语类似。小说中运用诗词,在中国小说里并不罕见,但一般是以由第三者即作者所作的形式呈现。而《诗话》中诗是从出场人物的口中咏出,与《伊势物语》里的以"于是吟道"引出诗歌的形式趣向相同。这类由出场人物自身作诗的形式,在唐代的《游仙窟》《莺莺传》以及此小说之后的元代《娇红记》、清平山堂话本《风月相思》等作品中也有存在,[①]但它们的重点是诗词唱和、竞争诗才。中国一般的白话小说中也有"有诗为证"的套语,诗是作为一种证明,即用来使故事内容客观化。从这一点来看,《游仙窟》以下的这些小说(其中也有据传本来是用文言写成的)是例外的别派。但是,《诗话》和它们也不同。《诗话》中,仅仅只是把一般口中说出的内容以诗来叙述,没有特意进行诗歌唱和竞争技艺这样的文学性意图。《诗话》的这种形式,显然是受了佛典的影响。

　　把诗和文交错而构成一书这样的形式,是早期梵本以来的佛教经典之特色。汉译佛典中叙述性的散文部分被称为"长行",韵文被称为"偈颂"。佛典有以它们其中一种构成的,也有兼具二者的。隋代吉藏《百论疏》(卷上之上)云:

　　　　总谈设教,凡有三门。一但有长行无有偈颂,如《大

品》之类。二但有偈颂无有长行,如《法句》之流。三具存二说,如《法华经》等。在经既尔,论亦例之。一但有偈无有长行,如《中论》也。二但有长行无有偈颂,即是斯文。三具二种,如《十二门论》。

但是总体来说,其中第三种,即兼具长行和偈颂者较多。此外偈颂并非由第三者叙述,原则上由佛典中出现的人物叙述。例如上述吉藏所举例子《法华经》(鸠摩罗什译),开头的"序品第一"中有"于是弥勒菩萨,欲重宣此义,以偈问曰……"的长篇偈颂,又于其后再次出现了"尔时文殊师利,于大众中,欲重宣此义,而说偈曰……"的长篇偈颂。接着的"方便品第二"中,有长长短短共计六首偈颂,短者为五言四句,长者达五言四百八十四句。现没有必要对此进行详说,故只作粗略鸟瞰,总而言之《诗话》中由作品人物咏诗的形式与佛典是完全相同的,除此以外中国并无他例,因而是受佛典影响而形成的。唐代变文中,基本没有作品人物自己咏诗的情况,多数是作为作者叙述的韵文而存在。所以从这一点来看,应该说《诗话》中没有变文的影响,而是直接受到佛典的影响。

《诗话》虽然分章回,但没有使用章或回等文字。正如"行程遇猴行者处第二"那样,多是先云"处",续云"第几"。另外如"入大梵天王宫第三"那样,也有不用"处"字,直接缀以"第几"的情况。汉译佛典除了分卷,还有分品。现以上述的《法华经》为例,全体分为七卷,又分为二十八品。其表现方式为"序品第一""方便品第二""譬喻品第三"等。其他佛典,大部分也都是用这种形式。换言之,《诗话》只有把"品"替换为"处"这一点上或许有变文的影响。这种形式与后世长篇小说的分回形式迥然有别。所以,《诗话》分章的做法并非后世章回小说的先声,而是汉译佛典的余响。在能被确定为是元代文献的小说例如《全相平话五种》中,没有分章回的作品,据此可以推测长篇小说分章回的做法肇始于明代。倘若《诗话》是其先声，那么它必定最早也要到元末才产生，而这是不可能的。

《诗话》中的佛教或者印度的要素除了以上两点之外，也表现在出场的猴行者身上。例如猴行者没有姓，这不符合中国的习惯。如果是在中国诞生，那么必定拥有姓。另外这只猴子号称"八万四千铜头铁额猕猴王"，其中"八万四千"是印度用来表现数量多的常见用语，烦恼多称为"八万四千尘劳"，教门多称为"八万四千法门"，须弥之高亦称"八万四千由旬"，等等，不胜枚举。因此《诗话》中这个词语的存在，并非显示了与特定某一部佛典的关系，而是显示了一般性的印度的影响。此外，猴行者协助玄奘的取经事业，自不待言是敬畏三宝。而汉译佛典中所见的猿猴多数称为"猕猴"，无论贤愚都敬重三宝；即使不敬，无论如何也不至于妨害之；与此相反，中国的说唱中所见的猿猴多数称为"猿"，一般很凶恶，从没想过它们会敬畏三宝，也无法想象会帮助人类、保护人类。猴行者从这一点上来说，不是中国化的，而是印度化的。但是，他是穿着白衣的秀才这一点是中国化的，在汉译佛典中未见。（但药师十二神将图上有穿白衣者。）

（三）各 章 考 证

以下试将《诗话》中的故事值得注目之处按顺序进行论述。而关于猴行者，将在本章第四部分中叙说。

第一

本章有缺失，其题目、内容俱不明。但缺失的仅一张（约

300字),应该不包含很多内容。推测而言,其内容大致是奉唐明皇(玄宗皇帝)敕令,三藏等一行六人踏上了西去的旅途。本书中,西天取经并非太宗时代的事,而是玄宗时代。明皇的名字见于第六、十三、十五、十七,而其他皇帝的名字,只在第十七的最后一行记了太宗。这最后一行可能是后人追记的吧。日本的《今昔物语》中,玄奘是玄宗时代的人。即该书卷七"唐玄宗初供养大般若经语第一"云"震旦唐玄宗之代,玄奘三藏译大般若经",另卷六"玄宗三藏渡天竺传法归来语第六"云"震旦唐玄孙之代,玄奘法师与申圣人译"。"玄孙"为误字,诸本多将之订正为"玄宗",是妥当的。① 这表明玄奘是玄宗时代之人的讹传在当时也渗透到了我国。玄奘取经故事,或许已经和明皇传说混为一体。因此,虽然唐代变文有《太宗入冥记》,明本《西游记》中也有太宗游历地狱的故事,但它们在早期似乎都与西天取经故事没有关系。

第二

这章写三藏一行邂逅白衣秀才。秀才改名为猴行者,与一行人一起向西天前进。行者是有志于佛道的学徒僧。猴行者就是后来的孙悟空,穿白衣表明他是一只老猿(白猿),这是中国式的构思。这里已经可以见到花果山的名字,大概是从《大唐西域记》等记述西域诸国多花果联想而来。这里的紫云洞,在元、明《西游记》中变成了水帘洞。杨东来本《西游记》(杂剧)②作紫云罗洞,与《诗话》较为接近。

---

① 岩波书店版《日本古典文学大系》二三《今昔物语》二中,云玄宗与史实不相符,认为"玄孙"是孙辈或第三代之意而推定是指高宗。"必须与史实相符"这个前提不合理,"唐代的玄孙"文意也不通,故此说难从。

② 详指题《杨东来先生批评西游记》元吴昌龄撰者。《元曲外编选》中仅题《西游记》杨景贤撰。以下简称为《杂剧》。

第三

这一章叙述了在猴行者带路
下,一行去往天上的毗沙门天王的
水晶宫。行者叫三藏等人闭上眼
睛,他施展法术,大家一看早已到了
北方的大梵天王宫。《诗话》的记述
只有这些,未写具体情况,而从猴行
者去到天界这一点来看,似乎是精
通飞行之术。这可能是之后的《西游
记》中悟空乘着筋斗云在天空飞行情
节的萌芽。不过,玄宗皇帝是乘坐一
种车而升天和游月宫,这个故事叫
"唐明皇游月宫",自古以来就很有
名,后来发展成《天宝遗事诸宫调》。

毗沙门天

《诗话》中,毗沙门天是护佑三藏一行的重要神灵,明本《西
游记》中的观世音菩萨大致与之相当。毗沙门天信仰一开始在
当时的于阗国很盛行,《大唐西域记》卷十二亦记载了这一情
况。它在唐代传入中国,拥有广泛信众。[1]　毗沙门天在唐代变
文中亦时而可见。但是在《杂剧》第九出、明本《西游记》第五回
中,被剥夺保护三藏任务的毗沙门天,变成了托塔李天王,任务
是抓悟空。这与唐宋时代盛行的毗沙门天信仰,在元明时代被
关羽信仰超越而走向衰落有关。《慈恩传》等记述玄奘在濒临危
难时,念诵的是观音名号,还多次称颂观音的灵验,但基本上看不
到称颂毗沙门天的灵验。《诗话》中称颂毗沙门天是比较特殊的,
值得我们关注。这在后世变成了观音,是因为观音信仰一直维持

---

①　参渡边海旭《真言秘经的起源及发达的实例》(《渡辺海旭論文集》所收)、
宫崎市定《关于毗沙门天信仰的东渐》(《アジア史研究》第二所收)。

着长久的势力,并不是像毗沙门天信仰那样只是一时的。但是正因为如此,《诗话》中毗沙门天的存在,值得特别关注。

第四

写的是香山寺以及蛇子国。香山寺地处河南省龙门,后魏时创建,后白居易进行重修,因而成名。但是这里写的与地理不合,所以与实际毫无关系,完全是一种虚构。

第五

情节是过了树人国,小行者被某家的主人变成了驴,猴行者一怒之下把主人的妻子变成了草,喂给驴吃,于是主人连声求饶。《出曜经》卷十五“利养品”下,记载了在南天竺与一个精通咒术的女人相爱的男子欲归故乡,因而被化成驴,服用灵草才恢复真身的故事。这演变为《河东记》中板桥三娘子的故事(《太平广记》卷二八六,另《龙威秘书》中的《幻异志》亦收),同时也对《诗话》产生了影响。此类给客人吃特殊的东西而把他们化成家畜的故事,广泛分布于世界各国。

第六

本章写三藏一行遇到白虎精,发现山上有白骨,是明皇在太子的时候换骨的地方。所谓换骨,是道教的说法,即脱去与生俱来的俗骨,换成仙骨。宋代王铚的《默记》(《知不足斋丛书》本第九叶)中有如下记述:

> 晏元献守长安,有村中富民异财,云素事一玉髑髅,因大富。今弟兄异居,欲分为数段。元献取而观之,自额骨左右皆玉也,环异非常者可比。见之,公喟然叹曰:“此岂得于华州薄城县唐明皇泰陵乎?”民言其祖实于彼得之也。元献因为僚属言:“唐小说:唐玄宗为上皇,迁西内,李辅国

令刺客夜携铁捶击其脑。玄宗卧未起，中其脑，皆作磬声。
上皇惊谓刺者曰：‘我固知命尽于汝手，然叶法善曾劝我服
玉，今我脑骨皆成玉；且法善劝我服金丹，今有丹在首，固
自难死。汝可破脑取丹，我乃可死矣。’刺客如其言取丹，
乃死。孙光宪《续通录》云：玄宗将死，云：‘上帝命我作孔
升真人。’爆然有声。视之，崩矣。亦微意也。然则，此乃
真玄宗之髑髅骨也。”

以上确实是神奇的传说，而这传说可能也与《诗话》中的换骨有
关系。《默记》《诗话》中所见的换骨，都可以说是所谓明皇太子
换骨传说之一端。另外此章所见的白虎精，在明本《西游记》第
二十七回中变成了白虎岭的尸魔。

第八

本章缺题目，无前半部分。深沙神出场，化身为金桥架在
沙漠上，让三藏一行渡过。提到三藏法师在前世曾经两度赴天
竺，然而两度都因深沙神而殒命。此章关于前世两度赴天竺之
事未言其详，但我们从第十七章的记述中可以知道三藏在取经
的归途上为深沙神所杀害，佛经遗失在了沙漠中。

深沙神又称作深沙大王、深沙大将、深沙神王等，被奉为灭
除诸难的神。唐代开成三年(838)入唐的常晓和尚之《将来目
录》中著录了《深沙神记并念诵法》一卷，另有曰：

深沙神王像一躯

右唐代玄奘三藏远涉五天感得此神。此是北方多闻
天王化身也。今唐国人总重此神，救灾成益，其验现前，无
有一人不依行者。寺里人家皆在[有]此神，自见灵验，实
不思议……

此外有唐代不空译《深沙大将仪轨》一卷，说念诵供养之法。 27

《觉禅钞里书》曰："吾毗沙门天王仕者，七千药叉上首也……"总而言之，可知深沙神和玄奘、毗沙门天关系密切。深沙神并非印度传来的神，而大概起源于玄奘取经传说。玄奘在沙河上五日未得一滴水，濒死之际，感化了深沙神。《慈恩传》中的所谓沙河，是玉门关与哈密之间的一个沙漠，因细沙在风吹之下如水一样流动而被称为沙河，但是并非河。另外也有单言流沙指代此处的。玄奘的《行状》①和《慈恩传》中云此沙漠中横着点点白骨。《慈恩传》中所述的被感化的神手里拿着戟。

深沙神的像形形色色，有持戟的，有握青蛇的，有脖子上挂髑髅的，等等。《大唐西域记》《慈恩传》中有关于外道 kāpālika（印度教湿婆派之一，意为拥有髑髅［kapāla］的人的流派）的记载。另外后文将要提到的鬼子母的丈夫半支迦（Pañcika）以髑髅为璎珞，现出令人畏怖的忿怒之相，是宋代绘画中与鬼子母一起被表现的题材。② 深沙神像在脖子上挂有髑髅，或许与这些有关系。《诗话》的深沙神在《杂剧》第十一出变成了沙和尚，明本《西游记》中得到了悟净的法名。《诗话》中玄奘两次被吃掉，而《觉禅钞》曰："或云：神颈悬七髑髅，是玄奘七生之首也。"《觉禅钞》的编者是金胎房觉禅（康治二年～建保五年以后，1143～1217 以后），按中国的朝代

深沙大将

---

① 详见《大唐故三藏玄奘法师行状》，《大正藏》第五十卷所收。
② 小林太一郎《支那的诃利帝——关于其信仰与图像》，《支那佛教史学》第二卷第三号(1938)。

来算的话就是南宋之际的人。《杂剧》等里面变成了玄奘被吃掉九次，明本《西游记》第八回中亦留下了其痕迹。

第九

这章是关于入鬼子母国时候的故事，非常简单，没有什么事件。虽然宋元戏文中有《鬼子母揭钵记》，《杂剧》第十二出有鬼母归依，但与《诗话》所载迥然不同。其情节根据后述的鬼子母之幼子爱奴儿而创作，他掳走了三藏。明本《西游记》（第四十回～　）中爱奴儿变成了红孩儿，鬼子母变成了铁扇公主（罗刹女）。

关于鬼子母即诃利帝（hāritī）值得探讨的地方有很多，[①]而在此仅限于讨论与《诗话》有直接关系者。鬼子母是半支迦（Pañcika）的妻子，半支迦即大黑天（虽然此点并非定论，但大概无误），是个财神。虽然鬼子母有五百个孩子（据《根本说一切有部毗奈耶杂事》第三十一。另《鬼子母经》云有一千个，《杂宝藏经》第九云有一万个），但还是吃王舍城的小儿，于是佛祖无奈之下把她的幼子藏在钵中。鬼子母寻子而不得，最后到佛祖那里去询问孩子的下落。佛回答说"你有五百个孩子，只是失去一子而已，何故如此忧虑？世间的人们不过拥有四五个孩子，你却要吃他们"，让鬼子母取钵中的孩子。但是鬼子母无论如何也取不出孩子，于是乞求佛祖的宽恕。佛祖让鬼子母发誓再也不吃人间的孩子，将钵中孩子还给她，为她供养生饭，使之免于饥饿。

《诗话》第九比较简单，文意不是十分通畅，但提到从国王那里得到一石白米等许多东西。这个国王大概就是鬼子母的

[①] 参照赵邦彦《九子母考》，《"国立中央研究院"历史语言研究所集刊》第二本第三分（1931年4月）及前揭小林氏论文。

丈夫半支迦。由于半支迦是财神，所以能给予如此多的金钱和物品。《诗话》中仅简单记述了法师来到只有孩子的鬼子母国，没有鬼子母揭钵的情节。另外下章所见的"生台"，或许也与鬼子母有关系。

鬼子母（诃利帝母）

第十

本章由三个场景组成。第一个场景是神灵们化作农夫，慰劳穿越无人之境的三藏一行。第二个场景是他们过溪流时，毗沙门天凭借法力使溪水干涸，记述比较简单。第三个场景是在女人国，大致相当于明本《西游记》第五十四回的西梁女国，但情节差异颇大；另外此处《诗话》所言女王其实是由文殊和普贤化身而成，让我们想起明本第二十三回试禅心的情节。

女人国这个情节的开头写到法师一行虽然赴斋，但由于沙粒过多，无法下咽。此时，法师作诗，与女王约定如果回到东土,会多作"生台"。生台(日语读作 sandai)是禅宗语,指在人烟稀少的地方摆设饭食施与禽兽之台。然此处生台与女人国或者其女王之间具有何种关系,其实并不明了。

摆放在生台上的饭食称作生饭(日语读作 sanpan 或 saba),原本是用来供养旷野的鬼神或鬼子母的(施与禽兽之说大概是近代性的合理化解释)。据昙无谶译《涅槃经》卷十六,住在旷野的鬼神每天都要吃人,佛祖阻止之,约定代代供给他们饭食。《诗话》第十章中,第一个场景所见的农夫实际上是神,或许就是供给其生饭的旷野里的鬼神吧。由此来看,此与女人国没有关系。

还有一种推测是,设置生台可能是为了第九章中所见的鬼子母。生饭的来历,在前文鬼子母故事处已有述及。但是鬼子母的丈夫是财神,其妻子需要生饭这样的情节不合常理,因此把本来应该出现在鬼子母这章的生台移动到了后面。总而言之生台与《诗话》的女人国或其女王没有直接关系。

第十一

本章是三藏一行去西王母池,吃蟠桃的场景。由于故事非常有趣,所以早就家喻户晓。本章最有意思的是三藏命令猴行者去偷蟠桃。胡适在其《西游记考证》中引用了这一部分,云南宋的说唱师把猴行者塑造成谨慎正直的形象,三藏反而被描写得并不正直。鲁迅在其《中国小说的历史变迁》一书之《宋人说话及其影响》中,有如下所述:

> "盗人参果"一事,在《西游记》上是孙悟空要盗,而唐僧不许;在《取经诗话》里是仙桃,孙悟空不盗,而唐僧使命去盗。——这与其说时代,倒不如说是作者思想之不同处。因为《西游记》之作者是士大夫,而《取经诗话》之作者是市人。士大夫论人极严,以为唐僧岂应盗人参果,所以

西王母

必须将这事推到猴子身上去；而市人评论人则较为宽恕，以为唐僧盗几个区区仙桃有何要紧，便不再经心作意地替他隐瞒，竟放笔写上去了。

鲁迅虽然对胡适只是随口指出的观点作了正面阐述，考察了其意义，遗憾的是恐怕是错误的。这是因为假如说要为三藏避讳，就必须是事实，而这情节完全是虚构的。想偷连猴子都不偷的桃的三藏，是如何产生的？此问题现今无法说明。暂且不论市井之人作此传说的理由，单单地市井人没有必要为了三藏而隐讳此事。鲁迅的探讨是不充分的。

笔者的理解是在宋元之际，玄奘是作为贪吃的花和尚被看待的，于是这反映在了《诗话》本章当中。例如《警世通言》卷七《陈可常端阳仙化》中甲侍者咏粽子的诗有句曰：

若还撞见唐三藏，将来剥得赤条条。

意思是因为唐三藏（玄奘）是个贪吃的人，所以会很快把粽子剥开吃掉。另外《元曲选》壬集康进之的《李逵负荆》第二折中有：

走不了你个撮合山师父唐三藏

这里指的是花和尚鲁智深。把鲁智深那样贪吃的花和尚比喻成玄奘，未免有些刻薄。接下来看《东坡居士艾子杂说》中的如下一段：

艾子好饮少醒日。门生相与谋曰："此不可以谏止，唯以险事休之,宜可诫。"一日大饮而哕,门人密抽龇肠致哕中,持以示曰:"凡人具五脏方能活。今公因饮而出一脏,止四脏矣,何以生耶?"艾子熟视而笑曰:"唐三藏犹可活,况有四耶?"(《顾氏文房小说》本,第二卷)

这篇文章如果突然阅读的话,大概只会注意到"三藏"是"三脏"的双关语。但若仅仅如此,并不有趣。如果我们留意到唐三藏是被当作酒食之徒而再读这段文字,就会真正发现其谐谑之趣。另外,此《艾子杂说》虽然据称是伪书,但《文献通考》中有著录,因此宋代必定存在此书,这在明代胡应麟《四书正伪》中有论述。

这个贪吃的唐三藏,也许是善无畏三藏之误。正如后文所述,有善无畏三藏喜好酒肉的传说,而主角不知何时变成了玄奘三藏。更进一步加以臆测的话,或许民间艺人据"无畏"而仿作"无胃"一词,创作了滑稽的故事。"畏"和"胃"不过是影母、喻母之差,《中原音韵》中已经不存在此区别,大概宋代也是同样的情况。因此,所谓"无畏三藏"就成了没有胃的三藏。确切来说,胃是六腑之一,不在五脏之列。所以即使没有胃应该也不会变成三脏,此处多少有些牵强附会。可能所谓的没有胃,是说饮食过度被吐出来了。

《诗话》此章,可以从在类书中被引用而残存的《汉武故事》①、敦煌出土的《前汉刘家太子传》所附《史记》②等里面探索其源流。《诗话》中猴行者过去因偷了十个桃而受到责罚,而这两种文献中是东方朔偷桃。《诗话》中桃变成人参的情节可能是受了《汉武故事》中所见的名曰巨灵的侏儒的启发,尽管《诗话》中巨灵没有出现,但《西游记》(元本、明本)中再度作为巨灵

---

① 鲁迅辑《古今小说钩沉》中有辑本。
② 《敦煌变文集》卷二。

神出场。另外虽有一说云偷桃故事的源头在于《山海经》①,但《山海经》中确实没有与此相当的记述,因而这恐怕只是一种臆测。本章吃蟠桃的故事,被明本分割使用为第五回的偷蟠桃故事、第二十四回的人参果的故事。

第十五

这章记述三藏一行抵达天竺国,投宿于福仙寺,然后终于到了受经的场面。此处所谓福仙寺,可能是根据洛阳的福先寺而仿作的寺名。但是并没有玄奘曾经居住于福先寺这一史实。福先寺是善无畏译出《大日经》的场所,此事见载于善无畏的《行状》以及《宋高僧传》卷二《无畏传》。但同是《行状》撰者李华所作的《碑铭序》(俱见《大正藏》第五十卷)中有圣善寺,有可能是福先寺改名成了圣善寺。福先寺可见于清代徐松《唐两京城坊考》等文献,据载位于洛阳的北延福坊,而圣善寺之名全然未见,有些不可思议。但与福先寺有关系的并不止善无畏一人,义净三藏等亦曾居于此寺从事译经活动。然而这并非惊天动地的大事,此寺还是与善无畏的关系最为密切。

本章所云经文五千零四十八卷这个数字,是《开元释教录》卷十九开头记载的入藏经典总数之合计,当然并非事实。本章云此为"一藏"。一般所谓三藏,是指经、律、论三者,玄奘通晓此三藏,因而得三藏法师之名。然而《诗话》的记述是三藏三度前往天竺,每一次受一藏,总共受了三藏,所以被称为三藏法师(第十七)。此外又说玄奘两次被深沙神吃掉,因而只有其中一藏传入了中国。这个说明确实很奇妙,极有可能是民间的俗传。

---

　　　① 贝冢茂树《中国史Ⅰ　神々の誕生》,四一～四五页。

第十六

本章记述的是从定光佛那里接受《心经》的场面。定光佛又称锭光佛、然灯佛，据说在久远的过去出现，释迦尚被称为儒童的时候，买了五茎莲供奉此佛，得到未来将成佛的预言。本章出现定光佛，可能是在宋代定光佛的故事为人们所津津乐道的影响。宋代朱弁《曲洧旧闻》记载：

> 五代割据，干戈相侵，不胜其苦。有一僧，虽佯狂而言多奇中，尝谓人曰："汝等望太平甚切，若要太平，须待定光佛出世始得。"至太祖一天下，皆以为定光佛后身者，盖用此僧之语也。（《知不足斋丛书》本，卷一，三a；与此相关之记载，亦见于卷八）

以上是把太祖比为定光佛。除此以外还有所谓"定光佛手"的故事。即天台山的佛陇有定光禅师，智颉（天台大师，538～597）年十五之时，梦见有人向他招手，预言未来之事。这个梦的故事可见于隋灌顶撰《智者大师别传》，但定光禅师这个角色并没有出现。定光禅师见于文献，大致要从宋代才开始，《祖庭事苑》卷五《怀禅师前录》之"定光招手"条有记载，亦散见于其他禅籍。另外宋代戒珠的《净土往生传》卷中也有记载。总而言之所谓定光禅师，并非实际存在的人物，而是在宋代定光佛变得有名后虚构产生的。

据《太平广记》卷九十二所引《独异志》以及《唐新语》的记

定光佛

YZUR

载,玄奘在西天取经途中,患于虎豹而无法前行时,从病僧处得授《心经》;然而在明本《西游记》第十九回,变化为从乌巢禅师处受经。《诗话》中是从定光佛那里受《心经》,同时得到他们一行将在七月十五日升天的预言。此日是中元节,即盂兰盆节,写成在此日升天是为了宣扬盂兰盆节的意义,这一目的与《目连变文》等是一致的。盂兰盆节的活动从盛唐之际开始变得特别盛大,《诗话》与之应该不无关联。

第十七

本章前半部分是与西天取经无关的谋害继子的故事,占据了相当大的篇幅。其叙述与其他部分不同,非常详细和有趣。这个故事的中心人物,即被继母谋害的孩子名叫痴那,应该是从薄拘罗(Vakkula)演变而来。这个故事最早的原型见于《贤愚经》第五《重姓品》。据其记载,薄拘罗幼年时至大江边,由于父母大意而落水。一条鱼把他吞入腹中,后被卖至某家。而他从鱼腹中剖出来,于是被这家人收养。父母听闻此事,想把孩子要回来,导致起了纷争。国王判决他同时为两家的孩子,娶两个妻子,两妻所生之子分别为两家之嗣。于是这个孩子取名叫Vakkula(重姓之意,这种做法相当于中国所谓的"兼桃")。然而在《付法藏因缘传》第三中,此变成了谋害继子的故事:

> (薄拘罗)生一婆罗门家。其母早终,父更娉妻。……(继母)即便掷置饼炉之中,其火焰炽,以镬覆上。父从外来,遍求推觅,即于炉中而得其子。……(继母)掷置釜中,汤甚沸热,而不烧烂。……(继母)举之掷着河中。值一大鱼寻便吞食。以福缘故,犹复不死。有捕鱼师钓得此鱼。……(薄拘罗父)便与其钱,取鱼还家。即以利刀开破其腹。时薄拘罗在鱼腹内高声唱言:愿父安详,勿令伤我。遂开鱼腹,抱而出之。

尽管系统有别,其他谋害继子的故事,还见于《往生要集指麾钞》中引用的《净土本缘经》。① 据其记载,父亲名长那,有两个儿子,分别取名为早离、速离(暗示幼时即与母亲死别)。由于饥馑,父亲入海寻找食物,继母趁机把二子流到一座孤岛上。此经被认为是伪经,时代等也不明,但总之以上这类谋害继子的故事混合的产物,就是《诗话》的这一章。痴那这个名字,也许是从长那得到的启发。至于《诗话》中谋害继子的故事与玄奘有何关系,则可能是由于存在玄奘曾被贼置于俎上、险些被杀的传说。根据《慈恩传》卷三等记载,玄奘在恒河遭遇水盗,差点被杀死在祭坛上。这个史实被歪曲,虽然像被置于俎上这样的变化的故事尚未发现,但日本的《三国传记》(《大日本佛教全书》)卷二中可以看到此事,很可能是有所本而作。倘若如此,我们可以推测是《诗话》将被置于俎上的玄奘和鱼偷梁换柱,由玄奘而联想出了切开俎上大鱼的故事。另外这个故事也被认为是木鱼的来历,是非常珍贵的史料。据无著道忠《禅林象器笺》之"木鱼"条,江户时代有《玄奘指归曲》。原本是用日语写成,现翻译成汉语如下:

> 玄奘自天竺归,经蜀道,有一长者,丧妻,有儿甫三岁,后母恶之,伺长者出猎,楼上掷儿,投水中。长者悲哀,为设斋僧。适遇奘至,喜迎,请第一座。奘不食,语曰:"我历长途疲矣,欲得鱼肉吃之。"一座大惊。长者欲出买之,奘嘱云:"非大鱼不可也。"长者如教,求获而回。方上俎割之,所没之儿,啼在鱼腹中,长者大欢。奘曰:"此儿,夙世持不杀,故今虽被鱼吞,不死。"长者曰:"如何报鱼恩?"奘曰:"木雕鱼形,悬之佛寺,斋时击之可以报鱼德。"今之木鱼,是也。

上述内容解说了木鱼的来历,尽管较为简略,但和《诗话》的这一段大致相同。虽然我们并不知道是根据《诗话》而作了此曲,还是根据其他材料而作,但是从中国文学对日本的渗透情况来看,此类曲子的创作不足为怪。

《诗话》在这事件之后,记述了三藏等一行回到都城向明皇复命,并在七月十五日升天的故事。最后太宗封猴行者为铜筋铁骨大圣,这可能是到了把西天取经的故事与太宗关联起来的元代追记的一笔。

(四)善无畏传说之影响

《诗话》中的猴行者,也就是后来名叫孙悟空的猴子,为何会在这部小说中出场呢?这个问题在很长一段时间内都是学界的谜团,虽然有《罗摩衍那》说等种种学说,但都非常含糊,缺乏实证。笔者自身的观点,其实也经过了三次转变。最初是认为无论猴行者也好孙悟空也好,不待《罗摩衍那》的影响,是中国的产物。这个观点,以《西游记的源流》为题在 1959 年 11 月作了口头发表。第二次是以《罗摩衍那》说为基础,对此进行了修正,考虑了《罗摩衍那》传说从西域传来的可能性。[①] 第三次是舍弃《罗摩衍那》说,回到了最初的观点,但最初的观点并非完全一成不变,也考虑了印度的影响。[②] 在此要阐述的是第四种观点,这是仍然否定与《罗摩衍那》的直接关系,与既已发表的玄奘善无畏混同说结合的一种观点。

---

① 《中国古典文学全集》十三《西游记》上卷解说(1960 年 2 月)。
② 《完訳四大奇書》本《西游记》下卷解说(1962 年 10 月)。

最初注意到《西游记》中的孙悟空与《罗摩衍那》中的神猴哈努曼特（又称哈努曼）相似的是南方熊楠，其《与猴相关的传说》[1]一文云："只要通读一遍《罗摩衍那》，就会强烈感觉支那《西游记》中的孙悟空是由哈努曼之传转出的。"之后，胡适根据钢和泰（A. von Staël-Holstein）的教示，在《西游记考证》(1923)一文中积极主张哈努曼特说，郑振铎又在《西游记的演化》(1933)

哈努曼特（泉州婆罗门教寺石柱）

中作了进一步展开。这些学说的缺陷，在于将《西游记》成立史这个立体，压成了一个平面。也就是说仅仅由于故事的梗概类似，于是指摘可能有影响关系。因为没有时间观念，所以未尝考量《西游记》成立的某一过程中受到的影响如何，更遑论考察现在的《罗摩衍那》可以被追溯到何时这个《罗摩衍那》成立史等问题。

笔者的第二种学说弥补了这一缺陷，提出《罗摩衍那》是在唐代经由西域传到中国的假说。但是尽管如此，猴子与取经的关系，即猴子为什么必须协助取经这个积极面仍未解明。

第三种学说解释了猴子具有协助取经资格的消极面，但具有这种资格的并非只有猴子。为什么猴子被选为西天取经的协助者，这个积极性理由依然不明。其他所有学说也一样，具

---

[1] 《太陽》大正九年(1920)十二月号。

有以上两点缺陷。在此笔者想提出一种新说。

一行的《大日疏经》附有唐代崔牧之序，①具名为《大毗卢遮那成佛神变加持经序》，太子内率府胄承军事清河崔牧述，序末的日期是开元十六年（728）。虽然崔牧之传记未详，《序》之内容亦多不可信，但在此笔者所论并非事情真伪，而是与善无畏三藏有关的传说，因而并不造成妨碍。记有承和六年（839）这个日期的《灵岩寺和尚请来法门道具等目录》（《大正藏》卷五十五）著录了"大日经序一卷"，可知其并非年代相隔久远的后世之伪作，仅此即是充分条件。

这篇《序》中，记述了善无畏携来和译出《大日经》的经纬：

> ……毗卢遮那神力加持者，盖诸佛不思议境界深密妙用之灵府也。大本十万颂，梵方秘而密藏。今所译者，昔北天竺国界内有一小国，号为勃嚕罗，其国城北有大石山，壁立干云，悬崖万丈。于其半腹，有藏秘法之窟，每年七月即有众圣集中，复有数千猿猴持经出晒，既当晴朗，仿佛见之。将升无阶，似观云雁。属暴风忽至，乃吹一梵夹下来。时采樵人辄遂收得，睹此奇特，便即奉献于王。王既受之，得未曾有。至其日暮，有大猴来索此经，斯须未还，乃欲殒身自害。善巧方便，殷勤再三，云：经夹即还，但欲求写。见王词恳，遂许通融，云：且为向前受摄，三日即来却取。王乃分众缮写，乃限却还。王唯太子相传其本，不流于外。近有中天大瑜伽阿阇梨，远涉山河，寻求秘宝。时王睹阇梨有异，欣然传授此经。……

上引这段，讲的是石山的半腹有藏经典的石窟，每年七月，圣人

---

① 《大日本续藏经》第三十六套第一册。亦有人对序的日期"开元十六年"持怀疑态度。清田寂云《大日经义释诸本之成立小考》（上），《密教研究》第八十五号，昭和十八年六月。

们云集其内。猴子似乎担任保管工作，将经典拿出来曝晒。人类不得近身。某日经典被暴风吹落，为国王所得。猴王前来想要取回经书，国王请求给予三天时间，命人分头抄写此经。

这个传说是关于《大日经》的由来之经纬，从内容来说当然不足为信，但作为传说而言比较有趣。玄奘取经的故事可能与此结合，于是产生了以猴子为开路者的构思。南宋刘克庄有诗句云"取经烦猴行者"，不得不劳烦猴子的理由通过这篇《序》不是已经明了了吗？

前文已述及《诗话》将玄奘取经的时间设为玄宗时代。可能是玄奘取经的故事最初和明皇有某种关系。关于明皇的种种传说很早的时候就产生了，明皇尊道教、亲道士，因而这些传说中大抵都有道士登场。在早期文献如白居易《长恨歌》、陈鸿《长恨歌传》中已经可以看出这种影响，而一般最有名的是所谓的"唐明皇游月宫"，唐代的多种文献中俱有记载，①另敦煌出土的题为《叶净能诗》者亦是此类。还有在《太平广记》等里面关于道士张果、叶法善、罗公远等的传说非常多，而表现佛家与明皇关系的传说特别引人注目的几乎没有（记述极其简单，或表现与道士的关系时僧侣出场的情况是存在的）。

但是玄宗时代也并非完全是道教的天下，也有仰慕大唐盛世之景况的外国高僧络绎来华，众所周知玄宗亦给予名僧善知识以殊遇。本来所谓三藏是通晓经、律、论三者的博学僧人尤其是翻译僧的称号，肯定不止玄奘一人。玄奘之后，最为有名的是义净三藏（635～713）。而玄宗朝迎来了唐代的最盛期，金刚智三藏（663～732）、善无畏三藏（637～735）、不空金刚三藏（705～774）等陆续从印度来华，传播真言宗。另外中国人中有

---

① 明代郎瑛《七修类稿》卷二十八作为"唐明皇游月宫"之文献，引用了《异闻录》《唐逸史》《集异记》《幽怪录》。

善无畏三藏

去天竺的慈愍三藏慧日（680～748）。这些三藏中做出不可思议之举动者颇多。其中无畏三藏是中天竺的王子，玄宗朝开元四年（716）抵达长安，翻译了《求闻持法》《大日经》等密教的经轨。关于他的传记，《行状》较为简略，而《碑铭序》颇为详细，记述了种种神异。他由陆路来中国途中的传说中，有让我们想起与其说是《诗话》不如说是《西游记》的故事。《宋高僧传》卷二所收《善无畏传》亦基本据此而作。另外唐代郑綮的《开天传信记》有如下所述：

> 无畏三藏自天竺至，所司引谒。上见而敬信焉。上谓三藏曰："师自远而来，困倦欲于何方休息耶？"三藏进曰："臣在天竺国时，闻西明寺宣律师持律第一，愿依止焉。"上可之。宣律禁诫坚苦，焚修精洁，三藏饮酒食肉，言行粗易，往往乘醉而喧，秽污细席，宣律颇不甘心。忽中夜，宣律扪虱将投于地，三藏半醉，连声呼曰："律师扑死佛子。"宣律方知是神异人也，整衣作礼，投而师事之。……

这一段大部分是传说，未见于《行状》《碑铭序》，而在《宋高僧传》卷二《善无畏传》中作为一说被引用，但是去除了饮酒食肉云云之处。此外该书卷十四《道宣传》中，也稍加变形后收录之，但没有关于酒肉的内容。也许是虽然存在这种传说，但从释家的立场来看，难以取信于人，因此没有采用。

从上述来看，《诗话》的以下四个特点都是由善无畏触发而产生或转化的：

① 玄奘被写成是玄宗时代的人。[二]第一。

② 取经时借助了猴行者之力。[二]、[三]第二、[四]。

③ 似被写成是贪吃的人。[三]第十一、[四]。

④ 于福仙寺得授经文。[三]第十五。

中国人对于佛教，知识并不贫乏，但往往非常不正确。我们不能不考虑到在民间俗传中玄奘被混同于善无畏的可能性。第一是三藏这个称呼是共通的。第二是从印度携来经典之事是共通的。第三是两人皆曾居于长安的西明寺。第四是两人都曾从事译经事业。既然以上这些条件俱足，两者被混同也是无可避免的。总而言之是由于将玄奘与善无畏混同，才又生出了与明皇的关系，形成了《诗话》中所见的取经故事。

（五）本书的性格

这部小说与之后的《西游记》大相径庭。《西游记》中各种妖怪一个接一个不断出现，玄奘屡屡遭受生命之危，由于悟空的奋战才脱离险境。但是《诗话》中虽有白虎精（第六）、九龙池的龙（第七）之类的怪物出现，但都无足挂齿，被猴行者三下两下就制服了。因此，称之为神魔小说或冒险小说并不恰当。另外写三藏一行过无人之境的含混之处有很多，途中的景物或风俗人情等描写几乎没有，称之为旅行小说也不合适。也许是唐宋时代伴随着都市的发达，产生了定居于都市内、对遥远山村僻地之事兴趣淡漠的都市人。对于这些人而言，对遥远边地或异国事物既不了解，又没有兴趣特别关注。《诗话》的描写多少让人感到不够完善的理由，除了它只是简单记述梗概以外，这也是一个方面。另外《西游记》所描写的那些妖怪《诗话》中几乎没有出现，是受了排除空想的正统儒家思想的影响。

以印度旅行为题材，无论是作为旅行小说还是冒险小说都算不上是上乘之作的《诗话》，我们究竟应该怎样来理解它？笔者想把它理解为带有佛教的感应传或往生传倾向的作品。感应传（又称灵验记）是汇集有关由于佛菩萨信仰而特别灵验的故事，自六朝直至唐代层出不穷。《诗话》是讲述毗沙门天信仰的一种具有感应传色彩的作品。另外所谓往生传与一般的感应传有别，具有弥陀信仰、净土欣慕这个中心点，随着净土教的发达，从唐中期至宋代有不少这类作品问世。

三藏法师由于求得经典东归之功而得以转世到天上之事，见载于《诗话》最后。玄奘之传记记载了他原本是热心的弥勒菩萨信仰者，死后去到兜率天。弥勒信仰自六朝开始流行，但随着净土教的勃兴，最终被阿弥陀信仰所压倒。因而《诗话》中已经不见弥勒之名，单言最后玄奘升天了。现在我们看到的《诗话》，感应传、往生传的性格变得淡薄，是进入仅仅是娱乐性说唱文本阶段的一部作品。把《诗话》半途而废的性格作如此理解，才能明了。也许《诗话》的内容，大致是在五代北宋之际形成的。

时代稍晚，辽代的墓葬中有西天取经故事的雕刻。据说可以辨别出是腾云驾雾的猴行者与对之而拜的玄奘（《诗话》第二）、乘着狮子去林中的玄奘（《诗话》第五）、把手放在树枝上的玄奘（摩顶松）这三个场景。[①]

这个雕刻显示出在辽代（北宋），西天取经的故事已经广泛

---

① 《猴王孙悟空（辽代的壁画）》，《武藏野》第十八卷第二号，昭和七年，又《鸟居竜藏全集》六；《刻有西游记图样的画像石》，《宝雲》第十一册，昭和十年，《満蒙其他の思ひ出》（昭和十一年，冈仓书房）所收；《关于契丹画像石的图像》，《歴史教育》第十卷第四号，昭和十年，《満蒙其他の思ひ出》所收。

流行,同时这并不单单是一种装饰,还具有祈祷死者上升到兜率天的意味。由此来看,西天取经的故事在辽代具有了一种感应传、往生传的性格。辽代时与净土往生相伴随,也流行兜率上升信仰。[①] 例如辽代非浊的《三宝感应要略录》之"新录"中收录的兜率上升之例为数不少,另外崇国寺有大兜率邑这种信仰团体。[②]

（原刊于《神戸外大論叢》17—1、2、3 合并号,1966 年 6 月）

【附记】浙江省杭州附近的将台山有雕刻着西天取经故事的石龛,据传可以辨认出是玄奘、孙悟空、沙悟净、猪悟能(八戒)、马。由于将台山的雕刻作于五代后晋的天福七年(942),说明五代后期西天取经的传说就已经流行(《文物参考资料》1956 年第 1 期所载《杭州南山区雕刻史迹初步调查》)。猪八戒在五代的雕刻中出现,从西游故事的发展史来看似乎为时过早。照片没有公开,不可贸然相信。

① 神尾弌春《契丹文化史考》,一〇〇～一〇二页。
② 野上俊静《遼金の仏教》,一三一页。

［三］

南宋华南的西游故事

南宋张世南的《游宦纪闻》中，反映了当时存在的《西游记》的早期故事。张世南是江西人，《四库全书总目提要》根据此书中的记事，将他推定为南宋宁宗、理宗朝（1194～1264）之际的人。他曾在福建永福（现在的永泰）任官，书中多有记载永福之事。其卷四有如下一段：

> ……因度为僧人，号为张圣者。……时里中有吴氏，建重光寺轮藏成，求赞于僧。援笔立就，云：
>
> > 无上雄文贝叶鲜，几生三藏往西天。行行字字为珍宝，句句言言是福田。苦海波中猴行复，沈毛江上马驮前。长沙过了金沙难，望岸还知到岸缘。夜叉欢喜随心答，菩萨精虔合掌传。半千六十余函在，功德难量熟处圆。

《游宦纪闻》有数种版本。《经籍访古志》中著录的宋刊本，现藏于日本宫内厅书陵部。《说郛》（商务印书馆排印本）、《重较说郛》、《五朝小说》所收的《游宦纪闻》为节本，没有此条。《稗海》本中虽有，但存在比如将贝叶写作具叶等明显的误字。《知不足斋丛书》本中订正了此类错误，故本稿从之。这一版本，至少以上这首诗的字句与宋刊本是相同的。另外与《旧闻证误》合刊的铅印本（1981年1月，中华书局）也同样。

第一句中"无上雄文"，大致是指大乘妙典。"贝叶鲜"是说其书为新出，似指西游故事中的释迦造经情节。但实际上当时轮藏已经完成了。轮藏是寺院里设置的回转式书架，上面陈列着藏经，将它回转时，据说具有和诵读经文同样的功德。日本大津的三井寺的轮藏,是巨大的建筑物。

第二句的"三藏"指玄奘三藏,说他曾数度转世,去往西天(印度)。第三句、第四句是说如此带到中土的大乘妙典之珍贵。

第五句的"苦海",佛教中有将苦之无边譬喻为海的典故,而这里就是指海。"猴"即猴行者,也就是明本《西游记》中的孙悟空。说他在海上往返。《诗话》第十五章的题目是《入竺国度海之处第十五》,因此三藏等人一行似乎曾经渡海,但实际上此事完全没有任何记述,连猴行者在海上往返的故事也没有。然而从这首赞来看,猴行者似乎出于某种原因,在海上往返。明本中,有孙悟空被师父驱逐,于是去求救于观音,而在海上往返的故事。这首赞大概指的是此事。

第六句的"沈毛江"(沈,《稗海》本误作况)相当于明本中的流沙河。明本第二十二回形容流沙河的语句中,有云"鹅毛飘不起"(连鹅的羽毛都浮不起)。流沙河是沙和尚(悟净)的住所。沙和尚相当于《诗话》第八章中的深沙神。这首诗中提到了沈毛江,所以这里必定出现了深沙神或者沙和尚,但他是否为三藏的弟子,我们从诗中并不能得知。此诗中写到由马背着(三藏及行李)渡江。这是马(明本中是由龙变成的白马)背负着三藏出场,而在《诗话》中我们并没有看到马。但泉州开元寺的石塔(有东西二塔,而此处说的是西塔,南宋嘉熙元年即1237年建立)上,有东海火龙太子的雕像。也许是他化成马帮助三藏法师取经。这首诗中的马,大概就是指此。

第七句的"长沙"应该也是河名。这个名字在《诗话》、明本等其他文本中未见。明本中有流沙河(第二十二回)、黑水河(第四十三回)、通天河(第四十七回)三条河。长沙如果是河的话,大概就相当于明本中的黑水河。金沙是金沙滩(或金沙河)的略称,是鱼篮观音出现的场所。鱼篮观音的传说自宋代以来就有,在多种文献中都有记载,出现的场所是金沙滩(陕西)。[①]
在作为此诗蓝本的西游故事中,具有鱼篮观音的角色是确凿无
疑的。上引诗中的金沙滩,是指在金沙因为鱼精而蒙受厄难,
鱼篮观音出手相救。《诗话》和明本中,都没有金沙的记载。而
在明本中,变成了鱼篮观音在通天河抓住了金鱼精。显而易
见,金鱼是从金沙产生的联想。如果是这样的话,那么这首诗
中的金沙就相当于明本中的通天河。这首诗中有三条河的名
字,且可推测其顺序与明本相同,此为极为重要的信息。《朴通
事谚解》等其他资料中,只能看到流沙河(《目连救母劝善戏文》
中作烂沙河)。

第八句中的"岸",应该指所谓的彼岸。《大智度论》中,有
"以生死为此岸,涅槃为彼岸"之语。这首诗将超越生死的涅槃
世界进行了具象化,称之为岸。此可能相当于《目连救母劝善
戏文》中的百梅岭、明本第九十八回中的凌云渡。在百梅岭,目
连从山崖上投身而亡,脱却凡身,得成佛相。(此目连形象,受
《西游记》中玄奘三藏的影响很强。)凌云渡是三藏脱却凡胎的
处所,也就是彼岸。

第九句说的夜叉欢喜、随心应答,也许是为三藏一行的到
达而喜悦吧。然在其他资料中,尚未发现与此相当的故事。

第十句中的菩萨可能是指观音菩萨,意为观音庄严虔诚地
传授佛经。

第十一句是说五百六十余函经典真真切切地就在眼前。
玄奘得授的经典之数,《诗话》和明本记载是五千零四十八卷,
此是将《开元释教录》卷十九卷首所见的入藏经典的总数合计
而得出的数字。实际上玄奘从印度带回的经典是六百五十七
部。这首诗似将五和六颠倒搞错了。

---

① 泽田瑞穗《鱼篮观音》,见《仏教と中国文学》(昭和五十年二月)。

第十二句大意是这些经典功德无限,若熟习之必得圆满。最后三字有些可疑,但与《西游记》并没有直接关系。

正如以上分析所见,与《诗话》相较,这首诗反映的西游故事显然更为成熟。《诗话》中未尝出现的马、三条河、彼岸等,在这首诗中都有记述。

张世南还记录了关于张圣者的其他若干条轶闻,说这些都是从其友人吴信可(永福人)那里所听闻,吴氏又是在幼少的时候从乡里的长老处闻得。张圣者还募集善款,建了一座石桥。当时有神秘预言:"石桥半,出通判;石桥全,出状元。"这个预言确实言中了,张世南记载:

> 及侍讲萧公国梁魁天下,乃生于桥成之月。桥方半时,实生通判吴公。

虽然张世南的这段记述让人有些费解,但我们从中可知的是萧国梁曾状元及第,他出生于石桥竣工之月;通判吴公则生于桥建造到一半的时候。萧国梁是名士,许多文献中记载了他在乾道二年(1166)中状元。据载永福在萧国梁之后又续出了两位状元,邑宰(知县)的诗中,有"七年三度状元来"之句,这些故事"至今脍炙人口"。又云张圣者出家为僧后"走人间五十余年"。萧国梁的生年未详,而如果假定他中状元是在三十岁,那么他的生年就是南宋绍兴七年(1137)。综合以上这些信息,可以推定轮藏的落成大概是在北宋末或南宋初,因而诗中的西游故事,很有可能是成立于北宋末。《游宦纪闻》附有绍定元年(1228)之序,然卷八又有绍定六年的记事,后半部分也许是增补上去的。总而言之,此书中所记的西游故事是在很远的早期就存在的。

福建泉州开元寺的石造东西两塔,有很多雕刻。西塔(仁寿塔)建于南宋嘉熙元年(1237),东塔大约建于稍晚的淳祐十年(1250)。对此进行过研究的 Demiéville[①] 氏，认为这些雕像中有六个与《西游记》的故事有关系，即西塔第一层的尉迟恭、秦叔宝，第四层的**唐三藏**、孙悟空（可能确切应说猴行者）、**东海火龙太子**，东塔的宾头卢（或玄奘）。（粗体字表示题铭，其他为推定。）

笔者的观点是：若认为这些人物中，尉迟恭、秦叔宝（即门神）、宾头卢三者在南宋之际就已然被西天取经的故事所采入，时代未免过早。

尉迟恭和秦叔宝是门神。尉迟恭，字敬德，一般以字行，可见于《永乐大典》引用的《西游记》中。秦叔宝在引用文中未见，但大概是出于偶然的疏忽。他们二人作为门神二将军，在《三教源流搜神大全》（元代文献）中有记载，而认为他们被采入宋代的西游故事中则似乎缺乏根据。宾头卢是十六罗汉中第一，然由于妄自玩弄神通而受到佛祖的斥责，被驱逐到西瞿耶尼洲。禅林僧堂中央安放的像称为圣僧，多以宾头卢当之。而玄奘有圣僧之称，所以被认为其前身是宾头卢，此不乏误与毗卢伽混同的可能。杨东来本《西游记》中可见关于毗卢伽尊者的记述，而在南宋末将宾头卢采入西游故事中，时代未免过早。笔者认为塔里第四层的全部十六座雕像，构成了当时的西游故事。

唐三藏、猴行者、东海火龙太子这三幅雕刻，据说在图的右上角都添加了其他绘画，这是它们的共通点。笔者认为，这是表示这些人物西天取经故事中的结果的。正如金院本中有题为《唐三藏》的作品那样，唐三藏是通俗文学中玄奘的称呼。雕刻题铭里的唐三藏，也不仅仅是把他作为历史人物来对待的。

---

① G. Ecke and P. Demiéville, *The Twin Pagodas of Zayton*, *Havard-Yenching Institute Monograph Series*, Vol. II, 1935.

唐三藏的右上方有莲花,意味着他转世到了极乐净土(应该将莲花与唐三藏理解为用如线一样的东西联结在一起,不应看成是手捧莲花)。猴行者的右上方有佛,意味着猴行者由于取经有功而成了佛(此佛并非玄奘)。东海火龙太子的右上方有鞍上负着莲花的马,意味着火龙曾化身为马协助西去取经,有功而转世到了极乐净土(右上方添加的小幅图绘,表现了未来或是梦。详参本书第五八页)。玄奘转生至弥勒净土之事,在《慈恩传》中也有反复记述。另三藏法师与猴行者升天之事,《诗话》中也有记载。之后元代的《西游记》的描写中,法师成为栴檀佛如来,孙行者成为大力王菩萨。前文已述及玄奘授龙以《心经》的传说。龙或许是在紧接着猴行者之后加入取经队伍的。这些雕刻反映的西游故事,显然具有很强的往生传的性质;而龙马的出现,以及猴行者颈挂数珠、手持大刀、腰上挂着《孔雀明王经》的卷本和瓢箪等诸点,与《诗话》相比,很显然正在向成熟变化。

"行者"这个称谓,历来有种种解释。而在此笔者想关注"行脚乞食的僧人,又称头陀"(旧版《辞源》)这一解释。这个行者与《诗话》中的行者有别,是徒步云游诸地的祈祷师父。关于其服装,《水浒全传》第三十一回中,武松变装成的行者的形象可作为参考。据此描述,行者的头发像河童那样齐眉剪断,后面下垂至颈部,戴着像头巾一样的铁界箍(戒箍),穿着黑色木棉直

武行者

猴行者

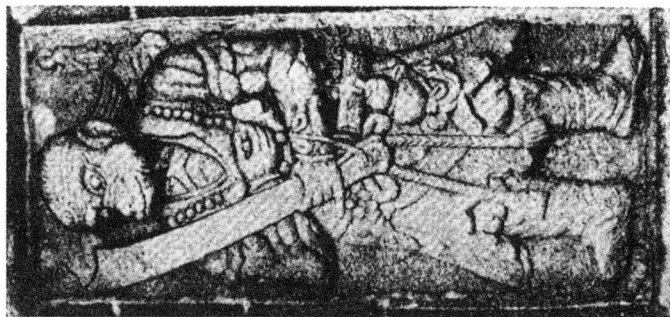

东海火龙太子

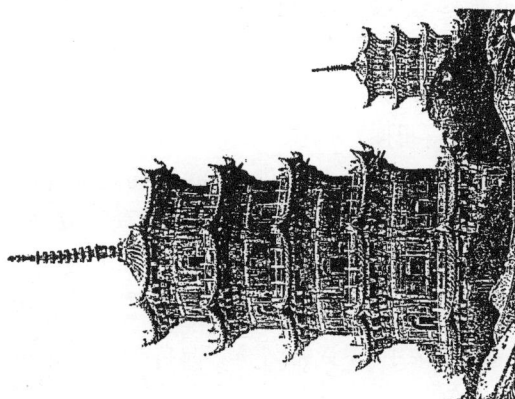

泉州开元寺的西塔仁寿塔（左）

裰，系着腰带，脖子上挂着数珠，鲛皮鞘里装着两把戒刀。这基本上与开元寺的猴行者形象一致。不同之处有两点：猴行者所穿似乎并非直裰，以及刀并非两把戒刀，而是青龙刀之类。此外，他身上带了《孔雀明王经》卷本和瓢。装饮料的瓢箪，对于行者来说大概是不可或缺的。

开元寺的雕像上能看到的只有"孔雀王经"四字，这可能是由于衣纽结于"明"字上，故而此字看不到。《孔雀明王经》是不空译《佛母大孔雀明王经》的略称，中有原始密教的内容。现在自然无必要——详说其内容，而开头部分记载了被毒蛇咬了濒死时（当然更不用说对所有疾病都有效果），应该念诵的陀罗尼（真言）。诸如这般，全卷设想所有的种种场合，记载了各自适用的陀罗尼文句。这部经书对于行者来说可谓是不可或缺，是实用性经典。其中言及诃利底母（鬼子母），云"半支迦药叉，羯湿弥罗国，具足五百子，有大军大力。长子名肩目，住在支那国"。半支迦是鬼子母的丈夫。此与《诗话》第九所见的鬼子母国的故事，可能也具有某种关系。另外明本《西游记》第十三回中提到《孔雀经》，第三十七回提到《孔雀真经》，大概说的也是这部经典。

我们隐约可以看到雕刻上猴行者所持大刀的前端，有云之类的东西在升腾。笔者推测此相当于后世的筋斗云，是猴行者具有飞行能力的证明。《诗话》第三记载行者曾经去过天宫，另外根据《游宦纪闻》所引之诗，也能想象到他在空中飞行。

唐三藏的右边，隔着佛龛，就是**梁武帝**的像。唐三藏面向右方，恭恭敬敬地拜梁武帝；梁武帝面向左方，似在接受唐三藏的行礼，以及略略还礼。这两幅雕像，并非毫无关系，而无疑构成了一对，表现了两者对面的场景。

这幅雕像中，梁武帝与笏一起持于手上的四角物体，是《般若心经》的折本。武帝打开了第一页拿在手中。折本的右半部分，封面内侧位置绘有回头观望的装饰性佛像。左半部分，

唐三藏

梁武帝

一般来说是正文的第一页，但这里只记了个经名。武帝将这部经书与笏一起捧持于手，固然表现了崇信《心经》之念，而同时大概也有以佛法为政治之根本的意味。

《般若心经》有若干种译本，而最最通行的是玄奘译本，其他译本完全被无视了。中国的所有对这部经的注解，都是以玄奘译本为依据；明本《西游记》第十九回所引用的，也是这个文本。前文已述及有传说云唐僧从病者或病僧那里得授《心经》，而我们未必能将其断定为荒唐无稽的传说。

《般若心经》的梵本，有大、小（详细与简略）两种。玄奘译的是其中的小本。非常有趣的是，梵本的小本在包括印度在内的亚洲诸国皆不传，而仅存于日本的法隆寺。此据说是在推古天皇十七年（609）从隋传来之物。或许是以前中国存有写本（有可能是根据来华的天竺僧侣之口授而作的写本），其一为玄奘得到和翻译，另一传到了日本。敦煌本称为《唐梵翻对字音般若波罗蜜多心经》①，将梵文转写为汉字，有"观自在菩萨与三藏法师玄奘亲教授梵本，不润色"之副题，甚至相信《心经》是玄奘从观音那里直接得授的。武帝手里所持的《般若心经》，无疑是唐三藏向他进献的，也许是玄奘在西游途中或是在天竺所得。由此看来，这个像应该是表现的玄奘从天竺回来，拜谒武帝时的情景。

梁武帝是热情的佛教信徒，最终导致亡国殒命，此为儒者所非议；同时，他又是一个具有很多传说的君主。《比叡山最澄和尚法门道具等目录》中，著录了"《梁武帝评书》 大唐拓本"。现代语言中的"评书"是指说书、说唱，假如就是此意，那么该书应该具有非常有趣的内容。遗憾的是，现在无法确认其尚存与否。

武帝的皇后郗氏，死后变为蟒蛇，向武帝求救。武帝作慈悲道场忏法，招僧行忏礼，皇后得以转世为天人。这就是世上所行的《梁皇忏》（宋张敦颐《六朝事迹编类》"郗氏化蛇"条）。

《太平广记》卷四一八引《两京记》中，蟒变成了毒龙。另外同卷"震泽洞"（梁四公记）有如下故事：

> 洞庭山南有洞穴，东海龙王第七女掌龙王珠。梁武帝遣名曰罗子春者，携礼物访龙女，终得龙王珠。

这个传说，似乎与西塔的雕像东海火龙太子，以及由此与早期的《西游记》故事有关系。东海火龙太子大概与武帝熟识，协助取经事业。其左手所持之玉，也许是献给梁武帝的龙王之玉。尽管没有确凿的根据，猜测唐三藏取经的缘起可能如下：

梁武帝为了超度化为龙的皇后，想求取佛经，于是要唐三藏去天竺。同时，他拜托东海火龙太子保护三藏的行旅。于是

---

　　① 《大正新修大藏经》第八卷（No.256）。另参照本书第十五章。

变成蟒蛇的皇后转世为天人（右上）

太子和猴行者一起跟随三藏，去往天竺。

　　明本《西游记》的记述中，玄奘取经是奉唐太宗的敕命。虽然这在时间上是被合理化了，但太宗并没有命令取经的事实，另外太宗也不特别地信奉佛教。令玄奘西去取经的，只有佛教信仰很彻底的梁武帝才是合理的。也许在华南地区，梁武帝的名字家喻户晓，受到众人的尊敬。

　　唐三藏的称谓，见于唐代张彦远《历代名画记》卷三"东都寺观等壁画·敬爱寺"条。这个"唐"，既是朝代名，也是国名。现在华南的人们还自称唐人，"唐"指中国之意（这个称呼在很早的时候也传到日本）。至于这个称呼是何时产生的，虽然并没有明确的记录，但可以知道的是大概南宋时代就已经存在了。倘若如此，那么所谓的唐三藏，并非意为天竺三藏，而是中华三藏。中华三藏和梁武帝在同一个故事中出场，当时的华南人并不会感到有什么不合理。这是这部小说在华南海滨僻壤发展成熟的一个证明，但是我们可以推测到了元代，这部小说一传播到华中、华北地区，首先这一点就被加以修正，梁武帝被替换成了唐太宗，故事的细节部分也被大幅修改。明本第十回中，有太宗的大臣魏徵梦中斩龙的故事，比此更早的文本为《永乐大典》所引用。降错了雨的龙王得知将被魏徵斩杀，向太宗求救。于是太宗在那个时辰与魏徵一起下棋，希望他没有时机去斩龙。但是魏徵一边下棋一边睡着了，在梦里斩了龙王。不知这个故事的直接来源为何。而唐代张鷟的《朝野佥载》（《宝颜堂秘笈》本，卷二；另《太平广记》卷一二五等有引）中有如下故事：

> 梁有榼头师者，极精进，梁武帝甚敬信之。后敕使唤榼头师。帝方与人棋，欲杀一段，应声曰："杀却！"使遽出而斩之。

魏徵斩龙的故事，可能是以上述梁武帝的故事为蓝本而改作的。这个武帝斩师的故事也见于《古今小说》（又称《喻世明言》）卷三十七《梁武帝累修成佛》中。在这篇小说里，还有昭明太子死后游天庭、数日后又复生的故事。可能这个故事和武帝斩师的故事一起被包括在南宋华南的西游故事中。明本《西游记》中，紧接着魏徵斩龙，还记述了太宗游历地狱之事。虽然其直接来源是《朝野佥载》卷六和变文《唐太宗入冥记》，但此是元代以来梁武帝从《西游记》中消失以后才采用吸收的。《梁武帝累修成佛》则可能是借用了原来的西游故事的一部分，然后加以修改而成的。

　　开元寺的猴子雕刻，虽然没有题铭，但应该称作猴行者（也可能是孙行者），称之为孙悟空是不恰当的。其他还有十二尊菩萨、神将的雕像。虽然名称不明者有很多，但应该都是取经的守护者，后来演变为《杂剧》第八出中的十大保官。可以推测西游故事本身，与《诗话》、元本有较大的差异。

南宋诗人刘克庄（1187～1269）有诗句曰"取经烦猴行者"（《后村先生大全集》卷四十三），另外如此描写镜子中映现的自己：

> 背伛水牛泅硐涧，发白冰蚕吐丝。貌丑似猴行者，诗瘦于鹤阿师。（《后村先生大全集》卷二十四《揽镜六言》）

前一首诗的写作年代不明，而这首无疑是晚年的作品。他的出生地是福建省的莆田，距离泉州只有约 80 公里。泉州在宋元时代是世界上屈指可数的大贸易港，他应该曾经涉足此地，观览过开元寺石塔的雕刻。另外泉州有很多外国人居住，以《罗摩衍那》为题材的充满幻想的皮影戏（此现在仍在东南亚各地盛行）被上演，可以想象这会对处于素朴、未成熟状态的西游故事产生影响，成为促使它产生飞跃性发展的刺激剂。加之华南地区有很多猿猴栖息，民间有不少关于它们的传说，这也是推动西游故事发展的一个助力。

永福、莆田、泉州三个地区都位于福建省南部，距离较近。这或许显示了《西游记》故事是以这一带为中心而发展成熟。

《夷坚甲志》卷六收录了一篇题为《宗演去妖猴》的文章，后来的《五朝小说》将此文改题为《福州猴王神记》而收录。两文在文字上有些小异，但总之是同一作品。

这篇文章的主要内容是：虽然福州永福县的能仁寺祭祀了猴王的像，但它还是作祟扰民，于是长老宗演念诵咒语超度这只猿猴，其害遂绝。这个故事和明本《西游记》第十四回写的神猴（悟空）被压在五行山下，三藏将之救出的故事比较类似。历史上名为宗演的僧人有两个,都是宋代人,都和福州有若干关系。《五灯会元》卷十六记载的宗演是恩州(广东省)人氏,住福州雪峰;另外同书卷二十记载的宗演是福州人,住常州华藏,是大慧宗杲的法嗣。二人与能仁寺之关系,俱不明。据乾隆十四年刊《永福县志》的记载,能仁寺有个叫崇演的僧人;还有名为猴王的护法神,兴灾作难,被县令陈克侯制伏。看来《夷坚志》的记载,已经发生了变化。另外《夷坚志》被认为是洪迈(1123~1202)晚年的作品,《游宦纪闻》卷一亦言及此书。

苏轼有一首题为《杨康功有石,状如醉道士,为赋此诗》的诗,可能是西游故事的来源之一:

> 楚山固多猿,青者黠而寿。化为狂道士,山谷恣腾踔。误入华阳洞,窃饮茅君酒。君命囚岩间,岩石为械杻。松根络其足,藤蔓缚其肘。苍苔眯其目,丛棘哽其口。三年化为石,坚瘦敌琼玖。无复号云声,空余舞杯手。樵夫见之笑,抱卖易升斗。杨公海中仙,世俗那得友。海边逢姑射,一笑微俛首。胡不载之归,用此顽且丑。求诗纪其异,本末得细剖。吾言岂妄云,得之亡是叟。

释清潭在《续国译汉文大成》之余论中,有如下言论:

> 此《大唐三藏取经诗话》三卷,正是自古以来与《三国志》《水浒传》《金瓶梅》并称为四大奇书的《西游记》之原本。那部《西游记》中有孙悟空入华阳洞盗饮仙酒,被茅君惩罚的故事。此与该诗起句以下二十句所咏之事同一。因此猜想,坡公在世时就已然存在《大唐三藏取经诗话》之书,公读之,遂作此名篇。……

上文虽有意思不甚明确之处,而"那部《西游记》"指的似乎是《西游记》的原本《大唐三藏取经诗话》。但是此书中并没有孙悟空入华阳洞盗饮仙酒、为茅君所惩罚的故事。明本《西游记》

中变成了偷饮蟠桃宴的仙酒，而没有出现华阳洞和茅君。这首诗写的是，楚国的老猿化成狂道上，进入华阳洞，盗饮茅君的酒；茅君将之逮捕，囚禁于岩石之间，后来猴子化为石头。这个华阳洞，在金陵之南句容的句曲山上。《梁书》陶弘景传曰：

> ……于是止于句容之句曲山，恒曰，此山下是第八洞宫，名金坛华阳之天，周回一百五十里，昔汉有咸阳三茅君，得道来掌此山，故谓之茅山。乃中山立馆，自号华阳隐居。

苏轼此诗中言猿猴化为石头，而明本《西游记》中，是猴子（孙悟空）从石头里生出，因扰乱天庭而被捕，被拘禁于岩石间。此诗最后以"得之亡是叟"作结。"亡是叟"意为现实中不存在的人，可见当时有这类传说存在。但是，笔者并不认为这直接地构成北宋之际的西游故事的一部分。也许这在当时与西游故事并无关系，后来才对《西游记》产生影响。

除此以外，《清平山堂话本》（《古今小说》亦收）中有《陈巡检梅岭失妻记》，讲述了号为齐天大圣的妖猴把女子攫入洞中的故事。这显然为西游故事提供了重要的材料。这里的梅岭指的大概是大庾岭，虽然不属于福建，但都是华南的地方。

（据《〈游宦纪闻〉中所见的西游记故事》[《東洋文化》复刊第 43 号，1977 年]增补）

四

《朴通事谚解》所引《西游记》考

（一）《朴通事谚解》之成书

朝鲜肃宗三年（康熙十六年，1677）刊行的《朴通事谚解》（被称为肃宗本。《奎章阁丛书》卷八，昭和十八年影印刊行）中，采入了早期的《西游记》故事。即其下卷第80话（原本无章节编号，只是将故事一个个罗列。此为笔者所作计数，从第1话开始顺次加以编号）和第88话的正文中，涉及西游故事，并附了与此有关联的八条注。第80话的正文算不上很重要，而第88话对《西游记》里的车迟国情节有非常详细的记述。注则叙述了《西游记》的梗概（一部分）和出场的妖怪、遭受厄难的场所等。

肃宗本是在崔世珍（？～1542）的《朴通事》的基础上，合以同是崔世珍编撰的《朴通事集览》而成的。两书现在都有影印本。《朴通事》现在仅存上卷，载有《西游记》的下卷已经亡佚。《朴通事集览》则和单字解、累字解、老乞大集览合为《老朴集览》。比较《朴通事》的上卷部分来看，肃宗本与崔世珍本的差异微乎其微，可以称为同一种。因此，中下卷部分大概也是类似的情况。推测《朴通事》的原本是元代创作的。崔世珍本虽是其改订本，但改订似仅限于字句，并不涉及内容。关于《朴通事》原本的成立时间，由其中记载的步虚和尚在燕京永宁寺说法之事（上卷，第39话），可以推定是在稍晚于元代至正七年（1347）之时。所以，第88话的车迟国故事，无疑是以它之前的《西游记》为蓝本的。

《老朴集览》的刊行时间没有记载。但《四声通解》所附正德十二年（1517）之序中言及此书，可见它应该是在此之前刊行

《老朴集览》

《朴通事谚解》

的,比《朴通事》的成立晚了约170年之久。因此,八条注中引用的《西游记》,和正文第80话、第88话中所见的《西游记》,并不能保证是同一种。

《老朴集览》之注的记事中年代最晚的是"南京应天府丞"条(下第八叶内。肃宗本为下第三八叶)所附的"永乐中于北平肇建北京为行在所,正统中以北京为京师,设顺天府……"。

另外从所引的书来看,除了如《龙飞御天歌》(正统十年,1445)之类的朝鲜书籍,汉籍中大概《南村辍耕录》(至正二十六年,1366)是最晚的。换言之,引用的书籍全部是元代及元代以前的。中国新刊书的输入和利用,似乎必须经历漫长的年月。那么,崔世珍所阅《西游记》,应该也并非当时的新刊本或者说明代本。即便与正文所用的不是同一种本子,也仍是元代本。在此也可以考虑把正文使用的本子称为朴通事本《西游记》,崔世珍注使用的本子称为集览本《西游记》,以此来将两者区别,但两者也可能是同一种,故没有这种必要。

检讨《老朴集览》,发觉到一些问题。这就是笔者下文所标注3中引到的"棘钧洞",在《老朴集览》中作"棘针洞"。虽然这个字在影印本上墨色较淡,但很明显是"针"。这想必是肃宗本的臆改。另外接下去的注6,《老朴集览》中未见。

(二) 相关记事(全录)

首先不妨摘录《朴通事谚解》中所见的与《西游记》有关部分。如仅说三藏法师的,虽然不知其为史实性记载还是小说性质的内容,但出于检讨之需,一并予以摘录。另外《朴通事谚解》正文的每一句末尾都缀有〇符号,其后以两行小字插入谚解。现出于方便考虑,权且将○移至各句句首;注只摘录其中的必要部分。注中本无句读,在此笔者酌情加之。

往常唐三藏师傅

(注1)三藏俗姓陈,名伟,洛州缑氏县人也,号玄奘法师,贞观三年奉敕往西域,取经六百卷而来,仍呼为三藏法师……(影印本二六五页)

○西天取经去时节

(注2)西游记云,昔释迦牟尼佛在西天灵山雷音寺,撰成经律论三藏金经,须送东土解度群迷,问诸菩萨往东土寻取经人来,乃以西天去东土十万八千里之程,妖怪又多,诸众不敢轻诺。唯南海落迦山观世音菩萨,腾云驾雾,往东土去,遥见长安京兆府,一道瑞气冲天,观音化作老僧入城。此时唐太宗聚天下僧尼,设无遮大会,因众僧举一高僧为坛主说法,即玄奘法师也。老僧见法师曰:西天释迦造经三藏,以待取经之人。法师曰:既有程途,须有到时,西天虽远,我发大愿,当往取来。老僧言讫,腾空而去。帝知观音化身,即敕法师,往西天取经,法师奉敕行六年东还。(二六六页)

○十万八千里途程○正是瘦禽也飞不到○壮马也实劳蹄○这般远田地里○经多少风寒暑湿○受多少日炙风吹○过多少恶山险水难路○见多少怪物妖精侵他○撞多少猛虎毒虫定害○逢多少恶物刁蹶

(注3)今按法师往西天时,初到师陀国界遇猛虎毒蛇之害,次遇黑熊精、黄风怪、地涌夫人、蜘蛛精、狮子怪、多目怪、红孩儿怪,几死仅免,又过棘钩洞、火炎山、薄屎洞、女人国,及诸恶山险水,怪害患苦,不知其几,此所谓刁蹶也,详见西游记……(二六七页)

正是好人魔障多〇行六年受多少千辛万苦〇到西天取将经来〇度脱众生各得成佛……（以上第80话。影印本二六五～二六八页）

我两个部前买文书去来〇买甚么文书去〇买赵太祖飞龙记〇唐三藏西游记去

（注4）西游记，三藏法师往西域，取经六百卷而来，记其往来始末为书，名曰西游记，详见上。（二九二页）

买时买四书六经也好〇既读孔圣之书〇必达周公之理〇要怎么那一等平话〇西游记热闹〇闷时节好看有〇唐三藏引孙行者

（注5）西游记云，西域有花菓山，山下有水帘洞，洞前有铁板桥，桥下有万丈涧，涧边有万个小洞，洞里多猴，有老猴精，号齐天大圣，神通广大，入天宫仙桃园偷蟠桃，又偷老君灵丹药，又去王母宫偷王母绣仙衣一套来，设庆仙衣会，老君王母具奏于玉帝，传宣李天王引领天兵十万及诸神将，至花菓山与大圣相战，失利，巡山大力鬼上告天王，举灌州灌江口神曰小圣二郎，可使拿获，天王遣太子木义与大力鬼，往请二郎神领神兵围花菓山，众猴出战皆败，大圣被执，当死，观音上请于玉帝，免死，令巨灵神押大圣，前往下方去，乃于花菓山石缝内纳身下截，画如来押字封着，使山神土地神镇守，饥食铁丸，渴饮铜汁，待我往东土寻取经之人，经过此山，观大圣肯随往西天，则此时可放。其后唐太宗敕玄奘法师往西天取经，路经此山，见此猴精压在石缝，去其佛押出之，以为徒弟，赐法名吾空，改号为孙行者，与沙和尚及黑猪精朱八戒偕往，在路降妖去怪，救师脱难，皆是孙行者神通之力也。

法师到西天，受经三藏东还，法师证果栴檀佛如来，孙行者证果大力王菩萨，朱八戒证果香华会上净坛使者。（二九三～二九四页）

到车迟国〇和伯眼大仙〇斗圣的你知道么〇你说我听〇唐僧往西天取经去时节〇到一个城子〇唤做车迟国〇那国王好善〇恭敬佛法〇国中有一个先生〇唤伯眼〇外名唤烧金子道人

（注6）西游记云，有一先生到车迟国，吹口气，以砖瓦皆化为金，惊动国王，拜为国师，号伯眼大仙。（二九五页）

见国王敬佛法〇便使黑心〇要灭佛教〇但见和尚〇便拿着曳车解锯〇起盖三清大殿〇如此定害三宝〇一日先生们〇做罗天大醮〇唐僧师徒二人〇正到城里智海禅寺投宿〇听的道人们祭星〇孙行者〇师傅上说知〇到罗天大醮坛场上藏身〇夺吃了祭星茶果〇却把伯眼打了一铁棒〇小先生到前面教点灯〇又打了一铁棒〇伯眼道〇这秃厮好没道理〇便焦懆起来〇到国王前面告未毕〇唐僧也引徒弟去到王所〇王请唐僧上殿〇见大仙打罢问讯〇先生也稽首回礼〇先生对唐僧道〇咱两个冤仇不小可里〇三藏道〇贫僧是东土人〇不曾认的〇你有何冤仇〇大仙睁开双眼道〇你教徒弟〇坏了我罗天大醮〇更打了我两铁棒〇这的不是大仇〇咱两个对君王面前斗圣〇那一个输了时〇强的上拜为师傅〇唐僧道〇那般着〇伯眼道〇起头坐静〇第二柜中猜物〇第三滚油洗澡〇第四割头再接〇说罢〇打一声钟响〇各上禅床坐定〇分毫不动〇但动的便算输〇大仙徒弟名鹿皮〇拔下一根头发〇变做狗蚤〇唐僧耳门后咬〇要动禅〇孙行者是个胡孙〇见那狗蚤〇便拿下来磕死了〇他却拔下一根毛衣〇变作假

行者○靠师傅立的○他走到金水河里○和将一块青泥来○大仙鼻凹里放了○变做青母蝎○脊背上咬一口○大仙叫一声○跳下床来了○王道唐僧得胜了○又叫两个宫娥○抬过一个红漆柜子来○前面放下○着两个猜里面有甚么○皇后暗使一个宫娥○说与先生柜中有一颗桃○孙行者变做个焦苗虫儿○飞入柜中○把桃肉都吃了○只留下桃核出来○说与师傅○王说今番着唐僧先猜○三藏说是一个桃○皇后大笑猜不着了○大仙说是一颗桃○着将军开柜看○却是桃核○先生又输了○鹿皮对大仙说○咱如今烧起油锅○入去洗澡○鹿皮先脱下衣服○入锅里○王喝彩的其间○孙行者念一声唵字○山神土地神鬼都来了○行者教千里眼顺风耳等两个鬼○油锅两边看着○先生待要出来○拿着肩膀颩在里面○鹿皮热当不的○脚踏锅边待要出来○被鬼们当住出不来○就油里死了○王见多时不出时○莫不死了么○教将军看○将军使金钩子○搭出个烂骨头的先生○孙行者说○我如今入去洗澡○脱了衣裳○打一个跟斗○跳入油中○才待洗澡○却早不见了○王说将军你搭去○行者敢死了也○将军用钩子搭去○行者变做五寸来大的胡孙○左边搭右边趒○右边搭左边去○百般搭不着○将军奏道○行者油煎的肉都没了○唐僧见了啼哭○行者听了跳出来○叫大王有肥枣么○与我洗头○众人喝彩佛家赢了也○孙行者把他的头○先割下来○血沥沥的腔子立地○头落在地上○行者用手把头提起○接在脖项上依旧了○伯眼大仙也割下头来○待要接○行者念金头揭地银头揭地波罗僧揭地之后

（注7）西游记云，释迦牟尼佛在灵山雷音寺演说三乘教法，傍有侍奉阿难、伽舍、诸菩萨、圣僧、罗汉、八金刚、四揭地、十代明王、天仙地仙……（三○七页）

变做大黑狗○把先生的头拖将去○先生变做老虎赶○行者直拖的王前面颩了○不见了狗○也不见了虎○只落下一个虎头○国王道○元来是一个虎精○不是师傅○怎生拿出他本像○说罢○越敬佛门○赐唐僧金钱三百贯金钵盂一个○赐行者金钱三百贯打发了○这孙行者正是了的○那伯眼大仙○那里想胡孙手里死了○古人道○杀人一万○自损三千(第80话全文。影印本二九二～三〇九页)

（注8）按西游记,西域花菓山洞有老猴精,号齐天大圣,神变无测,闹乱天宫,玉帝命李天王领神兵往捕,相战失利,灌州灌江口立庙有神,曰小圣二郎,又号二郎贤圣,天王请二郎捕获大圣。即此,庙额曰昭惠灵显真君之庙……(影印本三五三页)

以上,是正文中有关联的两个故事,注中有关联的八条。为了方便,注上加了编号,当然原文中并没有。另外所谓的第几话,原书上也没有标示。

根据以上材料,元代时候的平话《西游记》的样态基本可以想象出来。至于细节部分,虽然不明之处不少,但仍可窥得元本之轮廓:它已经具有了宋代《诗话》无可比拟的巨大发展,同时也与明本《西游记》(据所谓以世德堂为底本的人民文学出版社本。以下简称"明本")隔有相当的鸿沟。另外此书中"花果山"写作"花菓山","火焰山"写作"火炎山","孙悟空"写作"孙吾空"。

（三）元本的导入部分

元本《西游记》是从何处开始起笔的？这个问题尚无明确答

案。众所周知,明本是从孙悟空的出生和成长开始写的,元本也同样如此吗?倘若元本是从孙悟空的故事起笔的,那么注5所述部分就会成为开头。但是,这是近乎不可能的。为何?因为注5中,孙行者被捕而囚禁于花菓山的石头缝里时,观音(可能就是注2中所见的南海落迦山观世音菩萨)所言中,有"待我往东土寻取经之人,经过此山,观大圣肯随往西天,则此时可放"之语。取经之事作为《西游记》成立的最重要因素,以如此唐突的方式出现应该是不可能的。假如注5所述部分成为开头、注2所述部分移至后面,就会变成首先决定取经之事,之后释迦牟尼佛作三藏金经。明本把孙悟空出生和成长之事放置于前面,所以无疑两者位置被颠倒过来。但是,就这么颠倒,情节不通顺,孙悟空被幽闭的时候,如来所言"待他灾愆满日,自有人救他"非常含糊(第七回),关于如来作经典之事亦言之未详,仅仅是提到诸菩萨对于三藏真经的询问,但题目中有"我佛造经传极乐"(第八回)。另外注2有"南海落迦山观世音菩萨"这样的详细称谓,但注5仅言"观音",暗示了注2中观音是初次出场。也许元本正如《诗话》和杨东来本《西游记》(简称《杂剧》)那样,孙行者是从故事中途开始出现的。基本可以判定,元本的情节是从注2的部分开始的。

(四)取经的缘起(注2、注7)

注2部分极其简单,却相当于明本第八回以及第十二回。然而,尽管是如此简单的梗概,明确体现出的与明本相异之处却为数不少。首先,正如前文所述,明本里没有与这个梗概中"撰成经律论三藏金经"确切对应的部分。其次,明本记载如来召集赴东土者之时,观音立刻给予了回答;而元本云"诸众不敢

75

轻诺"，因而此处或许如《维摩变文》中问疾时那样有诸多问答。再次的一个较大差异是化身为老僧的观音与玄奘的问答在明本中被变形了，变成了唐太宗与观音之间的问答。明本中观音与玄奘的问答，内容是关于小乘与大乘，中途太宗也参与进来。如此的结果是元本中所见的玄奘的强烈意志不见了，西天取经成了皇帝的旨意，玄奘不过是服从皇帝、效犬马之劳而已。大体上玄奘登上取经旅途，完全是出于自发性的求法之念，史实是他几度提出出国的请求都未被许可，于是只得冒犯国法秘密出国。但是在《诗话》（第十）中，变成了"奉唐帝敕命，为东土众生往西天取经"。尽管《诗话》的确切成书年代不明，但关于玄奘的形形色色的传说从唐代开始至宋代早就已经产生了，甚至《佛祖统纪》（有咸淳五年序）这样理应成为严密史书的文献中，也记载了"上表游西竺，上允之"（卷二十九）。明本中太宗的正面出现，是为了添加关于太宗的若干传说，例如太宗许诺要救龙王的命，而最后魏徵在梦中斩龙（第十回）；太宗游历地狱（第十一回），等等，而这或许也反映了在皇帝的恩宠下才能期待荣达的官僚及其预备队伍——读书人的人生观。

另外，在元本的记载中，玄奘是在贞观三年出发，六年后归国。关于贞观三年出发这一点，虽有异说，但大体上被认为是史实。但六年后归国之说究竟是怎么回事？史实是玄奘在贞观十九年返回，在外周游了十七年。《诗话》第十七云"三年往西天取经一藏而归"，时间短了一大截。元本作六年，也许是由于事件不够，因而不宜把时间延长到十七年这样漫长的年月。明本中，玄奘是贞观十三年离开京城、贞观二十七年归来，虽然增加了事件也无法充实如此长的年月，所以不时可见"如此春去夏至"之类的文句，未免冗漫。另外注 7 将注 2 开头部分稍稍进行了细化，故没有必要再次叙述。

（五）孙悟空、朱八戒和
沙和尚（注5、注8）

接下来将检讨注 5 中所见的与孙悟空有关的故事。注 8 与注 5 重复，除了提到小圣二郎又号二郎贤圣以外，较为简略，未超出注 5 的范围。因而现将专门逐一考察注 5 中的记事。

首先的问题是，假如元本是从释迦的故事开始起笔的，那么直至孙悟空与三藏相遇的部分，即从孙悟空的诞生开始，至由于"大闹天宫"，因而被拘捕和幽禁这一部分，在元本中是在何处被叙写的？这一部分，似乎可以认为是在三藏法师出发后，在途中遇到孙悟空之后叙写的。但是，如果这样的话倒叙追溯的时间过长，作为中国小说而言是不自然的。也许是观音奉如来命令，决定在东土寻求取经之人后，就转向了花菓山的孙悟空的故事，展开大闹天宫的情节。正因为如此，观音的出发事实上比较晚，大体顺序是孙悟空被捕，骚动不安分，于是观音才出发。也就是说，明本中开头是大闹天宫的故事，结束后马上就是在东土寻求取经之人的情节；元本的这两个部分，不过互换位置而已。

接下来将根据注 5 中所见的事实，尝试进行粗略考察。首先孙行者居住的地方是花果山，这个名字已经在《诗话》（第二、第十一）中出现。其场所虽然没有明确写在哪里，但从三藏法师是在西行途中遇到孙行者来看，似乎是在西域。《杂剧》中亦是法师在西行途中遇到孙悟空，同样也是在西域。明本中将此移到了东海，是为了与孙悟空被幽禁的场所放在五行山相区别，使两者不发生矛盾。其次关于洞名，元本作水帘洞，与明本相同。与此相反，《诗话》（第二、第十一）作紫云洞，《杂剧》（第九出等）作紫云罗洞。据此来看，《杂剧》与《诗话》接近。再次孙行者的号,元本作齐天大圣,明本与之相同。另《清平山堂话本》之《陈巡检梅岭失妻记》(《古今小说》第二十卷《陈从善梅岭失浑家》同。以下简称《失妻记》)中所见的妖猴亦称齐天大圣,长兄称通天大圣,次兄称弥天大圣,妹称泗洲圣母。《杂剧》第九出中是兄弟姐妹五人,大姐称离山老母,二妹称巫枝祇圣母,长兄称齐天大圣,孙行者称通天大圣,三弟称耍耍三郎。由此来看,元本与《失妻记》的关系也相当密切。

明本中,孙悟空是从花果山顶的仙石里生出来(第一回)。也许对于孙悟空这样超人的(?)存在来说,拥有兄弟姐妹之类有些不合理。明本中取而代之的是石猴长大后,结了六个义兄。此事在明本第三回中有提及,而详细的叙述见于第四十一回,牛魔王(平天大圣)、蛟魔王(覆海大圣)、大鹏魔王(混天大圣)、狮狔王(移山大圣)、猕猴王(通风大圣)、獱狨王(驱神大圣)等六王与孙悟空结盟为义兄弟,孙悟空体型最小,所以是末弟。这也许是明本作者无法抗拒在民间传说中悟空的兄弟不断增加的倾向,同时另一方面又为了尽量使悟空神秘化而采取的手段。

其次元本有进入天宫的仙桃园偷蟠桃的情节。这个情节已见于《诗话》第十一,猴行者在八百岁之时,偷了十颗桃而受到惩罚;而《杂剧》第九出写的是偷了百颗。另外元本有偷老君灵丹的情节,而《杂剧》中此事发生在偷蟠桃前,因此具备了铜筋铁骨的身体。明本与元本相同,首先是偷蟠桃,然后才偷丹药(第五回)。

再次元本有偷了王母一套绣仙衣,举行庆仙衣会的情节。此事明本中未见,反而是黑风山黑风洞的黑熊精——黑大王,偷了三藏法师的袈裟,举行佛衣会(第十六、十七回)。但《杂剧》中,变成了孙行者偷了王母的一套仙衣,为夫人举行庆仙衣会。《杂剧》中所见的孙行者夫人,本是火轮金鼎国公主,为孙行者所抓获,留置于花果山紫云罗洞中,这不免让我们联想到

《失妻记》。《失妻记》把齐天大圣塑造成好色的妖猴形象,他夺取了陈巡检之妻如春,最后被紫阳真君抓获,投入酆都天牢。大体上,猿猴精自古以来就被描写成是好色的。《易林》卷一坤之剥有云"南山大玃,盗我媚妾",《博物志》卷九(指海本)有云"蜀中南高山,上有物如猕猴,长七尺,能人行健走,名曰猴玃……伺行道妇女,有好者,辄盗之以去,人不得知……"。与此类似的记载还见于《法苑珠林》卷六感应缘所引《搜神记》。另外,唐代有《补江总白猿传》,《类说》卷十二引用了《稽神录》的"老猿窃妇人"条(然《津逮秘书》本无此条),洪迈《夷坚甲志》卷六有"宗演去猴妖"。

据此来看,这些关于猿猴的故事由来已久,且传播广泛,《诗话》直接将之塑造为一个白衣秀才就完事,可以说并非传统式的。元本未提到孙行者有没有妻子,但是从偷王母的绣仙衣举行庆仙衣会来看,很可能像《杂剧》那样有妻子。孙行者的法名曰悟空,《杂剧》亦如此,猜测元本也一样。注5作"吾空",恐怕是"悟空"之误字。即使不是误字,"空"字也是确定不变的。这个"空"字,会让我们直接联想到著名的"色即是空,空即是色"这一《般若心经》中的文句。自不待言,此"色"字是指所有的有形万物。然而就中国固有的意义而言,不待引用《论语》的"贤贤易色",此字通常被理解为女色的意思,《失妻记》中,也有红莲寺的长老对申阳公(即齐天大圣)引用这段经文,劝他释放陈巡检之妻的情节。《杂剧》中观音授孙行者以悟空之法名,意为彻底戒除好色。元本中似是从三藏法师处得授法名,法名之来历不明。但是从庆仙衣会等事件来看,或许与《杂剧》是同样的意思。明本中悟空的法名是须菩提祖师所授,至于其来历,则解说是祖师的第十代弟子所授法名全都带一"悟"字。

但至关紧要的还是"空"字,对此并没有说明。元本的孙行者,就如《失妻记》以及《杂剧》中所见的那样,具有相当多的野兽的痕迹,并非像明本那般从起初开始就是超越烦恼、具有英雄气概者。明本的悟空,争强好胜,粗暴鲁莽。但其行为合情合理,没有野兽、精神异常者那样的异常凶暴性和残忍性。悟空虽然打死妖怪,但是对人并不胡作非为。从这点来看,他的性格完全是人类化的。元本的孙悟空,远比明本中的具有更多的野兽化性格,这也可以从写车迟国的一段看出来。特别是住在花菓山时的悟空,应该说元本和明本中有很大差异。如果允许以《杂剧》为基础来考虑元本的话,之后的悟空,其猴子本来的残忍性和好色之念全然未失:被三藏法师救出后,反而立刻起了吃掉法师的野心(第十出);以及被女人国的女人所诱,险些起了"凡心"(第十七出)。《诗话》中所见的猴行者、明本中的孙悟空身上,这种色彩被拂去,了无痕迹。明本经过了文人的大规模润色加工,形成这种样貌理所当然;但《诗话》也如此,则颇为匪夷所思。《诗话》也许是从变文系统延续而来,极为古老。

　　名曰悟空的实际存在的人物有数个。唐人摩驮都,姓车,是后魏拓跋氏的后裔,一名曰悟空。玄宗朝,他作为国使随员赴印度,在彼地出家,将《十力经》《十地经》《回向轮经》带到中国,但并非译者。另外唐代的齐安,谥悟空禅师。还有五代的智静,号悟空大师。五代的休复,亦号悟空。宋代的清了,亦得诏谥悟空禅师。以下不暇枚举,总之无须赘言,都是根据《心经》而取的一般的、平常的名字。我们找不到出使印度的摩驮都之别名,特别地为《西游记》的猴子所借用的理由。也许只是偶然的一致。

　　再看大闹天宫的情节。注5引用的部分,虽然是极其简单的梗概,但仍可知明本此段显然扩充得更为庞大和复杂了。元本中,孙悟空是被二郎神抓获。此在明本(第六回)中尽管也相同,但明本中孙悟空在被抓后,一度被投入老君的八卦炉,他设法逃脱,然后被如来降伏。拘禁孙悟空的场所,元本作花菓山,《杂剧》亦如此。明本正如前文所述,将此移到了五行山。接下来可以看到沙和尚和朱八戒的名字。沙和尚出现在前,此别有深意。明本中,猪八戒在第十九回首度出场,沙悟净在第二十二回初次现身。但在《杂剧》中,孙悟空在第十出先于三藏法师而出现,接着在第十一出出现沙和尚,猪八戒出场则是在第十三出。或许在元本中,首先也是沙和尚现身,接着朱八戒出现,可能注5反映的就是这种情况。沙和尚大概就是《诗话》(第八)的深沙神,明本中称其法名为悟净;而《杂剧》中仅言沙和尚,未见沙悟净之名。元本可能也是如此。沙和尚有悟净之法名、猪八戒有猪悟能之别名,大概是从明本开始的。猪八戒在元本中作朱八戒。毋庸赘言,"猪"和"朱"是同音字。猪八戒在《杂剧》中出现于第十三出至第十六出。据此记述,猪八戒是黑风大王,得知了裴家庄太公的女儿海棠与朱太公的儿子朱郎缔结婚约之事,于是化作朱郎,抢走了海棠。猪八戒夺取海棠后,也就自称姓朱(第十四出)。元本中作朱八戒,可能就是出于这个原因,并非由于同音造成的误字,元本或许是以"朱八戒"一以贯之的。《杂剧》作猪八戒,明本亦与之相同,此可能是因为顾忌到明朝的国姓是朱,所以改成了"猪"字。此外明本中,《杂剧》里的裴家庄作高老庄,裴太公作高太公,海棠作翠兰;后来招了一个以猪为姓者作女婿,暗示其乃妖怪(第十八回。朱本卷八第48则、杨本卷二第16则亦作姓猪)。值得注意的是,猪姓在中国是不存在的。在古代中国,由于婚前不曾与对方见面,所以偶然弄错人或者故意抢夺别人未婚对象的事时有发生。元曲中无名氏的《鸳鸯被》就属此类。《杂剧》中的猪八戒(可能元本的朱八戒亦同样),又使这一类型的故事多了一个。总的来说,猪抢夺女子的故事,在戏曲、小说当中除了《西游记》之外可能别无他例。但是,不能判定民间说唱中也没有这类故事。此或许是出于猪被饲养于极其不洁的场所,有时候猪圈即厕所这样的原因。《史记・酷吏列传》有如下故事:

唐僧（左上）、孙行者（右上）、猪八戒（左下）、沙和尚（右下）——据清刊本

> 到都……尝从入上林，贾姬如厕，野彘卒入厕，上目都，都不行，上欲自持兵救贾姬……上还，彘亦去。

另《太平御览》卷九〇三所引《魏志》（今本该条已佚）云（此文疑有误脱，略不通畅，今姑且加句读）：

> 又有人失妇，使辂卜之，辂曰，君明日于路见担猪者，乃逐之，行次猪忽绳断，走入他舍，突破主人瓮，见其妇出着猪，遂擒之。

陈寅恪将猪八戒故事的起源，推求到义净译《根本说一切有部毗奈耶杂事》卷三“佛制苾刍发不应长因缘”（《“国立中央研究院”历史语言研究所集刊》二本二分《西游记玄奘弟子故事之演变》）。其故事概要如下：

> 憍闪毗国的具寿（指年老）牛卧比丘住在国王园林的猪穴中。宫女发现他时，惊呼有鬼。国王一怒之下用蚂蚁投入洞窟，想蜇他。住在附近的神灵怜悯他，于是化作猪，从穴中走出来。趁着国王追赶猪的机会，牛卧得以逃出。牛卧到达室罗伐城，讲述了这件事情，于是比丘们将此传达给佛祖。佛祖说，是因为牛卧留有长发才招致此灾，下令不得留长发。

以上的故事中，牛卧没有做什么坏事，只不过是因为长发的缘故被人误解而蒙受厄难。以此为猪八戒的前身，差别不免悬殊。陈寅恪认为由于憍闪毗国的“憍”字与“高”同音，故而变化成高家庄（家为老之误？），而《杂剧》中的裴家庄，又是进一步变化的结果。从故事内容来看，《杂剧》比明本要更早一些。陈氏之说之根据显得较为薄弱。作为猪八戒故事的起源，应该考虑的是王恽《幽怪录》中所收的郭元振杀死猪精的故事（《古今说海》中题作《乌将军记》）。但这里猪精只是每年要求以女子为活供品,没有像本剧那样的诱拐女子之事。八卷本《搜神记》卷七(又《太平广记》卷四三九)中李汾的故事,是猪化成女子去诱骗男人。本剧故事的直接来源尚不明确,或许是从这类记载中得到的灵感。

注5中,归国后法师证果为栴檀佛,朱八戒证果为净坛使者,明本(第一百回)与之相同。孙行者在元本中是证果为大力王菩萨,明本中则是斗战胜佛。沙和尚之事在元本中似未被提及,而在明本中证果为金身罗汉。《杂剧》全然未述及此类事情。

(六) 经典六百卷(注 1、注 4)

这两条注非常概括,没有问题可说。但其中云玄奘从西天携回的经典为六百卷,这一点有必要稍作考察。大体上玄奘从印度带回的经典是六百五十七部,而《释门正统》卷八记载"贝叶七十三部一千三百三十卷",《佛祖统纪》作七十五部。《佛祖统纪》的玄奘传比较特别,传说性要素似乎不少。元本云六百卷,或许是六百五十七部的粗率说法,却把部误写成了卷。又或者是因为玄奘译的《大般若波罗蜜多心经》是六百卷,所以把这误当成了他带回的经典之数。此外,《诗话》第十五、《杂剧》第四出、明本第九十八回,皆作五千零四十八卷。这个卷数也是毫无道理,是《开元释教录》卷十九卷首记载的入藏经典的总数合计。大藏经在《开元释教录》中是整理得最有条理性的,大藏经最初的刊本(北宋蜀本)也就是这五千零四十八卷的内容。这应该说是所谓的大藏经的本体,是稳定不动的。之后的刊本随着时代的发展,新译新撰被追加了进去,各种大藏经的区别都体现于追加部分上。由是,这五千零四十八卷之数脍炙人口,说起大藏经自然而然地马上就会想到五千零四十八卷。随后,可能这又进一步被当作是玄奘带回的经典卷数。此外明本第九十八回中还能看到这些经典的目录,此与《少室山房笔丛》卷四十七"双树幻钞(中)"里所见者大体一致。虽然《少室山房笔丛》未记载其出处,但书中未尝言及《西游记》,所以可能不是抄录了《西游记》,而是来源于民间传闻,将之记录了下来。杨文会《等不等观杂录》卷四认为世传大藏经为五千零四十八卷,乃依据《西游记》而来。然此说与实际情况恰好相反。

(七)妖怪与"难"处(注 3)

这条注列举了玄奘赴西天途中遭遇的形形色色的妖怪和难关。明本(第九十九回)云有八十一难,分别加了名字列举了出来。但是明本中举出的所谓八十一难,是由"九九归真"的思想出发而强行凑足的数量,一个故事的内容被分割成好几个难关的情况并不少见。其中第一难至第四难是关于玄奘的出生和成长故事,第五难以后是西游途中的故事。郑振铎把第五难至第八十一难,整理统合成四十一个故事。到第四难为止是所谓的陈光蕊的故事,虽然这在明本中明确被作为灾难计数,但除了朱鼎臣本以外的明本全都缺少这一部分。这个问题是关于《西游记》成立过程的最大疑问之一,至今尚未有定说,而《朴通事谚解》对陈光蕊故事也没有任何记载,此殊为憾事。但是,没有任何记载,也非常自然地表明了这部分在元本中大概不存在。假如元本有陈光蕊的传说、玄奘又被称为江流和尚的话,那么对什么事都有探索和注解兴趣的《朴通事谚解》的作者就不可能不触及这些内容。那么陈光蕊的传说,是否直至朱鼎臣本即《唐三藏西游传》才开始被添加进去呢?答案是否定的。在朱鼎臣本之前,就已经存在记载了陈光蕊故事的更古老的《西游记》。此外《永乐大典》所引的《西游记》,与《朴通事谚解》引用的《西游记》,应该并非同一种。

注3中,我们首先看到的是师陀国。笔者认为师陀就是指狮驼。明本中,狮驼国是从第七十四回开始出现的都市之名,附近有狮驼岭(狮驼山)、狮驼洞。但此处的怪物是青狮、白獠、大鹏,并非元本所云的猛虎毒蛇;另外,虽然元本将此作为头一个灾难,但在明本中是第六十一难,不仅是出现位置变了,篇幅较之元本也显著增大。元本中大致不过是明本第十三回所见那种程度的简单记述。

接下来是黑熊精。前文已经述及,这就是明本第十六、十七回中所见的黑大王。其后的黄风怪,据明本第二十、二十一回记载,住在黄风山,又称黄风大王。黄风大王是黄毛貂鼠成的精。黄风山应该是猛虎的住所,貂鼠精的说法不太可信。第二十八回中记载了住在碗子山波月洞的黄袍怪,是虎精。但说他前身是天上二十八宿中的奎木狼,略有些不合逻辑。他抢了宝象国的公主为妻。

但是,《杂剧》第十一出记载了黄风山的银额将军抢夺刘太公之女刘大姐的故事。银额即白额,是猛虎的形象,因此银额将军必定是虎精。银额将军抢夺刘大姐的故事在明本中没有,而元本中可能是黄风怪抢走了她。明本中的黄袍怪,可能是《杂剧》中银额将军的后身。倘若果真如此,那么元本中的黄风怪,明本中变成了黄袍怪。

其后的地涌夫人是明本第八十回至八十三回所见的姹女,而将之置于此处,明显与元本顺序有异。另外蜘蛛精见于明本第七十二、七十三回,多目怪亦见于第七十三回,由此可见元本中本是分开的故事，在明本中被归并成了一个。元本的狮子怪，不知所指为何。明本中，狮子怪屡屡出场，例如第三回所见的狮狚王、第三十七回至第三十九回所见的狮猁王（即乌鸡国的伪国王青毛狮子）、第七十四回所见的狮驼国妖怪之一青狮（见前述），还有第八十九回所见的九灵元精及其孙子黄狮（金毛狮子）、猱狮、雪狮、狻猊狮、白泽狮、伏狸狮、搏象狮等。元本的狮子怪相当于其中哪个并不明确，但有可能元本中没有如此多的狮子怪吧。

接下来的多目怪，是明本第七十三回所见的蜈蚣精。注中将之列举，可见想见此在元本中是相当重要的存在。它在明本中变成了道士，用加了毒药的茶将玄奘等人毒倒，但被毗蓝婆菩萨轻而易举地降伏。或许是明本的作者认为蜈蚣不值一提，所以将它和蜘蛛放在一起。

接下来的红孩儿怪，见于明本第四十回至第四十三回。红孩儿怪又号圣婴大王，父亲是牛魔王，母亲是罗刹女（即铁扇公主），孙悟空无法打败他，最后观音菩萨出手才把他降伏。《杂剧》中见于第十二出，其母变成了鬼子母。他被盖在了佛祖的钵盂里，无论鬼子母怎么使劲也无法揭开盖子，于是归依了佛祖。鬼母揭钵的故事也被创作成戏文，但明本中没有这个故事，钵盂则变成观音的净瓶。元本是接近《杂剧》还是接近明本，不得而知。另外《诗话》第九是入鬼子母国处。

接着的棘钩洞是棘针洞之误。明本第六十四回所见的荆棘岭或许就是此。另外火炎山（火焰山之误）见于明本第五十九回、《杂剧》第十八出。薄屎洞就是明本第六十七回中的七绝山稀柿衚。七绝是指柿的七个长处，可见于《酉阳杂俎·木篇》。接下来的女人国，明本中是第五十三回、五十四回的西梁女国。《杂剧》第十七出女王逼配、《诗话》经过女人国处第十与之对应。所谓的女国或者女子国，自古以来中国文献中就有记载。例如《山海经·海外西经第七》云：“女子国在巫咸北，两女子居，水周之。（郭注）有黄池，妇人入浴，出即怀妊矣，若生男子，三岁辄死。”此与明本中饮水即怀孕的记载相类似，十分有趣。此外在述及女国时，有单指女王执政之国，也有指只有女性的国家。前者并没有问题，而关于后者，《太平御览》卷七八四引《南史》云：

> 沙门惠深云：女国在扶桑东千余里，其人容貌端正，色甚洁白，身体存毛，发长委地，至二三月并入水妊娠，六七月产子。……

此外《大唐大慈恩寺三藏法师传》卷四（《大唐西域记》卷十一亦大体相同）提到西印度的西南海岛有西女国：

> 西南海岛有西女国，皆是女人无男子，多珍宝，附属拂懔，拂懔王岁遣丈夫配焉，其俗产男例皆不举。

除此以外，该书中还有西藏内地的东女国的记载，这是女王执政的国家。《西游记》的女人国自不待言是只有女性的国家，可能是以这类记录为基础，将之小说化的结果。前文已述及，《杂剧》中悟空在女人国险些动了凡心。元本中可能亦是如此。

（八）车迟国（第 88 话与注 6）

第 88 话是将元本《西游记》的车迟国一段以对话体的形式记述。其字句应该与原文不同，还省略了一些地方（此亦可从注 6 所附内容得知）。但是，我们可以根据此车迟国的一段，最详细地知道元本的样貌。该部分相当于明本的第四十四、四十五、四十六回。

将此第88话与明本相比较,可以看出明本是怎样进行了复杂化,变得精巧繁复。详细情况此处不一一具述,而首先最最值得注意的是,元本的伯眼大仙、鹿皮、小先生(关于小先生,原文基本未涉及,不知其结局如何,可能是指鹿皮,但今暂且将之作为另外一个人物处理)三人,在明本中变成了虎力大仙、鹿力大仙、羊力大仙。不仅如此,明本还对总体进行了较好的整顿,人物的名字也变得整齐。

元本记载了四次"斗圣"(法术比赛),而明本在此之前,设置了祈雨竞赛的场面。大体上,明本中三藏法师被塑造成无能者的形象,一旦遇到事情,就不得不依靠孙悟空。这在元本中也基本相同,从注5所云"在路降妖去怪,救师脱难,皆是孙行者神通之力也"就可以反映出来。这是《西游记》作者的过人之处,从而使看似天方夜谭的虚构也带上了现实性。正因为三藏法师与孙悟空各自承担的任务判然有别,《西游记》才耐读。假如把三藏法师写成一个超人化的存在,就会变得像《野叟曝言》那样不堪卒读了。

祈雨自古以来就在印度存在,《海龙王经》《请雨经》等有说其方法,在中国、日本等亦广泛举行。作为小说,像玄奘那样的高僧不会祈雨,或者不让其祈雨大概是不可思议的。但是明本的作者,在第四十五回中写到玄奘说"我却不会祈雨"。这个场面中,玄奘最终进行了祈雨,完全是因为悟空预先准备妥当了。如此写作,或许是明本作者为了讽刺这类迷信,而这一点似乎也反映出明本作者的知识人身份。那么,明本为何要在此处加入祈雨的场面呢?《杂剧》第四出、第五出中,写到玄奘在长安祈雨,使得天降大雨,皇帝也感激不已。明本可能是因为在魏徵斩龙王的故事中写了一次降雨之事,不能马上紧接着又写玄奘祈雨,故而将这个情节移到了第四十五回。如此看来,元本此处之所以没有祈雨的场面,有可能是像《杂剧》那样,将情节设置为玄奘在登上取经旅途前，在长安进行祈雨。如果是这样的话，那么就成为《朴通事》所引《西游记》与《永乐大典》所引《西游记》并非同一种的一个证据。

另外斗圣故事在元本中由坐静、柜中猜物、滚油洗澡、割头再接四项构成。这些斗圣场面，让我们联想起《降魔变文》中舍利弗与六师的斗圣。明本中的名目是云梯显圣、隔板猜枚、滚油洗澡、砍头剖腹，而砍头剖腹是两件事情，因此较元本增加了一项。无须赘言，这是为了击败三个大仙而增加的（云梯显圣近似于《降魔变文》中宝山与金刚的斗法场面）。此车迟国一段中变成了师徒二人，不知这是因为元本最初就是如此，还是为了使故事易懂而采取的简略措施。可能是前者吧。

元本此处可见千里眼、顺风耳之名。他们在明本中屡屡出现，因此在元本中应该不会仅限于此处。据《武王伐纣平话》下卷和《杂剧》第十二出《鬼三台》，千里眼是离娄，顺风耳是师旷。《封神演义》中，得千里眼灵气之人名曰高明，得顺风耳灵气之人名曰高觉。

【附记】关于注5所见的二郎神，李思纯《江村十论》中有灌口氐神考。此外斗圣之"圣"似指法术、神通力。唐宋诗中所见的、很早开始就引人注目的"圣得知"一语之"圣"，应该也是同样的意思。另有称这种能进行法术的人为"圣人"之例。这一点上，丰田穰《唐诗研究》中的解释，未免稍有不确。

（原刊于《神戸外大論叢》第十卷二号，1959 年）

[五]

《朴通事谚解》与《销释真空宝卷》

引　言

前一章考察了被推定是元代之作的《西游记》（以下称"元本"）。本章将进一步把它与《销释真空宝卷》中所见的《西游记》故事进行比较，由此尝试对元本内容进行更详细的考察。即玄奘取经途中的难关，在《朴通事谚解》影印本二六七页的注3中已有概括性叙述，其数为十二；这些难关全部在明代的《西游记》中被继承下来，其内容已经很清晰，但是其顺序尚不明。本章改成我所推测的顺序，以此更明确地描绘出元本的内容。

（一）《朴通事谚解》中的厄难

《朴通事谚解》影印本二六七页的注摘录的三藏在取经途中遇到的灾难如下：

> （注3）今按法师往西天时，初到师陀国界遇猛虎毒蛇之害（1），次遇黑熊精（2），黄风怪（3），地涌夫人（4），蜘蛛精（5），狮子怪（6），多目怪（7），红孩儿怪（8），几死仅免，又过棘钓洞（一），火炎山（二），薄屎洞（三），女人国（四）及诸恶山险水，怪害患苦，不知其几。⋯⋯

以上列举了十二条专有名词，此外第88话有稍为详细的车迟国的情节，因此合计是十三条。它们的顺序与明本显然不同，只通过明本断然推定不出其顺序。

暂且把车迟国情节搁置一边,笔者认为以上十二条并非就以如此面貌构成元本的顺序。(1)～(8)是妖怪等加害三藏者之名,(一)～(四)是遭受危难的场所(地名)。(1)的书写方式跨越了这两者,而假如仅言"初遇猛虎毒蛇之害"就显得有些含混模糊,所以才加了师陀国之名吧。元本的顺序中,它们大概是混杂在一起。(1)和(2)有"初…次…"的标志语,无疑顺序就是如此,但(3)以下就不能保证还是这样的顺序。那么(3)以下的顺序是否就完全杂乱无章呢?答案是否定的。也许注3这种写法是把灾难的人名(妖怪)和地名分开,从元本中分别抽离出来再按照顺序列举,这应该是很自然的。基于这种假设,笔者附上了阿拉伯数字和汉字的编号,就是如上所见的那些。这两组,原则上不能改变的各组自身内部的顺序是如何组合起来的?车迟国是在什么地方进入的?这些问题的答案,正想根据《销释真空宝卷》来推断。

(二)《销释真空宝卷》

民国十八年(1929)十一月,北平图书馆购入了宁夏废墟出土的大多数宋元刊西夏文藏经,而其中也有若干汉文书籍,此处讨论的《销释真空宝卷》就是其中之一。周叔迦将这些文献作了大致整理后撰成《馆藏西夏文经典目录·附馆藏旧刻经典杂卷目录》(《国立北平图书馆馆刊》第四卷第三号,西夏文专号,民国十九年五·六月),著录了此书,其"汉字十号"中有:

抄本销释真空宝卷梵帙　　全卷凡五十九页

然而根据之后的调查,这本宝卷似被判定为极为重要的文献,同《馆刊》第四卷第六号（民国十九年十一·十二月）卷首刊载了其书影，题作《馆藏元抄本销释真空宝卷》。但是，完全没有关于它的任何说明。这幅书影，应该给了当时的文学史家，尤其是关注《西游记》的人相当的震撼。为什么呢？因为这幅书影展现的部分，毫无疑问地记述了《西游记》的故事，若这本宝卷果真是元抄本，那么《西游记》的故事在元代就已经存在了。早已发表过《西游记考证》一文、以《西游记》研究第一人自居的胡适，马上作了跋文，发表于同《馆刊》第五卷第三号（民国二十年五·六月）上。胡适在这篇跋文中，认为这本宝卷中所见的《西游记》故事与元代吴昌龄撰（笔者注：现被认为是杨景贤之作）杂剧《西游记》（杨东来本《西游记》，以下称《杂剧》）不同，而与吴承恩的小说《西游记》一致，它是《西游记》流行以后的产物，即明末的抄本。不知是否因为此文，同号刊载的书影，没有题元抄本，而改题旧抄本。但是俞平伯在《文学》创刊号（生活书店，民国二十二年七月）上发表了《驳〈跋销释真空宝卷〉》进行反驳，痛击胡适的学说。俞氏之文篇幅很长，在此无法详细介绍，而其中要点是：首先胡氏一边说它与小说一致，一边又说与小说不仅顺序不同，内容的差异也很多；一边说与《杂剧》不一致，一边又说有一致之处；总而言之认为假定它是元代或明初的抄本比较合适。不知道对俞氏之文胡氏作了怎样的再反驳，而胡氏之跋未收录于《胡适论学近著第一集》（民国二十四年，亦作为《胡适文存》第四集），可见他感到有必要订正。而《跋销释真空宝卷》附录的短文《跋四游记本的西游记传》（虽然刊于《馆刊》第五卷三号，但目录中未出）收于《胡适论学近著第一集》，据此也可以看出《跋销释真空宝卷》存有尚待思考之处而未予收录（俞氏的论文，《燕郊集》［民国二十五年八月］再录）。笔者对此后的宝卷研究家的成果未充分调查，而现在要举几个关注的论点的话，则郑振铎《中国俗文学史》（1938年）第

十一章宝卷(三〇八页)云"宋或元人的抄本",傅惜华《宝卷总
录》(《汉学论丛》五三页,巴黎大学北京汉学研究所,1951年)认
为是明抄本。其次是胡士莹《弹词宝卷书目》(古典文学出版
社,1957年3月)一〇三页云"宋或元抄本",可能是根据这本宝
卷有避宋代之讳的痕迹而推定为宋代的。但是文中称孔子为
大成至圣文宣王,这个称号始于元代大德十一年(1307),直至
明代嘉靖九年(1530)改称至圣先师(胡适观点),因此把时间定
为宋代未免有些过早。李世瑜《宝卷新研》(《文学遗产增刊》第
四辑,1957年3月)认为宋元之说不可信,在其著作《宝卷综录》
(1961年)中提出是明抄本的观点。此外泽田瑞穗《增补宝卷
研究》(1975年6月,国书刊行会)说道:"从宝卷的变迁史来
看,我认为时至今日胡(适)氏的见解也仍然是正确的。"笔者
的观点是,这个写本的抄写年代或者这本宝卷的成立年代姑
且搁置一旁,其中反映的《西游记》故事绝对不是明本《西游
记》以后的,而是与《朴通事谚解》所引《西游记》属于同一系
统。这样推测的理由是,两者都仅仅是极为粗略的情节梗概,
同时里面的专有名词非常一致,其顺序也因采用了前述的方
法而基本一致。

　　《销释真空宝卷》卷首缺失,仅残存588行。在此中间集中
讲述《西游记》故事的是第28～56行。以下就是这一部分,在
此异体字改为通用字,认为是误字处以( )改正:

28　　　唐僧西天去取经,一去十万八千程。

　　　　昔日如来真口眼,致今拈起又重新。

30　　　　　正(贞)观殿上说唐僧,发愿西天去取经。

　　　唐圣主,烧宝香,三参九转。

　　　祝(炷)香停,排鸾驾,送离金门。

　　　将领定,孙行者,齐天大圣。

　　　猪八界,沙和尚,四圣随根(跟)。

35　正遇着，火焰山，黑松林过。
　　见妖精，和鬼怪，魍魉成群。
　　罗刹女，铁扇子，降下甘露。
　　流沙河，红孩儿，地勇（涌）夫人。
　　牛魔王，蜘蛛精，设（摄）人（入）洞去。
40　南海里，观世音，救出唐僧。
　　说师父，好佛法，神通广大。
　　谁敢去，佛国里，去取真经。
　　灭法国，显神通，僧道斗圣。
　　勇师力，降邪魔，披剃为僧。
45　兜率天，弥勒佛，愿听法旨。
　　极乐国，火龙驹，白马驮经。
　　从东土，到西天，十万余里。
　　戏世洞，女儿国，匿了唐僧。
　　到西天，望圣人，殷勤礼拜。
50　告我佛，发慈悲，开大沙门。
　　开宝藏，取真经，三乘教典。
　　暂时间，一刹那，离了雷音。
　　取真经，回东土，得见帝王。
　　告我佛，求忏悔，放大光明。
55　到东土，献真经，唐王大喜。
　　金神会，开宝藏，字字分明。

　　（《国立北平图书馆馆刊》第四卷六号及第五卷三号刊
载的书影为第31～55行和卷尾）

以上的故事梗概，除了个别例外，无疑是按照所据《西游记》的
顺序排列的。但是至第34行为止，即唐僧、孙行者、猪八界、沙
和尚四人结伴同行的部分，是说出发的时候四人并不齐全，后
来唐僧依次收了三个徒弟。所以这一部分与第35行以下有重

复。例如沙和尚无疑是在流沙河（第38行）出现的。因此必须把至第35行为止的部分和它以下的梗概分开来处理。这一部分的唐僧、孙行者、沙和尚，均见于《朴通事谚解》。"猪八戒"在这本宝卷中写作"猪八界"。像这样写成"界"的还有杨慎的《洞天玄记》（《孤本元明杂剧》所收）之序。然而"戒"与"界"在古代是通用字，《字汇补》中就说"戒与界同"，因此这里可能是混用，不足以成为具有直接关系的证据。但《朴通事谚解》中"猪八戒"写作"黑猪精朱八戒"。或许元代的朱八戒，在明代被写成猪八戒。"齐天大圣"之号虽然胡适云在《杂剧》中没有，但可见于《朴通事谚解》，故无问题。

　　第35行以下就是中心内容。首先有火焰山和黑松林，而这两者应该互换位置，并非是先到火焰山而后再到黑松林。为什么呢？因为在火焰山是罗刹女用铁扇降雨，妖精、鬼怪、魍魉是在黑松林。所以黑松林应该在前。黑松林在《朴通事谚解》中未见，明本中见于第二十八回和第八十回。但是第八十回中，它是姹女即地涌夫人出现的地方，所以不可能在那里。第二十八回题目中有"黑松林三藏逢魔"，而三藏遇到妖魔（黄袍怪）是在此前的碗子山波月洞。于是正文中仅云松林，未明言看起来像地名的"黑松林"。这或许是因为在黑松林已经遇到妖魔（不止一个）之事被分离独立，所以题目与内容变得不一致。《朴通事谚解》的黑熊精（2）、黄风怪（3）可能就是这样分离独立出来的。宝卷的该部分未见黑熊精、黄风怪之妖怪名，大概是以黑松林这个地名一并代替了。

　　火焰山除了见于《朴通事谚解》和明本（第五十九回～　　）外，也见于《杂剧》（第十八、十九出）。明本与元本相较，大部分都移动到了后面。第37行可以理解为在火焰山罗刹女以铁扇降慈雨。罗刹女之名未见于《朴通事谚解》，因为作为灾难出现的是火炎山（二），所以未写罗刹女之名是自然而然的。明本中罗刹女是铁扇公主的别名,是牛魔王的妻子,红孩儿是她的孩子。《杂剧》中没有罗刹女,同样作铁扇公主。《杂剧》中的铁扇公主没有丈夫,使用一把千余斤的铁扇子。明本中一边称她为铁扇公主,同时又说她使用芭蕉扇,留下了改作的痕迹。但明本中,写到起初听说铁扇仙的传闻,后来才知道是铁扇公主之误,此或许暗示了之前有文本写铁扇仙和铁扇公主(或罗刹女)是夫妻、其子为红孩儿。《杂剧》和明本的差异过大,因此我们不妨设想两者中间有上述那样的文本。但是仙人有妻子这样的事情显得比较奇怪,于是明本进行了修改。另外杂剧《西游记》是改订本,不乏新旧要素混合在一起的可能性,但此处怀疑是流传下来的旧内容。此外,这本宝卷中,也可以认为铁扇子是人名,是罗刹女之丈夫。但可以推定,在此情节中红孩儿不是他们的孩子(后述)。

第38行的流沙河是沙和尚居住的场所。流沙河未见于《朴通事谚解》,但提到了沙和尚,因此未言及流沙河可能是出于偶然。《杂剧》第十出、明本(第八回、第二十二回)中可见。接下来写到红孩儿和地涌夫人。他们的关系是什么?红孩儿和地涌夫人均见于注3,而地涌夫人被置于第四,红孩儿怪被置于第八即人名的最后。笔者的观点是,元本(宝卷也同样)中,可以推定红孩儿是地涌夫人的儿子。宝卷将此二人排列在一起,大概是红孩儿首先加害三藏,接着其母地涌夫人出场这样的场景。那么《朴通事谚解》注3中红孩儿怪被移到了与地涌夫人隔开一定距离的后面,是怎么回事呢?也许元本中地涌夫人是主要角色,红孩儿并没有干什么惊人的事,所以《朴通事谚解》一度将其省略,而考虑到列出地涌夫人后也应该加上红孩儿,所以最后加写了上去。这是推测为组内顺序变化的唯一例外。红孩儿见于《杂剧》第十二出,是鬼子母之子,别名爱奴儿。虽然鬼子母见于《诗话》第九,但其中没有与红孩儿相当的人物。另外有戏曲《鬼子母揭钵记》，二支佚曲收录于《宋元戏文辑佚》（钱南扬，古典文学出版社，1956年）。明本中红孩儿是牛魔王与罗刹女所生的孩子，地涌夫人是姹女的别名，两人没有关系。宝卷中的罗刹女，应该理解成与《杂剧》中的铁扇公主是相近的，因此红孩儿应该不是罗刹女之子。宝卷将他与地涌夫人排在一起，由此可以推测二人是母子关系。明本第八十三回中的姹女是金鼻白毛老鼠精，被托塔李天王救了一命，因此拜托塔李天王为父，但是没有说明她为何又被称为地涌夫人。地涌为何意？笔者的推测如下。毋庸赘言李天王是毗沙门天，毗沙门信仰在于阗地区（今和阗，Khotan）很盛行。玄奘《大唐西域记》卷十二瞿萨呾那国（Kustana）就是于阗，其中说到国王年老无子，向毗沙门天祈祷，于是神像的额头上出现了一个婴儿。因为是额头上都能生出婴儿的毗沙门天，所以他踏过的土地涌出孩子也不足为怪。地涌的意思指像这样出生，可能李天王自己也不知道此事。元本中大概也是这样记述的。明本的改编者认为这样不可思议，于是改编成被救下一命的鼠精拜李天王为义父。老鼠的精从地中涌出来，也是合情合理的。另外《大唐西域记》卷十二中，同样是关于于阗的故事有如下记载：王城之西的大沙漠的路旁有老鼠巢穴，金银色毛色的鼠王统领着群鼠，匈奴来寇时，国王向这只鼠祈祷，得以消灭敌军。从明本写的金鼻白毛这一点来看，或许也从《大唐西域记》得到了灵感。此外，从夫人这个称呼可以判断应该有丈夫，但并不知道这究竟是谁。还有夫人一般来说会有孩子，可能这就是红孩儿。明本由于把红孩儿写成是牛魔王和罗刹女的孩子，所以把地涌夫人改成了姹女。但只有一个地方提到了其别名据说是地涌夫人，这为我们提供了推测其前身的线索。

第39行的牛魔王未见于《朴通事谚解》，但元本中可能是有的,《杂剧》中无,前文已述及明本中有此角色。不知此处该如何解读,而如果红孩儿和地涌夫人是一组的话,那么牛魔王和蜘蛛精都曾把唐僧攫入洞中。俞氏亦作如此理解。明本中牛魔王只是家住火焰山,拦截了唐僧,并没有把他抓进洞里。蜘蛛精见于注3。明本第七十二、七十三回也有,唐僧被她关在了盘丝洞里。

第40行讲的是南海的观世音救出了唐僧。但明本正如上文所述,在火焰山唐僧并没有被掳走;另外被关在盘丝洞里时并未借助观音之力,而是孙行者把蜘蛛精打败。这里是与明本的相异之处,俞氏也已经指出来。

第43行的灭法国正如俞氏所言,相当于明本中的车迟国(第四十五回)、灭法国(第八十四回)。《杂剧》中无车迟国、灭法国;《朴通事谚解》中未见灭法国之名,而关于车迟国有非常详细的记述。宝卷中,紧接着斗圣降魔,就是披剃为僧。即道士在斗法术比赛中失败被降伏,剃去头发做了僧人。但《朴通事谚解》的车迟国情节中,道士(实际是妖精)最后被孙行者杀死。明本把斗圣降魔写成是车迟国的故事,披剃为僧写成是灭法国的故事。宝卷的这一部分,让我们联想到《降魔变文》等。《降魔变文》写的是舍利弗与六师斗圣,六师败北,但没有被杀,而是以"面带羞惭,容身无地"这样的程度结局。宝卷中似乎也没什么惊心动魄的事。但是《朴通事谚解》中就非常残忍。也许宝卷中所见的记述是新出的,接近明本;而《朴通事谚解》中的西游故事的时代要比它更早。

第45行的兜率天、弥勒佛之事仅见于宝卷,《朴通事谚解》未引用,明本、《杂剧》中均无。但这部分让我们联想起《诗话》第三的入大梵天王宫。本来玄奘是虔诚的弥勒信仰者,抱着死后一定会转生到兜率天的信念圆寂(《慈恩传》卷十)。从这一点来看,比起像《诗话》中那样在毗沙门天的王宫里说法,把情节设置为弥勒在兜率天说法作为小说而言更加生动有趣。弥勒信仰从六朝开始很流行,但随着净土教的勃兴,它最终被阿弥陀信仰压倒。所以,宋代作品《诗话》中没有弥勒的名字。但到了元代,白莲教兴起,宣扬"天下大乱,弥勒佛下生"等,至正十一年(1351)发动叛乱,出现了可谓是弥勒信仰余波的思潮。宝卷中出现此类记述,或许也有出于这个原因弥勒佛在人民的脑海里复活这一事实的影响。

第46行的极乐国《朴通事谚解》中未引,《杂剧》、明本等里面亦无与之相当的情节。所谓火龙驹,即白马。火龙或者白马,均未被《朴通事谚解》引用,可能是因为并不重要所以把它省略了。明本中未见火龙之名,提到西海的玉龙变成白马(第八回、第十五回)。但是,由于纵火烧了殿上的明珠而受到责罚之事,是其前身为火龙的痕迹。正如俞氏也指出的那样,《杂剧》第七出中南海的火龙出场,一边有上场诗云"只因误发烧空火,险化骊山顶上尘",接着又因降雨之误而被处以斩刑,记述不合逻辑。这表明《杂剧》的改订者进行了乱七八糟的修改。

第48行的戏世洞未见于他本。胡氏认为这相当于明本第六十七回的稀屎衕(稀柿衕亦同);而俞氏认为戏世洞就是蝎子洞,即明本第五十五回的毒敌山琵琶洞。他举出的此与稀屎衕并不相当的理由是:衕和洞文字有异;也没有把唐僧藏在稀屎衕的事实。推定为琵琶洞的理由是:两者都有洞字;琵琶洞的妖怪曾把唐僧藏起来;它在女儿国附近,等等。但是蝎子洞与戏世洞的读音相差太大,明本中女儿国(第五十四回)在前、琵琶洞在后,所以宝卷中的顺序相反。《朴通事谚解》中的薄屎洞应该就是此。胡氏认为"稀屎"不雅故而改作戏世,但明本谓"稀柿"是本名,"稀屎"为俗称,因此并没有修改的必要。况且,宝卷的年代不可能比明本更晚,故而胡适之说亦有误。详俟后考。接下来的女儿国就是《朴通事谚解》里的女人国,《杂剧》第十七出、明本第五十四回中亦可见。另外更早的《诗话》中,第十"经过女人国处"与之相当。

（三）两 本 之 对 照

现将《朴通事谚解》注 3 依据《销释真空宝卷》的顺序,按照本章第一部分所述的方法整理,可得下表。宝卷中的专有名词的顺序仍按原样,但火焰山和黑松林互换了位置。另外《朴通事谚解》的专有名词中,变换了红孩儿怪的位置。这样做的理由前文已述。关于《朴通事谚解》的专有名词,各组内的顺序未予变更,依据的是将两组合一的方针,在此条件下,也有考虑除此以外的顺序的部分。例如多目怪,不能移到比下表位置更前处,若往后移动则到处都可以;还有车迟国情节中未见沙和尚之名,因此大概放在流沙河之前比较合适。

《朴通事谚解》	《销释真空宝卷》	明　　本
棘针洞（一）		荆棘岭（64）
师陀国（1）		狮驼国（74）
黑熊精（2）	黑松林	黑风怪（16）
黄风怪（3）		黑松林黄袍怪（28）
火炎山（二）	火焰山（罗刹女）	火焰山（59～　）
车迟国	灭法国	车迟国（44）灭法国（84）
	流沙河	流沙河（22）
红孩儿怪（8）	红孩儿	红孩儿（40～43）
地涌夫人（4）	地涌夫人	姹女（80～83）

《朴通事谚解》	《销释真空宝卷》	明　　本
	牛魔王	牛魔王（59～　）
蜘蛛精（5）	蜘蛛精	蜘蛛精（72·73）
狮子怪（6）		狮猁王（37～39）？
多目怪（7）		蜈蚣精（73）
	兜率天（弥勒佛）	
	极乐国	
	火龙驹（白马）	玉龙（白马）（8·15）
薄屎洞（三）	戏世洞	稀柿衕（67）
女人国（四）	女儿国	西梁女国（53）

结　　论

　　《朴通事谚解》注 3 中所见的十二个专有名词，是推测现今已亡佚不传的元本《西游记》故事的重要线索，但其顺序是否如故事情节顺序则不明。本章将这十二个专有名词分别置于人名、地名各组内，基于它们都保持了故事固有顺序的假设，将之与《销释真空宝卷》中所见的《西游记》相对照，依据对各自位置的推定，尝试局部再构《朴通事谚解》引用的元本《西游记》。两者所引的专有名词有相当的差异和出入。但宝卷的这部分是极为简单的梗概，至于《朴通事谚解》注 3 则与其说是梗概，还不如说只是列举了若干个专有名词而已。如果两者的记述能更详细一些的话，那么一致的点应该会更多吧。这些专有名词（即事件）基本上都被明本所继承。但明本中,其顺序大部分不一致。这是明本改换了元本的每个事件的顺序,其目的之一是使内容丰富。明本中称有八十一难,当然实际上并没有这么多,只有大约四十个而已,但这也已经相当多了。作为这样增加事件的方法,就是采取把一个事件拆分成两个的手段。正如《销释真空宝卷》的灭法国在明本中被拆分成车迟国和灭法国,由于这样的分割独立,位置也就发生了移动。反过来看,明本中存在同样趣向的事件两次被记述的情况,可以猜测,它们在之前的文本中只记述了一次。例如孙行者被三藏驱逐的事件,在明本中有两次(第二十七、五十六回),之前的文本中应该只有一次。除此之外,随着时代精神的变化,也产生了修改内容的必要。在这种情况下,不仅是把不要的部分舍弃删除,还常常使用挪用的方法来使内容丰富。试举一例,《朴通事谚解》注5有"(孙行者)又去王母宫偷王母绣仙衣一套来,设庆仙衣会",明本中完全没有这个事件,但明本(第十六、十七回)有黑风怪即黑熊精偷三藏法师的袈裟,举行佛衣会的故事。前文已述及黑熊精见于注3,但它可能至多只是想咬三藏,并没有干什么大事。因此明本就把孙行者的庆仙衣会写成是黑风怪做的,从而使黑风怪的故事饶有趣味。那么,元本的孙行者为何要偷西王母的绣仙衣呢?解开这个疑问的关键在《杂剧》中。据《杂剧》第九出,孙行者夺取金鼎国的公主为妻,藏匿于紫云罗洞。偷西王母的绣仙衣,不外乎为了讨公主的欢心。注5中未见关于金鼎国公主的情节,但没有妻子的孙行者怎么会要偷西王母的仙衣呢?可见元本有孙行者夺取金鼎国公主为妻的一节,这是毫无疑问的。可能是明本的改编者删除了这一节,将此改成了黄袍怪夺宝象国公主的故事(第二十八~三十一回)。也许明本的黑风怪和黄袍怪,都是元本中孙行者的分身。如此这般改变故事内容的原动力,自不待言是时代精神的变化,这是随社会变化而产生的。处在蒙古人铁蹄下的元代人把孙行者的经历写成野蛮人的样子,而生活于安定的明代社会的改订者则在心中描绘了正直、富于正义感的人物形象。

（原刊于《神戸外大論叢》第十五卷六号,1965 年）

[六]

戏曲《西游记》考

（一）《唐三藏西天取经》

元代钟嗣成的《录鬼簿》（至顺元年，即 1330 年序）卷上吴昌龄条中可见《西天取经》之书名，贾本即天一阁本《录鬼簿》中附有此书的题目正名"老回回东楼叫佛，唐三藏西天取经"。止云居士《万壑清音》（天启甲子，即 1624 年刊）第四中收录了题为《西游记》的四折（《诸侯饯别》《擒贼雪仇》《回回迎僧》《收服行者》），根据孙楷第的推定（《吴昌龄与杂剧西游记》，《沧州集》所收），其中《诸侯饯别》相当于吴昌龄的《西天取经》第一折，《回回迎僧》相当于第三折；其他二折并非吴昌龄之作，《擒贼雪仇》与杨东来本《西游记》第四出、《收服行者》与同书第十一出一致。吴昌龄作的二折也被其他曲谱等所引用，而从时代最早、且兼具曲白这点来说，《万壑清音》所引的是最重要的。孙楷第的论文，很遗憾只引用了曲而省略了白。现将《诸侯饯别》的开头部分抄录如下：

> 积水养鱼终不钓，入山望路愿长生。扫地恐伤蝼蚁命，为惜飞蛾纱罩灯。贫僧俗姓陈，法名了缘。父亲陈光蕊，一举状元，除授洪州刺史。带领母亲之任，行至中途，大江遇着水贼刘洪。见俺母亲姿色，将俺父亲推落大江之中。比时贫僧在母腹中有七八个月日了，未曾分娩。我母亲只得勉强而从。后来产下贫僧。刘洪又要害俺的性命。多亏我母亲用计，造成木匣一个，咬指滴血，写下血书一封，将贫僧放在木匣之内，抛入大江，流至金山脚下，幸遇平安长老在江中洗钵，捞取木匣，打开看时，见了贫僧，留在寺中，抚养成人。教习经典，无所而不通，无所而不晓。

新鐫出像點板北調萬壑清音卷之四

止雲居士選輯

白雪山人校點

《万壑清音》

諸侯餞別

積水養魚終不釣，入山望路顧長生。掃地恐傷螻蟻命，為惜飛蛾紗罩燈。貧僧俗姓陳法名了緣父親命為惜飛蛾紗罩燈。

親光藥。一舉狀元。除授洪州刺史帶領母親姿色之任行至中途大江遇著水賊劉洪洪見俺母親姿色將俺父親推落大江之中。比時貧僧在母腹中有七八箇月日了。未曾分娩。我母親只得免強而從。後來產下貧僧。劉洪又要害俺的性命。多虧我母親用計進成木匣一箇。咬指滴血。寫下血書一封。將貧僧故在木匣之內。拋入大江。流至金山腳下。幸遇平安長老在江中洗鉢撈取木匣。打開看時。

萬壑清音

西遊卷四

一

112

因唐天子跨海征东,杀伐太重,命五佰僧人,在护国寺中做了七七四十九日水陆道场,道场圆满,从空降下南海普陀落伽山千手千眼观自在菩萨,在空言曰,此经不是超度亡灵,除非是西天五荫度取三大藏金经,此经行行灭罪,字字消灾。贫僧望空拜曰,贫僧愿往西天五荫度求取大藏金经。唐天子赐俺左一僧,右一僧,封俺为大唐护国三藏大禅师。又赐俺紫金钵盂一个,锦襕袈裟一套。外又五百套锦襕袈裟,五百个渗金净瓶。通关牒文打了前行。今日是黄道吉日,唐家十八路诸侯都来与贫僧饯行。远远望见想是众公卿来也。

以上叙述玄奘出身的部分,不论小说、戏曲,与各本《西游记》不一致的点有很多,这是必须注意的。例如唐僧的法名是了缘,各处均未见玄奘之名。另外其母亲(未记载姓)做成木匣,将婴儿置于其中在江里流走。婴儿被名曰平安的长老在江边洗钵时发现,并拾回去养育成人。这些与杨东来本《西游记》及朱本相比,明显处于更早的阶段。此外,没有复仇的故事和上都城的情节,这可能是省略或脱落了。赐给唐僧两个僧人作为侍从的情节,未见于其他几种文本。接下来是唐功臣徐士勣、程咬金、殷开山、杜如晦、高士廉、秦琼(叔宝)、尉迟恭等七人出场为玄奘送行。首先徐士勣向唐僧介绍了其他六人,之后唐僧分别给他们起了会能、会了、会善、会听、会志的法名,但并没有写谁是哪个法名。这可能是因为台词很长,所以一笔带过了。接着给尉迟恭起了宝麟的法名。杨东来本《西游记》中没有五人法名的情节,只写到给尉迟恭取了法名宝林。另外殷开山在杨东来本和小说(明本)中是玄奘的外祖父,而在这里他们没有任何关系,或许是反映了西游故事的早期内容。唱全部都是尉迟恭。尉迟恭一般以字敬德而为人所知,是唐初的功臣,而在这里之所以被看得如此重要,似乎是因为把他和玄奘的弟子窥基混同了。据载窥基姓尉迟，字洪道，是敬德的外甥。外出时他总要准备三辆车，一车上装着经典，一车上坐着自己，一车上载着妓女和食物，是被称为三车法师的豪杰，法相宗的初祖。虽然也有一说认为三车的故事只是传言，但无论如何他都不失为一个非常有趣的人物。

第二折推测是河西国之场，但现不存。

第三折推测是回回迎僧。《万壑清音》的此折在孙楷第论文中也只收录了曲。这里值得注意的，是玄奘出场最先说的道白：

> （唐上）迢迢万里路，走了八千途。贫僧大唐三藏，自离了河西国度而来，一路饥餐渴饮，夜住晓行，可早来到回回国度也。闻说此处人人好善，个个持斋，怎生不见回回来迎接。

也就是说玄奘的旅行已经结束大半，这个所谓的回回国似乎与天竺非常近。另外悟空等三个弟子没有出现。虽然不乏为了使剧本内容简洁化而省略的可能性，但还是感觉不可思议。这一折也不算精彩，为何还要特意设置这样一折呢？这也是个难解的问题。《太平广记》卷九十二引用《谈宾录》及《两京记》，提到玄奘曾拜访菩萨万回。可能《回回迎僧》一折是根据这个故事反其道而行，把情节改成了回回僧迎接玄奘。万回的出生地弘农在之后的《西游记》（朱本、汪本）及杨东来本《西游记》中变成了陈光蕊的故乡，这可能是万回的故事在西游故事发展过程中多少产生影响的痕迹。万回亦见于《酉阳杂俎》前集卷三，《祖庭事苑》卷六记有万回憨，但都与玄奘没有关系。这个万回后来变成道教的和合神。此外杨东来本《西游记》中虽然没有回回迎僧之事，但在第六出【川拨棹】曲中留下了痕迹。

回回迎僧用双调。元剧中双调也有用于第三折的，而用于第四折的情况极多，所以这应该是第四折。但孙楷第认为这是第三折，其最后的曲中有云"俺只见黑洞升云起，更那堪昏惨惨无了天日。愿得个大唐三藏取经回，也无那外道妖邪近得你"，从而推测第四折是唐僧遭遇灾难、神灵的救助等内容；之后应该是取经东归的故事，此剧最长也不过五六折。但陈汝元的改订本是四折，所以吴剧也是四折的可能性较大。总而言之吴昌龄的《西天取经》不能称为杰作，而并非是像通过杨东来本《西游记》模糊想象出来那样的大作。

《录鬼簿》中，吴昌龄收录于上卷（前辈名公乐章传于世者），因而王国维认为他是蒙古时代人。近年发现了吴昌龄所书碑文的拓本，可知他在延祐三年（1316）左右任婺源州知州。假如并非同名异人，那么吴昌龄的时代还要稍晚一些（孙楷第《元曲家考略》，1981年新版）。

明代祁彪佳（1602～1645）的《远山堂剧品》中著录了《西天取经》（北四折），云"番语入词，亦疏散不俗。曲有未叶处，已经函三馆主人订正"。吴昌龄的《回回迎僧》中也用了很多看似番语的意思不明的语句，因此可能是同一种。函三馆主人是明代万历年间的陈汝元。吴剧可能是经由陈汝元改订的。另外曲谱等里面取正名中的三字作"唐三藏"，可以理解为此与省略作"西天取经"一样，是有意识地与杨景贤的《西游记》区别开来。

（二）杨东来本《西游记》

大正末年，日本宫内省图书寮藏有《杨东来先生批评西游记》（杨东来本《西游记》）之事判明，其排印本全文连载于《斯文》第九编第一号（昭和二年一月）～第十编第三号（昭和三年三月）。利用这种纸型的合本单行本也在昭和三年（1928）二月发行，其上附有全部图版和卷首卷末半叶正文的珂珞版。原本没有句读，《斯文》连载者与此排印本除了加上了句读，还加了返点；认为由于原本署"元吴昌龄撰"，因此应该与《录鬼簿》等著录的吴昌龄《西天取经》相当。天一阁本《录鬼簿》中吴剧的题目正名注有"老回回东楼叫佛，唐三藏西天取经"，因此没有回回之事的本剧并非吴昌龄所撰，是显而易见的。但当时天一阁本《录鬼簿》尚未公表，所以作出如此草率的判断也是情有可原。孙楷第在民国二十八年（1939）发表了前述论文，主张本剧并非吴昌龄之作，而是杨景贤所作。

杨东来本《西游记》（卷首）　　杨东来本《西游记》（小引最后一页）

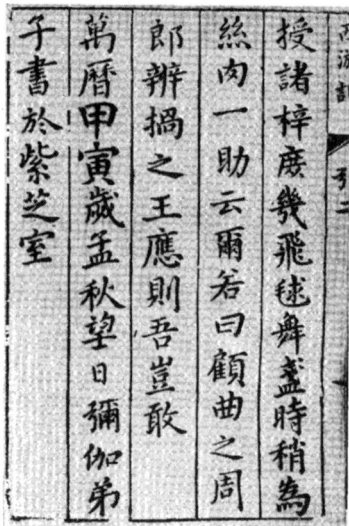

本剧开头首先是《西游记》小引，末尾云"万历甲寅岁孟秋望日弥伽弟子书于紫芝室"。万历甲寅即四十二年（1614），但此甲寅二字的改刻痕迹很明显，似有些可疑。尽管《太和正音谱》中吴昌龄的《西天取经》没有任何注记，但《元曲选》（万历丙辰，1616）中《西天取经》下注"六本"，可能是看了本剧后的误解，因此本剧刊行是在此以后的可能性基本没有。若说上限，

因总论中言及王世贞(1526～1590)之死，所以不可能是在万历十八年(1590)以前。本剧似乎颇为流行，孟称舜的《柳枝集》(崇祯六年，1633)将本剧第四卷全部收录，另外即空观本《西厢记》凡例云"吴昌龄西游记则有六本"，应该是指本剧。虽"甲寅"有些可疑，但大致可以判断是万历后期刊行的。迷伽弟子为何人，尚不明确。这个小引亦收于《元曲选外编》，由于缺少具体内容，此处不予引用。接下来是《杨东来先生批评西游记》总论。此在《元曲选外编》中被省略，故引用如下：

一 《太和正音谱》备载元人所撰词目，有吴昌龄《东坡梦》《辰钩月》等十七本，而《西游记》居其一焉。然仅见抄录秘本，未经镂板盛行。

一 涵虚子记元词一百八十七人，以马东篱、张小山等十二人为最，而以贯酸斋、邓玉宾等七十人次之，悉著题评，极其典核。谓昌龄之词如庭草交翠。至董解元、赵子昂、卢疏斋，鲜于伯机、冯海粟、班彦功、王元鼎、董君瑞、查德卿、姚牧庵、高则成、史敬先、施君美、汪泽民等凡五百人，不著题评，抑又其次。虞道园、张伯雨、杨铁崖等，俱不得借齿牙，其取舍可谓严矣。而昌龄为所推重如此，非词家之擅长挟两挟者耶。

一 昌龄尝拟作《西厢记》，已而王实甫先成。昌龄见之，知无以胜也，遂作是编以敌之。幽艳恢奇，该博玄隽，固非坳井之蛙所能揆测也。其于《西厢》，允称鲁卫。

一 《西厢》乃一段风情佳话，是编合天人神佛妖鬼而并举之，滔滔莽莽，遂成大观。有悲切处，有激烈处，有澹宕处，有痛快处，有会心处，有耸异处，有绵邈处，有绝倒处，且宾白典赡条妥，不见扭造。而板眼务头套数出没俱属当行。

一 北调仅《西厢》二十折，余俱四折而止，且事实有极冷淡者,结撰有极疏漏者。独是编至二十四折,富有才情,最堪吟咀。尝见俗伶所演《西游》与此大不相同,殊鄙亵可笑。是编出,而《桃花扇》底增一钜丽之观,庶可与俗伶洗惭矣。

一 卷中不无小疵,要是璜考珠纇,奚损照乘连城。即如:

布衣中跳到洪州路,倒不如借住在步兵厨。(第一出【油葫芦】)

○摅一缕白练,写两行红字,赴万顷清流。(第二出【上小楼】)

○趁着这一江春水向东流,离了上源头,则愿你有了下场头。(第二出【尧民歌】)

○尘昏了老绢帛,金黄了旧血痕,这的是一番提起一番新,与我那十八年的泪珠都征了本。(第三出【醋葫芦么】)

○俺孩儿经卷能成事,你说甚文章可立身。(第三出【后庭花】)

○我不申口内词,你自想心间事。(第四出【雁儿落】)

○英雄将生扭得称居士。(第五出【油葫芦】)

○读那孔夫子文字,着他们拜如来,节外生枝。(第五出【醉中天】)

○晓来登眺,眼前景物周遭。石洞起云清露冷,金缕生寒秋气高。故国迢遥,恨压眉梢。(第九出【八声甘州】)

○汉明帝佛始来中国,唐太宗僧初入外夷。(第十出【隔尾】)

○你若要西天取经,先去这东土忘机。(第十出【感皇恩】)

118

○休言道仗你释伽威,则寻思念彼观音力。(第十出

【乌夜啼么】)

○为足下常有杀人机,因此上与师父留下这防身计。(第十出【菩萨梁州】)

○蛩带秋声鸣屋角,雁拖云影过江南。(第十三出【混江龙】)

○有时俯视溪流看,更崄似军骑赢马连云栈。有时鹤唳青松涧,更惨似琵琶声里君恩断。(第十五出【叨叨令】)

○身边有数的人,眼前无数的山。(第十五出【滚绣球】)

○见一幅画来的也情动,见一个泥塑的也心伤。(第十七出【混江龙】)

○宰下肥羊安排的五味香,与俺那菜馒头的老兄腾了肚肠。(第十七出【天下乐】)

○对一溪春水,卧半亩闲云。(第二十一出【混江龙】)

○脚根牢跳出陷人坑,手梢长指破迷魂阵。(同)

○他不能求扁鹊,安肯问胡孙?你正是明医了三十载,暗换了一城人。(第二十一出【金盏儿】)

○当日弃却黄金铺地,今日倒骑着白鹿朝天。虽然是眼下工夫,也要个夙世良缘。化着他十万里取经的不甚远。(第二十二出【集贤宾】)

语语皆抽秘逞妍,他传奇不能方驾。

一 弇州《艺苑卮言》凡词家悉加月旦,或摘其佳语,或标其名目,可谓详赡矣。至昌龄则仅举其所撰《东坡梦》《辰钩月》而称之,竟不及是编,何以故?夫弇州该览群籍,纤钜靡遗,岂是编尚未之睹耶?兹役也,蒐中郎之秘检,发汲冢之鸿辉,弇州而在当为抚掌。

　　　　　　　　　勾吴蕴空居士书于宙合斋

关于这位蕴空居士,生平不得而知。或者也有可能与杨东来是同一人。而被拟为《封神演义》作者的陆西星（1520～1601?），在《楞严经述旨》（《大日本续藏经》，八十九套第三册）中署"明淮海参佛弟子蕴空居士陆西星"。所谓"蕴空"，典出著名的《般若心经》。所以或许同样使用这个号的还有其他人，俟后考。

这则总论汲汲于假托本剧为吴昌龄之作，不足为信。但其中第5条谈到当时有俗伶所演的《西游记》，与本剧大不相同。引用的本剧中的二十二例佳句，（　）里加入的出数和曲牌名是笔者的注记，原文没有。引用的例句与本剧正文也有稍异处，这可能是修订本剧的过程中产生的。赵景深《吴昌龄的西游记杂剧》对此并不满意，另外摘录了十四个佳句。书名"杨东来先生批评西游记"的文字，也可看出"杨东来"三字全部有用填塞木片改刻的痕迹，版心就作"□□□批评西游记"，是原封不动的删除状态。其理由颇难猜测。本剧由六卷，各卷四出，计二十四出构成。它既是杂剧，又采用传奇（南戏）之体裁，因而铅印本将此改成了本、折。本剧内容与小说的比较，在《传奇汇考》（据《曲海总目提要补编》）的无名氏作《北西游》条中有详细论述，但由于未记第几出，所以较为不便。以下尽量与之不重复地简要叙述值得注意之处（数字表示出）。

第一卷（一之官逢盗，二逼母弃儿，三江流认亲，四擒贼雪仇）

本卷讲述了玄奘的出生和成长。小说中相当于朱鼎臣本卷四、清刊本第九回，但差异较多。首先，开头云玄奘前身为毗卢伽尊者，这是值得注意的。小说云前身为金禅子（禅又作蝉），散见于各处。但明本第五十回开头的诗中有"莫教坑堑陷毗卢"。毗卢为毗卢舍那的略称，密教中指大日如来，而此处似指玄奘。此毗卢与本剧的毗卢伽尊者大概是同一人。早期的《西游记》中，玄奘的前身可能是毗卢或毗卢伽尊者。本剧的毗卢伽尊者似是宾头卢尊者之讹。宾头卢是十六罗汉第一,但由于妄弄神通而受到佛的呵责,被驱逐到西瞿耶尼洲。禅林僧堂中央安置的像称为圣僧,多数是以宾头卢来充任。可能因玄奘被称为圣僧,所以其前身被认为是宾头卢。第三出中的毗卢伽尊者,又呼之为圣僧罗汉。本剧中写到毗卢伽是由中国派遣去的,此似与小说中金蝉遭贬的情节相对应,而这实与宾头卢被驱逐到西瞿耶尼洲之事如出一辙。泉州开元寺东塔的雕刻上有看似宾头卢的僧人与小猴的组合。若认为这个雕刻的内容在当时(南宋末)已经构成西游故事的一部分,时代未免过早。

　　第三出拾到被流在江里的玄奘并把他养育成人的僧人作丹霞禅师。丹霞是邓州丹霞山的天然禅师(739～824),因烧佛像、骑圣僧头等离奇古怪的行为而闻名,因此可能是借用。另外也可指丹霞山的了淳禅师(?　～1119),但他似没有什么奇特行为。元曲《来生债》中写到云岩寺的长老丹霞被庞居士之女灵兆点化。本剧的丹霞与实际人物没有关系。不知由于什么原因,养育玄奘的僧人之名极为不统一,吴昌龄剧作平安,朱鼎臣本、汪本(《西游证道书》)作法明,世德堂本、杨至和本、明传奇《陈光蕊江流和尚》(《宋元戏文辑佚》所收)作迁安。另外除汪本以外的清刊本中法明、迁安混用。

　　第四出中,讨伐杀害玄奘之父陈光蕊的水盗刘洪者

陈光蕊被贼杀害

作虞世南(朱本等作殷开山)。关于刘洪的矛盾之处颇多。第三出写到刘洪一年后就辞职,必定会有后任者,但并没有述及这点,十八年后虞世南被任命为太守显得不合理。

第二卷(五诏饯西行,六村姑演说,七木叉售马,八华光署保)

这卷中旅行已经开始,而妖怪等还没出现。另外小说中基本没有相当的部分。

若将第五出与吴昌龄作《西天取经》的诸侯饯别相比较,曲白俱不一致,为玄奘送行的唐代功臣在本剧中是虞世南、秦叔宝、房玄龄、尉迟恭,与吴昌龄剧共通的不过秦叔宝、尉迟恭二人。另外本剧记述了玄奘在长安祈雨之事,而吴昌龄剧中没有,诸如此类的差异颇多。但此出(折)的唱者是尉迟恭,这是两本共通的。本剧中尉迟恭咏的以"十万里程多少难"开头的诗,是借用了唐代李洞的题为《送三藏归西域》一诗。另外本剧写到尉迟恭从玄奘那里得授宝林法号,但在《说唐传》中宝林是尉迟恭的儿子。

第六出村姑出场,讲述送别的社火(节日等期间举行的演艺)的景象。虽然这让我们联想起元代散曲《庄家不识勾栏》等,但不一定十分精彩,本来没必要单独成为一出。小说中没有与此相当者。

第七出写观音的弟子木叉行者卖给玄奘一匹龙马。小说中是木叉跟随观音去向太宗卖袈裟和锡杖(朱本卷六、世本第十二回)。另外小说中先是孙行者成为玄奘的弟子,之后龙马也跟随玄奘,而这部戏曲中是龙马在先。其隔尾曲有云"又不比十二天闲要簇捧",可能暗示了是十二天神饲养马。若如此,那么孙行者以前并不是在天上养马。弼马温大概到明本才开始出现。

第八出是观音为了保护玄奘的旅行,任命十大保官的场景。

小说中无此情节。但明本第九十九回的开头有五方揭谛、四值功曹、六丁六甲、护法伽蓝诸神完成保护三藏的任务,向观音覆命的情景。这是由本剧的十大保官变化而成,显示了保官任命情节可能在早期小说中也存在的痕迹。本剧的十大保官,是观音、李天王、那吒三太子、灌口二郎、九曜星辰、华光天王、木叉行者、韦驮天尊、火龙太子、回来大权修利。其中韦驮天尊(第十七出出场)、回来大权修利(第二十二出出场)在小说《西游记》中未见。华光可见于明本第九十六回(一二一四页)。华光是又被称为五通神、五显神的火神,《警世通言》卷八《崔待诏生死冤家》有云"五通神牵住火葫芦",因而似在宋元之际就已经存在。《五杂俎》卷十五中所见的"华光小说"应该较为古老,而现存的只有《五显灵官大帝华光天王传》(除此之外还有异名,即所谓《南游记》)。另外华光在后世变为五个神(《初刻拍案惊奇》卷二○《李克让竟达空空,刘元普双生贵子》),再后变为五路财神。本剧反映的华光故事,可以想象远比《南游记》要早,尚处于简略阶段。本剧言及华光又称妙吉祥,而妙吉祥是指文殊师利,应该与火神没有关系。可能这是一种所据并非某部佛典的民间传说。本剧所见的金砖,在《南游记》第二回中是炼金刀做成的三角形之物。此外琼花据《南游记》第四回,乃扬州后土圣母庙前的琼树之花,玉帝举行琼花会时,灵耀(华光天王)前来捣乱。这大概是西游故事中闹天宫情节的模仿。《万历野获编》卷二十五"杂剧院本"条有云"华光显圣……则太妖诞",可见应该也有华光故事的杂剧,本剧此出可能与之有关系。此外,华光在明杂剧《双林坐化》第三折中以正末角色的吉祥华光讲主的身份出场。

第三卷(九神佛降孙,十收孙演咒,十一行者除妖,十二鬼母归依)

第九出孙行者初次出场。关于本剧中孙行者的特殊性,已在第四章论及。首先孙行者在本剧中是兄弟姐妹五个,大姐是离山老母,二妹是巫枝祇圣母,长兄是齐天大圣,孙行者是通天大圣,三弟是耍耍三郎。与之相近的是《清平山堂话本》的《陈巡检梅岭失妻记》中,云长兄是通天大圣,次兄是弥天大圣,妖猴自身是齐天大圣,妹妹是泗洲圣母。此出的离山老母,在第十出作骊山老母。《史记·秦本纪》中,申侯云"昔我先郦山之女,为戎胥轩妻";《汉书·律历志》记载骊山之女成为天子。唐宋以后,成为女仙,被称作老母。《太平广记》卷六十三引用的《集仙传》记载,李筌虽然得了黄帝的阴符,但读不懂,于是请骊山姥解之。她在元曲《忍字记》中以刘均佐的妻子的身份出现,《黄粱梦》中以打火店的王婆的身份出现。小说《西游记》(明本第二十三回)中,化作寡妇贾氏去试探玄奘一行禅心的黎山老母也正是她。

巫枝祇圣母可能是无支祁,可见于唐代李公佐《古岳渎经》等种种文献中,据记载是淮河水神,形体类似猿猴,为禹及其后的僧伽所降。宋代又称之为水母,因而应该是转变成了女性。这或许与《失妻记》的泗洲圣母是同一个。另外杂剧中有高文秀的《泗洲圣降水母》(《录鬼簿》)以及须子寿的《泗州大圣浲水母》(《录鬼簿续编》)。本剧中孙行者是通天大圣、长兄是齐天大圣,此颇难理解。关于弟耍耍三郎,其他文献中无记载,而明代杂剧《二郎神锁齐天大圣》中除了齐天大圣,还有耍耍三郎孙行者这个角色。本剧描写孙行者的容貌是铜筋铁骨、火眼金睛。《诗话》中只有铜筋铁骨之语,《水浒》第三十一回咏武行者之词中二语俱见。所谓火眼金睛,是形容眼睛闪闪发光、令人畏惧的样子,似乎并不是小说(明本)描写的可怜的病眼之意。不过明本(三页)也在开头云"目运两道金光,射冲斗府",这才应该是本来的火眼金睛。本剧的孙行者与《失妻记》的妖猴一样,夺取女子为妻。《失妻记》中首先抓了叫牡丹的女子,接着把陈巡检之妻张如春也掳进洞中。本剧中孙悟空把金鼎国的公主掠入花果山紫云罗洞为妻，并偷了西王母的仙衣给她。明本无金鼎国，可能是将此情节改作成了黄袍怪抢夺宝象国公主的故事。《朴通事谚解》所引本之详细不明，但偷王母仙衣举行庆仙衣会之事是有明记的，由此看来，掠夺公主之事也是确凿的。本剧中孙行者的住所是紫云罗洞，与《诗话》的紫云洞近似。闹天宫之事在本剧中只有间接性涉及。

第十出是玄奘收孙行者为随从的场景。明本中是名叫刘伯钦的猎人带领玄奘来到孙行者的住所，而本剧由山神充当这一角色。本剧孙行者从观音那里得授悟空的法名。明本中变成是须菩提祖师授名。另外悟空头上戴的箍，本剧云乃铁戒箍。铁戒箍似是行者的一般性装束，前述《水浒全传》第三十一回中亦可见（戒作界）。明本云嵌金花帽变成了金箍。本剧的紧箍儿咒，明本中亦有。

第十一出，沙河的河神——沙和尚出场，云其前身为玉皇殿前的卷帘大将军，由于带酒思凡之罪，被罚在沙河推沙（推动沙子流动？）。明本（朱本、世本）中，同样也是前身为卷帘将军，但所犯罪行是手滑打破了玻璃盏。沙和尚在本剧中没有悟净这个法名。沙和尚是由《诗话》的深沙神变化而来，所以《西游记》中成为玄奘的弟子当然也比八戒要早。本剧中他是三藏继悟空之后的第二个弟子，猜测元本中也同样如此。不过可能由于其形象实在不明确，故明本中把他作为第三，把八戒提到了第二。沙和尚的前身卷帘将军在唐末就已经存在。《益都金石记》卷二所收《唐东岳庙尊胜经幢》（天祐十二年，915）中可见"南门卷帘将军"的记述。

之后紧接着就是掳走刘太公之女刘大姐的银额将军（白虎怪？）出场。明本中似无与之相当的情节。银额将军的住所，念白中说是黄风山，而曲中说是黑风山，不知这是否为修订的痕迹。

另外洞名作三绝洞,这让我们想起世本(第六十七回)的七绝山。

第十二出鬼子母及其子爱奴儿出场。关于鬼子母,曹本《录鬼簿》记载吴昌龄有《鬼子母揭钵记》,但可能与此没有关系。此外还有如后所述的南戏。鬼子母之名亦见于《诗话》,很早开始就被西游故事所吸收采用。总体来说,她非常有名。小说(明本第四十回~)中鬼子母变成了铁扇公主(罗刹女)、爱奴儿变成了红孩儿,但没有本剧的这些故事。本剧中亦可见红孩儿(又称火孩儿)之名,虽没有说明,但似与爱奴儿相同。此类不统一,大概是改订留下的痕迹。另外虽然铁扇公主在本剧(第十八、十九出)也出场,但与鬼子母不是同一人。

第四卷(十三妖猪幻惑,十四海棠传耗,十五导女还裴,十六细犬禽猪)

此卷是猪八戒的故事。本剧的猪八戒的前身是摩利支天的部下御车将军,住在黑风洞,号黑风大王。明本的悟能这一法名尚未出现。

摩利支天本是印度民间信仰的神,据传念之即可得护身、得财、胜利之效,在日本尤其成为武士的守护神。也有作乘猪的童女形象,被猪群围绕的图画。但是西游故事中摩利支天完全没有出场,由此看来,猪八戒并不是从摩利支天部下的猪得到启发而创作的,而是有其他来源,只是偶然地被附会成摩利支天的猪而已。本剧中的猪八戒谎称自己是裴家庄裴太公之女海棠的未婚

摩利支天

夫朱郎,把海棠带到洞中,而后来被灌口二郎的细犬降伏。

明本中也有这个故事,但差异较多。明本中猪八戒的前身是天河的天蓬元帅。天蓬似是道教的神名。《益州名画录》(景德三年序)卷中记载彭山县洞明观有祭祀天蓬、黑杀、玄武、火铃的堂。《宣和画谱》(卷四、卷七)著录了宋代画家孙知微、侯翌、周文矩等所绘天蓬像。小说中的天蓬因有罪而投胎为猪,住在福陵山云栈洞,然后入赘给高老庄高太公家的三女儿翠兰。灌口二郎的细犬是在抓孙行者时助了一臂之力,抓住八戒的是孙悟空。另外本剧中灌口二郎有郭壂直、饭头奴两个部下。世本第六回(七十一页)云有郭申(朱本中又作郭甲)直健二将军。壂的简写字"压"与申(甲)相似,可能之间有关系。大概是把郭申直健误作为郭壂直。

与猪八戒相当的角色,《诗话》中未出现。推测这是到元本加进去的,是唐僧的第三个弟子。

明本中处处强调八戒是长鼻大耳。即使鼻子尚可,而耳大如扇,这与野猪的形象不符。笔者认为八戒的形象是受了欢喜天(圣天、象鼻天)的影响。八戒的容貌与好色等,如果我们想象一下欢喜天就会很容易理解。

孙行者假扮海棠抓住猪八戒的情节,明本(第十八回)远为详细和有趣。明本的这部分,与《水浒全传》第五回假扮新娘的鲁智深痛打小霸王周通的趣向非常类似。虽然说不好哪个在前,但两者可能是有关系的。

第五卷(十七女王逼配,十八迷路问仙,十九铁扇凶威,二十水部灭火)

第十七出相当于明本第五十三～五十五回的西梁女国。在此救玄奘的韦驮尊天(第八出作韦驮天尊)出场。无著道忠《禅林象器笺》极力主张韦驮天与韦天将军不是同一人,但现代的佛教辞典等里面多将二者视为同一。道宣《感通录》云:"韦将军三十二将之中最存弘护。多有魔子魔女轻弄比丘,道力微者并为惑乱。将军栖遑奔赴应机除剪。"由此看来,救出被女王抓住的玄奘,正是合情合理的。另外韦驮天亦可见于明杂剧《双林坐化》(第二折正末)和《鱼篮记》(第三、四折。作韦天)等。

欢喜天

韦驮天

第十八出是采药仙人传道的故事,这在小说中没有。接下来的第十九出是火焰山的故事。火焰山在明本中见于第五十九回以后,本剧的铁扇公主在明本中又称罗刹女。

第六卷(二十一贫婆心印,二十二参佛取经,二十三送归东土,二十四三藏朝元)

第二十一出的贫婆本身在小说中未见,但明本第八十回出现的女怪(姹女)说是贫婆国之女。贫婆在本剧中不过是与三藏进行禅语问答的古怪女子。一般来说女性参与禅语问答并非罕见之事，其中最有名的公案是赵州勘婆（《从容录》第十则、《无门关》第三十一则）。当然本剧的贫婆与之并无关系，但很可能是从这类禅语问答中得到启示而构思出来的。

第二十二出给孤长者出场。他因建造祇园精舍而为人所知。明本第九十三回有拜访该古迹的情节，给孤长者没有出场。接着寒山拾得扮作出山佛之像登场，为何需要寒山拾得二人出场呢？这很难理解。本剧中佛祖认为由于孙、猪、沙三人不是人类，所以不可再回东土，于是另外让四个弟子（成基、惠光、恩昉、敬测）送三藏。小说没有这么写，而是孙、猪、沙和龙马一起再次回到长安。我们感觉没有让这些奇形怪状者在现实的人类社会出场的本剧是较为合理的（然第十出把玄奘介绍给悟空的不是猎人，而是山神）。关于这四个弟子，我们几乎一无所知。还有回来大权（大权修利菩萨）的角色作用是把经文交给玄奘。大权修利菩萨之像，现在在日本也可见于曹洞宗寺院，而据说原本是宁波阿育王山的守护神，以手覆额，望见海上。"回来"也许是出自出海航行的船安全归来之意，但也说不定是"飞来"之讹，因为也有从天竺飞来的传说（客家方言中回、飞同音）。

第二十三出写玄奘由四人送行，回到长安。没有新登场的人物。

第二十四出写玄奘由飞仙引导到灵山会。此飞仙可见于《楞严经》卷八，但我们只知道是空中飞行的仙人，其他情况不明。小说中未见。

以上，通读这部戏曲可以知道的是，首先它与小说（明本）的距离非常大。小说中所见的很多故事，在这部戏曲中基本没有。这固然可以认为是由于戏曲文体的制约而进行的省略，但反过来看，其中又有很多小说中没有的故事。与小说《西游记》

共有的部分中，差异也很多，但比较来看，总的来说是这部戏曲反映了更早期的西天取经故事。戴不凡将本剧推定为金人的杂剧（《戴不凡戏曲研究论文集》）。

第二是本剧与明本在故事顺序方面有异。本剧把陈光蕊的故事置于开头，大概是受了吴昌龄剧的影响。登上取经旅途后，也有下列差异。龙马与悟空的先后难以推测，而三个弟子的出场顺序是本剧中的时代更早，与元本一致：

本剧：龙马（七）——孙悟空（九）——沙和尚（十一）——猪八戒（十一）

世本：孙悟空（十四）——龙马（十五）——八戒（十八）——沙和尚（二十二）

以世本为首的明本，把《西游记》构造成以孙悟空为中心的故事；而本剧中的悟空并没有太大作用，并非全剧的主人公。

第三与前面有关系，本剧中护佑玄奘取经的是神佛，还有十大保官那样的群体；小说中是弟子们为了保护玄奘而奋斗，最后求助于神佛。出场的神佛数量，小说（明本）中的是戏曲中的无可比拟的。从文学角度看，很显然是小说更卓越。

其次是本剧中有若干矛盾和不统一。例如第七出龙马一边咏"只因误发烧空火，险化骊山顶上尘"的上场诗，马上紧接的念白又云"为行雨差迟，玉帝要去斩龙台上，施行小圣"，显示泾河龙是火龙的分身。还有像第十一出的黄风山与黑风山，第十二出的红孩儿与爱奴儿、火孩儿之类的不统一之处。不知这是否是由于杨东来的修订而造成的。

在此我们有必要考察本剧的成立。孙楷第认为的本剧作者杨景贤，据《录鬼簿》后编所见的贾仲明之词，基本可以推定为卒于永乐年间。不过《录鬼簿》后编中，汤舜民以及贾仲明自身的条目里将明成祖称为文皇帝，这是没后的称呼，由此可以

推测后编的成立是在永乐之后。因而杨景贤去世的时间可能
是永乐末年(1425)左右。另一方面李开先的《词谑》(传是楼旧
藏抄本)中收录了《玄奘取经》第四出(出)的曲为杨景夏之作。
此与本剧第四出比较,不仅剧名不同,字句也有很多差异,另外
本剧的【七兄弟】曲在《词谑》中未见。其差异最重要的一点在
于对观音形象的塑造。本剧第四出的【七兄弟】曲中有白衣士
之语,因此是将观音塑造成男性(此外虽然其自称为老僧,但
女性称老僧的例子其他文献中也有,所以这点不能成为可靠
的依据),与开元寺西塔的观音为男性是一致的。《词谑》所引
文本中无白衣士之语,而【收江南】曲中有水月观音之语。水
月观音是以女性形象出现。小说(明本)中观音也是女性。如
此,本剧的第四出与偶然为《词谑》所引的文本之间具有相当
大的差异。

孙楷第认为:杨景夏是杨景言之误,杨景言即杨景贤;因此
本剧是杨景贤之作,《词谑》所引,是经过李开先改订的。对观
音形象的塑造,《词谑》本多少更接近小说一些。不过一般认为
《词谑》成立于嘉靖丁巳(1557)以后,而本剧的刊行据序可知是
在万历甲寅(1614)。也就是说本剧是在杨景贤死后约 200 年
刊行的,肯定经过了杨东来的修改。即便《词谑》本经过了改
订,但推测本剧保留了原作面貌则缺乏根据,此外也没有杨景
贤本是由二十四折构成的记述(此为孙楷第之说的弱点)。本
剧应该具有非常古老的来源,但它是杨东来的修订本,而与杨
景贤的原作存在很大差异。因此,这应该称作杨东来本《西游
记》。

《万壑清音》所收的《西游记》四折中,孙楷第推定二折是吴
昌龄之作,其他二折是杨景贤之作。这样两种作品混合存在的
推定应该是正确的。为什么呢?因为四折在内容上有矛盾,不
可能是属于同一作品。张卫经的观点是:不乏剧团将宋元旧编

《陈光蕊江流和尚》与吴昌龄的《西天取经》《鬼子母揭钵记》合并，又凑集收孙等故事编成六本剧作的可能性，《万壑清音》所录就是此类。但是无论是什么剧团，也不可能凑集登场人物名字完全不同、故事内容不一致的剧作上演。可能张卫经实际上没有看过《万壑清音》，否则的话应该不会作出这种违背常识的判断。

本剧内容与小说重复的部分，大体上具有比较早的来源。这应该是继承了反映明本以前的旧小说的古剧。因此，不能认为是本剧本身对小说（明本）产生了影响。还有从局部看，本剧有些内容看起来是新出的。综上所述，本剧可能是假托为吴昌龄所作，为了和当时通行的《西游记》剧乃至小说《西游记》对抗而别立一家的作品。

另外，《南词叙录》本朝部的末尾可见《唐僧西游记》之名。祁彪佳《远山堂曲品》中可见陈龙光的《西游》（《曲海总目提要》卷四十二中有同作者的《西游记》），《曲海总目提要》云乃夏均政作。夏均政是明初人。以上作品今俱不存。

（三）《陈光蕊江流和尚》

徐渭《南词叙录》（嘉靖三十八年己未［1559］序）有如下所述：

> 南曲固是末技，然作者未易臻其妙。琵琶尚矣，其次则玩江楼、江流儿、莺燕争春、荆钗、拜月数种，稍有可观，其余皆俚俗语也。然有一高处，句句是本色语，无今人时文气。

另外其列举的宋元旧篇中,有《陈光蕊江流和尚》。何良俊的《四友斋丛说》(卷三十七词曲),引用了《拜月亭》以下的九种南戏,云"此九种即所谓戏文,金元人之笔也"。其中有《江流儿》,引用了"崎岖去路赊"一句。《四友斋丛说》的该部分仅见于有万历己卯(七年,1579)序的重刻本,时代稍晚。

钱南扬的《宋元戏文辑佚》辑录了《陈光蕊江流和尚》的三十八支佚曲。钱氏没有阐述认为它们属于宋元时代的理由,但在收录其大半的《南曲九宫正始》中,有注云此为明传奇,因而将之归为明代是妥当的。赵景深《元明南戏考略》考证其本事,重新排列顺序,至于时代,则认为它至晚是明初的。笔者认为养育玄奘的僧人作迁安这一点,证明了它是明代的。小说中世本作迁安,朱本作法明。朱本(将近卷七末尾)与世本有不一致的地方,基本上都可以认为是朱本更早。迁安是比法明晚出的名字。宋元的戏文中应该不可能作迁安。可是何良俊引用的"崎岖去路赊"一句,在《南曲九宫正始》("应时明近")等曲谱里面被引用,反过来,也可能《南曲九宫正始》将宋元戏文误认为是明传奇。但是何良俊的引用仅仅只有这五个字。即使这五字已经存在于宋元戏文中,明传奇也不是不可能将之继承。《南曲九宫正始》明记它是明传奇,仅凭这五字,大概不能否认这一点。

总而言之,笔者认为散见于曲谱等文献的《陈光蕊江流和尚》是明代的,而同时也很可能部分地继承了宋元戏文中的旧内容。

(四)《鬼子揭钵》

这种戏文向来未被著录,而二支佚曲收于《南曲九宫正始》，注曰元传奇。吴昌龄有《鬼子母揭钵》，见于曹本《录鬼簿》。可能是将吴剧改作而成了《鬼子揭钵》。曲文收于《宋元戏文辑佚》等。现存的二支相当短，没有专有名词等，详细情况不得而知。

（五）《刘泉进瓜》

《录鬼簿》卷上杨显之名下列了《刘泉进瓜》，亦见于《太和正音谱》以及《元曲选》卷首等。《远山堂曲品》中著录了王某《进瓜》的传奇。以上均已亡佚，但通过小说《西游记》（朱本卷五《唐太宗地府还魂》，卷六《刘全舍死进瓜果，刘全夫妇回阳世》。世本第十、十一回），可以想象其梗概。另外刘泉在小说中作刘全。刘全之妻李翠莲可能与《清平山堂话本》之《快嘴李翠莲记》有关系，但除了姓名以外基本上没有共同点。

【附一】《洞天玄记》

杨慎（1488～1559）作。虽然附有四篇序跋，但其中所述的成立时间互相之间有矛盾。在此不作详述，猜测可能是成立于嘉靖二十年（1541）以前。序跋中，最值得注意的是嘉靖壬寅（二十一年，1542）杨悌序。该序论述了《洞天玄记》是从《西游记》中脱胎，与之具有同样的旨趣。此《西游记》的文体可能是戏曲（传奇），而总之大约非常有名。或许当时小说《西游记》已经非常流行，在此影响下，西游戏曲也广为人知。这本《西游记》中有唐三藏、孙行者、沙和尚、白马等，而猪八戒作猪八界，与《销释真空宝卷》是一致的。界可能不是误字。其中写到唐僧九次来到流沙河七次被沙和尚吃掉，杨东来本《西游记》中也有这个情节（七为九之误？）。写归途时似有云"一阵香风归还本国"，与小说、杨东来本近似。杨悌序中所谓的《西游记》，说不定是杨东来本《西游记》的祖本。杨慎的这部杂剧本身，似乎对《西游记》研究的参考价值不是很大。

【附二】《二郎神锁齐天大圣》

明代无名氏作。有万历四十三年（1615）的写本。主人公齐天大圣，其兄为通天大圣，姐为龟山水母，弟为耍耍三郎，妹为铁色猕猴。故事梗概，只有偷了仙酒金丹的齐天大圣在花果山水帘洞设宴会，被二郎神、巨灵神等抓捕，没有涉及西天取经。耍耍三郎又称孙行者，是齐天大圣的弟弟，这在诸本中很稀见。小说（世本）的影响在字句中亦有所体现。

【附三】《争玉板八仙过海》

此为明代教坊编演的杂剧，作者不明。与前者一样，有万历四十三年的写本。剧中有与八仙并列的五大圣登场，即齐天大圣、通天大圣、搅江大圣、翻江大圣、移山大圣，吃了老君的金丹而拥有了铜筋铁骨、火眼金睛，守护老君的丹炉。总之与西天取经之事无关。

（原刊于《神户外大論叢》第二十二卷三号，1971 年）

[七]

《目连救母劝善戏文》所引《西游记》考

引　　言

《目连救母劝善戏文》（也有版本题作《目连救母行孝戏文》等，也有简称为《劝善记》等）采入了《西游记》的故事，此早就为人所知。但其中有一些令人困惑的问题，不仅是难于简单地下结论，还存在无法读到善本的遗憾。笔者日前有幸获睹《古本戏曲丛刊》初集所收的原刊本，将重点留意之处的梗概记录了下来。然限于篇幅，本稿只探讨与《西游记》有关的部分，请读者谅解。

（一）本 书 的 概 貌

这部戏曲有多达十种版本，而以下所据皆为《古本戏曲丛刊》所收本。卷首有万历己卯（七年）叶宗春的《叙劝善记》、万历壬午（十年）陈昭祥的《劝善记序》、万历壬午孟秋月署有"高石山人郑之珍书"的自序、万历癸未（十一年）倪道贤的《读郑山人目连劝善记》。接着有署有"壬子进士通家眷侍生左泉陈澜汝观甫顿首拜书"的评语。"壬子进士"即壬子年中进士，但壬子（万历四十年）没有举行会试，即使假定这是壬午之误，但壬午年也没有会试。大概这是某种讹误。

接下来的目录中，第一行记有"新刊目连上卷目录"，揭载了各出的题目。各出没有第几出这样的标示，而目录的最后，云"共三十二出"。同样地，中卷目录记有"共三十四出"，下卷

新編目連救母勸善戲文卷之上

新安高石山人鄭之珍編

館甥葉宗泰校

開場　末

[畫堂春] 宇宙茫、俊傑多苦目名利奔波光陰轉眼太如梭。

綠鬢成皤。魏國山河安在漢家事業如何逢場作戲且歡歌你

憑蹉跎借問俊房子第 [內云] 裝扮已齊偹否 [末] 裝扮俱了

三冊今宵先演上冊　救母勸善戲文上中下

[末] 既然如此我已知道且說上

本提綱與列位君子聽着。

[旦] 問今宵搬演誰家故事 [內] 搬演目連行孝

[末] 演誰家故事

傳長者好善齋僧佈施　感上帝寶牒接引登天

劉安人開蕾遣兒出去　傳羅卜歸家諫母團圓

[末揖生上] 請了大家齊肅靜另作眼兒觀 [下]

那先来者傳羅卜是也

《目连救母劝善戏文》(上,卷首)

目录记有"共三十四出"。但正文中有目录里脱落的三出(10、64、68),另外第29出后有"插科"。本稿不把插科计算在内,把全剧计为一百零三出。也有人认为是一百出(折),这是根据目录得出的数字。

正文的开头,上卷记有"新编目连救母劝善戏文卷之上""新安高石山人郑之珍编""馆甥叶宗泰校"三行文字,而第三行的上部记有首出的标题,以节约行数。中卷除了将"上"改为"中"以外,其余全部相同。下卷略去了"新安"一行,只有两行。此外下卷卷末有万历壬午(十年)胡惟贤的跋文。

作者郑之珍,字高石,又署高石山人。他是安徽新安人,身负文武之才,以诸生身份度过了不得志的近三十年,慨然而著此劝善之作,此在前述倪道贤的《读郑山人目连劝善记》和胡惟贤的跋文中有记述。总而言之,我们只知道他在当时是一个非常普通的读书人。其生卒年不明,而创作此剧的万历十年,大概已是相当高龄(五十岁左右)。

看起来,本剧继承了非常早期的内容。赵景深《目连救母的演变》(《读曲小记》所收)云:"此剧不称传奇,独称宋、元所常用的'戏文';且篇幅特长,有一百出;说不定这是自宋已有的东西,郑之珍不过略加删润罢了。"周贻白《中国戏剧史讲座》等也持同样的见解。此处将略述笔者关注的一个问题。下卷第80出《三殿寻母》有讲述妇人苦劳的一首七言诗,其中有如下一段:

> 六岁七岁渐乖觉,送儿入学去从师。文房四宝都齐备,一日三餐不敢迟。供缮先生都要好,俸钱迟了怕儿催。若得经书都熟了,送入大学做文词。做得文章应得考,望儿夺取锦衣归。

太学(大学)之名始于汉代,但它成为实质性的教育机构是在宋代。以上这段大概反映了宋代通过太学选拔士人的制度。倘若如此,那么这就是本剧保有非常早期的要素的一个证据。

(二)梗 概

以下为各出题目及其梗概。

阿拉伯数字表示出的顺序,而原本没有标示,是笔者计数所加。

上卷

1 开场

2 元旦上寿

傅罗卜在元旦祝愿父亲傅相和母亲刘氏长寿。

3 斋僧斋道

傅相在会缘桥边设斋僧之舍,布施僧道。

4 刘氏斋尼

刘氏听尼姑说法。

5 博施济众

傅相在会缘桥畔施舍贫困者。棍子(无赖)、孝妇、疯妇、贫子等出场。

6 三官奏事

三官之一天官,将傅相的善行上奏玉皇。

7 阎罗接旨

阎罗王接到玉皇查访傅相善行的命令。

8 城隍挂号

奉玉皇之命,金童玉女来到城隍神(城市的土地神),傅相

143

得以挂号(记录在册)。

　　9　观音生日

　　观音的生日。在善才、龙女面前,观音变化为飞禽、走兽、武将、文人、长身、矫体、鱼篮、千手等。之后王母捧蟠桃来庆贺。此出在目录上有"新增插科",也许表示这一出全部都是新插入的间幕。第29出后也有独立的"插科"部分,但没有标题。如果加上标题的话,大概也会成为像这第9出一样的独立的一出。

　　10　化强从善(目录中脱落)

　　听闻强盗来袭的傅相,把金银放在桌上后逃跑。贼将这些财物堆在马背上离开了。途中,马突然说"不行"。强盗们非常震惊,返还了金银,成为良民。

　　11　花园烧香

　　傅相在花园烧香的时候,得知金童玉女来访,悟到死期将近。

　　12　傅相嘱子

　　傅相留下供养僧道、广泛布施、敬重三官、施与斋食的遗言后死了。

　　13　修斋荐父

　　罗卜设斋追荐父亲。

　　14　傅相升天

　　傅相在过了冥间的破钱山、望乡台、油滑山、爱河桥、鬼门关等地方后,玉帝下恩诏,准许升入天宫。

　　15　尼姑下山

　　年轻的尼姑趁师父外出时从寺中出来。

　　16　和尚下山

　　趁师父外出时下山的僧人,与尼姑邂逅。此二出借用了《孽海记》,与本剧的故事没有关系。

17 劝姐开荤

刘氏之弟刘贾,劝姐勿要如此精进(不食肉类等)。

18 遣子经商

刘氏欲食腥膻,但罗卜在家对她造成妨碍,于是令他与仆人益利一起外出经商。

19 拐子相邀

骗子张焉有与段以人商谈,谋划拐骗罗卜。

20 行路施金

罗卜在旅途上遇到两个骗子。骗子以造桥为由,骗他捐了五十两银子,还骗他换了假银。

21 遣买牺牲

刘氏命男仆去买猪和羊。

22 雷公电母

雷公和电母奉玉皇之命,出来击倒恶人。

23 社令插旗

社令(土地神)给善人插上青旗,给恶人插上赤旗。骗子被插了赤旗,被雷打死。罗卜因被插了青旗未死,知道了自己被恶人欺骗。

24 刘氏开荤(目录中作刘氏饮宴)

刘氏在开荤时,呼艺人等来唱歌。由于受到道士和僧尼的劝阻,刘氏发怒。婢女金奴献计做狗肉馒头给他们吃。

25 肉馒斋僧

监斋使者识破了刘氏的阴谋,变成狂道士,来到会缘桥的僧舍,告知此事。使者让僧道割破馒头把馅堆起来,于是馅变成狗跑掉了。金奴又生出烧掉僧房的计谋。使者知道后告诉了僧道,于是大家留下题诗后离去。

26 议逐僧道

刘氏与弟刘贾谋划驱逐僧道。刘贾令佃户们烧毁僧房、破坏桥梁。

27　李公劝善

邻家李厚德来访,劝告刘氏,刘氏发怒,李公被押出门外。

28　招财买货

招财(福神)寒山拾得奉观音之命,为了使罗卜早日还家,买了他的货物。

29　观音劝善

金刚山住了十个强盗。观音想让他们去西天修行,于是化作道人加入他们中间,成为军师。(之后有"插科",演的是和尚被一个扮作女子的老人所蒙骗。参照第9出。)

30　罗卜回家

罗卜在回家途中,被十个强盗抓住。

31　观音救苦

眼看罗卜就要被杀之际,军师消失,强盗们的弓矢刀剑也化为灰烬。观音现身,令罗卜与他们结为义兄弟。

32　刘氏忆子

刘氏思念罗卜之时,首先仆人益利回来了。刘氏对益利谎称桥是被洪水冲走,僧房是火灾中烧掉的。

33　母子团圆

随后罗卜归家。

中卷

34　开场

35　寿母劝善

罗卜为母亲贺寿,又发愿修复桥和僧房。

36　十友行路

十个义兄弟(第29、30出的强盗)遵照观音的指示,比罗卜先赴西天。

37　观音渡阨

前往西天的道路上，有火焰山、寒冰池、烂沙河，将佛地与俗界隔绝。观音召铁扇公主、云桥道人、猪百介，命他们助十友渡过难关。

38　匠人争席

会缘桥和斋房竣工，设酒食犒劳匠人。匠人们争座，受到罗卜的训诫后和解。

39　刘氏自叹

刘氏因罗卜外出归家，不得再食肉，于是愁眉不展。她想起杀掉的猪和狗的骨头都放在库房，趁罗卜外出时，埋到了庭院里。

40　斋僧济贫

罗卜布施僧道，救济贫者。

41　十友见佛

十友拜见西天释迦，成为弟子。

42　司录议事

三神将刘氏的恶业报告玉皇。

43　阎罗接旨

阎罗王得到玉帝旨意，要拘捕刘氏到冥府。

44　公作行路

冥府的使者赴刘氏家中。

45　花园捉魂

老仆益利控说刘氏的恶行。刘氏听闻，来到庭院中，忽然土地开裂，露出骨头。刘氏发誓说如果这些骨头是自己埋的，就让自己七窍流血。刘氏就此昏倒。

46　请医救母

罗卜找来医生，然而刘氏很快就死了。

47　城隍起解

城隍神将刘氏的魂灵带到冥府。

48　刘氏回煞

回煞(死者的魂灵回到家里)之日,刘氏之魂为门神所拦阻,只得乘风从空中进入家里,给罗卜托梦。

49　过金钱山

冥府有金钱山、银钱山、破钱山三山,刘氏由于恶业,在破钱山寸步难行。

50　罗卜描容

罗卜画了亡母的画像供养。

51　才女试节

善才奉观音之命,扮成狂道士去罗卜家,趁罗卜不在时,在其母画像上涂泥。罗卜回来后大吃一惊,善才将刘氏的恶业告之罗卜。此夜,龙女奉观音之命来试探罗卜。罗卜不为诱惑所动。龙女临走前,在莲叶上留下题诗,指示罗卜其母正在地狱受苦,让他到西天去请求佛祖相救。

52　过油滑山

刘氏在冥府的油滑山难以前进。

53　县官起马

县官上奏罗卜的孝行,因此罗卜受到表彰。县官赴罗卜家。

54　罗卜辞官

皇帝赐圣旨任命罗卜为刺史,但罗卜推辞不受。

55　过望乡台

刘氏来到冥府的望乡台,但由于生前有恶行,看不到故乡。

56　议婚辞婚

罗卜的未婚妻之父曹公听闻罗卜受到朝廷表彰,遣官媒前去催促婚事。罗卜说自己要出发去西天,没有答应。

57　主仆分别

罗卜把家事托付给老仆益利,用扁担挑着母亲的遗骨和经典，向西天前进。

58　遣将擒猿

白猿出场，云："白猿身住碧云窝，暮四朝三怎奈何。天上瑶池王母母，也曾三让我蟠桃。自家周穆王时军中君子，化为此身，历今千有余年，神通广大……"

观音派张天师（张道灵）去抓白猿，保护罗卜，为他开道。天师与马、赵、温、关四元帅一起，抓住了白猿。观音在白猿的头上戴上金箍，命其保护罗卜去往西天。观音的念白中，有"此去黑松林

遣将擒猿
（《目连救母劝善戏文》中卷）

有虎豹关，寒冰池有蛟龙窟，火焰山有赤蛇精，烂沙河有沙和尚，你且前去扫开树木，若逢急难，我又亲临"。自不待言，此白猿精相当于《西游记》里的孙悟空。

59　白猿开路

白猿开道。这只白猿是铜胸铁胆，手持乌龙钢椽。曲文中重要之处有："九重天上瑶池王母曾让我蟠桃……我要扫除了黑松林的虎豹，斩断了寒冰池的龙蛟"（【滚绣球】）、"我要将三百里火焰山炎威灭了，三百里烂沙河坑坎填交……"（【叨叨令】）。

60　挑经挑母

罗卜挑着母亲的遗骨和经典，登上了旅途。看到途中树木倒下，道路敞开，知有神明加护。

61　过耐河桥（目录中作过爱河桥）

149

冥府有金桥、银桥、耐河桥三桥,善者过金桥,中等者过银桥,不善者过耐河桥。在此处刘氏邂逅了罗卜未婚妻赛英之母,但没有得到帮助,不得不渡过耐河桥。耐河指奈何。

62　过黑松林

观音变为女人,赶走虎豹,在黑松林中等待罗卜。罗卜来到其家门前,但得知家里只有一个女人后,没有入内。观音招呼老虎过来恐吓他,但他不为所动。观音又以酒和肉馒头相诱,假装腹痛,请他过来抚摩腹部医治。罗卜不能再拒绝,用几张纸盖在腹上,隔纸按摩。这时眼前出现一道火光,房屋和女人都消失不见,纸上显现出观音之像。

63　过昇天门

刘氏来到五重关,看到孝子、节妇、忠臣三人进入昇天门。这时恰好遇到弟刘贾。二人被拉进鬼门关,刚在庆幸能同行的时候,刘贾由于要受审被带去了别的地方。

64　善人升天(目录中脱落)

前出的继续。孝子、节妇、忠臣三人升天。

65　过寒冰池

白猿精在寒冰池前面化为道人,劝前来的罗卜回到东土。罗卜没有答应,道人消失不见。乌龙精吹起寒气,而看到罗卜携带的观音画像时,心想不能冻死他,于是用强风把罗卜吹倒。罗卜呼叫道人,向他求救,道人指示他去找观音相救。在观音的庇护下乌龙精退去,水池变得温暖。道人答应把罗卜一直送到西天。

66　过火焰山

火焰山有赤蛇精吃人。观音用柳枝注入法水,灭了火焰。赤蛇精知道了观音的法旨,恭送二人。

67　过烂沙河

白猿精想倒山填河以便让罗卜渡过,但沙和尚放了水和沙,白猿精陷进河里。白猿精敲动金箍,向观音求助。

68　擒沙和尚(目录中脱落)

观音变为锦罗王,征服了沙和尚。沙和尚把抓住的白猿精送还观音。观音命令白猿精和沙和尚埋伏在百梅岭,抢夺罗卜的行李。罗卜渡过埋沙的河,到了百梅岭,但由于被白猿精抢走了母亲的遗骨和经典,从山崖跳下而死。于是罗卜得以脱去凡身,成就佛相。

69　见佛团圆

罗卜拜见世尊,得授大目犍连之号。

下卷

70　开场

71　师友讲道

目连与十友一起,跟随释迦修行。

72　曹府元宵

京兆的曹献忠(第56出赛英之父),接到送十万粟到边疆的君命。

73　主婢相逢

刘氏在冥府的孤恓埂偶遇婢女金奴。然后昔日去傅家卖唱的乞食者出现,帮助刘氏坐上轿子。

74　目连坐禅

目连坐禅,得知母亲在地狱,向活佛提出想救母亲出来。活佛赐给目连锡杖和芒鞋。

75　一殿寻母

首先冥府的判官讲述了由十殿大王(秦广王、楚江王、宋帝王、午官王、阎罗天子尊、变成大王、太山王、平等王、都市王、转轮王)分别管辖的十八地狱。

刘氏来到第一殿秦广王的刀山剑树地狱。目连为寻母也来到此处,但为时已晚,这时母亲已经被押解至第二殿了。

76　二殿寻母

目连来到第二殿楚江王的地狱,然而母亲又被押至第三殿了。

77　曹氏清明

曹赛英在清明节为母亲扫墓。

78　公子回家

段公子(初次出场。不知是否为第 19 出的段以人)也在清明节去扫墓。

79　见女托媒

段公子对赛英一见钟情,想娶她为妻,于是去托张媒说亲。

80　三殿寻母

刘氏正在三殿(宋帝王的铁床血湖地狱)受苦。目连寻母至此,但还是没有见到。

81　求婚逼嫁

赛英的继母把赛英许配给段公子。赛英不从,于是继母想出抢亲(强夺女子)之计。

82　曹氏剪发

赛英剪去头发,藏匿于乳母的姐家。

83　四殿寻母

刘氏被带到四殿午官王的油锅铜柱地狱。目连寻母至此,但母亲已被押至别处。

84　曹氏逃难

乳母等人恐有后难,把赛英藏到尼姑庵。

85　五殿寻母

来到阎王殿的刘氏,又被押到下一殿。之后目连赶来,但被告知其母已经到了阿鼻地狱,即使去了也见不到。

86　二度见佛

目连回到佛祖处,告知自己始终没有能和母亲见面。

87　曹氏到庵

赛英到了静觉庵,想出家为尼。但老尼说了出家的困难,没有轻易答应。

88　曹公见女

赛英之父曹公,在边疆回来的归途上遇到赛英,准许她出家。

89　六殿寻母

目连再次开始周游地狱,来到六殿,此日为四月八日,六殿的变成大王出去参加龙华会了。目连终于见到了母亲,拿出饭食欲供母,却被旁边出来的恶鬼一抢而空。他又拿出佛赐的黑饭,恶鬼以为是铁渣,不再过来争抢,于是母亲终于吃到了饭。但是,不久后母亲又被移送到七殿。目连听鬼使介绍了七殿的狱卒戈子虚,借来了鬼使的写有记号的戒尺(类似于木鞭之物)作为凭信。

90　傅相救妻

目连之父傅相在天府任劝善太师。他向玉皇请求原谅妻子刘氏的罪过。于是玉皇免除刘氏转世为狗,许她升入天堂。

91　七殿见佛

目连来到七殿,向戈子虚出示了戒尺,想获得他的好感和同情,但还是迟了一步,母亲已经被带到八殿了。目连急欲赶去八殿,戈子虚指示他先去世尊那里求情。目连再次来到世尊处。世尊赐予目连四十九盏神灯等。

92　曹氏却馈

傅家仆人益利把银和米送到已经成为尼姑的曹赛英那里。赛英的乳母也来送衣服和银两。赛英全部拒绝不受,而庵主老尼以后日将开设道场为由,收下了这些东西。

93　目连挂灯

目连在身上挂灯,去往夜魔城,想照破夜魔城救出母亲。

94　八殿寻母

目连打破八殿狱门,询问母亲是否在此。狱官说由于刘氏尸首已经被焚化,所以不能转世,已被送到了九殿。

95　十殿寻母

十殿的转轮王,司饿鬼转生之事。他有感于目连的孝心,想让刘氏转世为人,但刘氏已经成为灰烬,因此只能让她先转世为狗。这时目连赶到,知道了这些经纬。

96　益利见驴

刘氏之弟刘贾转世为驴,每天拉石磨。刘贾之子刘龙保行乞到这家,知道了这头驴就是自己父亲。益利把驴买回,让刘龙保住在傅相的书斋里。

97　目连寻犬

目连无法找到母亲转世成的狗,在黑松林向观音祈祷,得知母亲已变成郑公子养的幼犬。

98　打猎见犬

郑公子的猎犬所生幼犬,在打猎时不断往前跑,咬住目连的衣服,向他鞠躬。目连知道这是母亲。

99　犬入庵门

目连带着幼犬行路,幼犬进入一座庵中,咬住赛英的衣服。目连听老尼说了其中的经纬,打算举行盂兰盆会拯救母亲。

100　目连到家

目连归家途中,幼犬先走到墓地里去了。目连在墓地,见到了分别十六年之久的仆人益利。

101　曹氏赴会

赛英与老尼一起赴盂兰盆会。

102　十友赴会

受世尊之命,十友亦赴盂兰盆会。

103　盂兰大会

盂兰盆会后,目连一家升天。

以上是故事梗概。总而言之,冗漫得让人厌倦,相似内容的重复也很多。据明代张岱《陶庵梦忆》记载,目连戏连续上演三天三夜。本剧的最初和最后,明言要演三宵。这种冗漫来源于其实演性性格,反而很珍贵。如果将它作为阅读用文本进行整理的话,篇幅大概会减小到一半以下。

（三）《西游记》的影响

本剧受了《西游记》的影响是确凿无疑的,但与明本《西游记》有相当大的差异。这究竟是本剧的改编,还是反映了早期《西游记》,推测过程中的难题也确实不少。以下将基本按照本剧的顺序,考察其可能受到的《西游记》的影响。

第9出中,在观音生日那天,王母捧着蟠桃来庆贺。这可能是根据《西游记》第五回中,王母的蟠桃会上各路神佛(观音也是其中之一)与会的情节改作的。另外这一出有观音变成鱼篮(观音)示人的场景,《西游记》第四十九回也有关于鱼篮观音的记载。

第10出中,有马突然说话,使强盗们大吃一惊的场景。《西游记》第三十回也有白马突然说话,惊到八戒的场面。马开口说人话的时候,有不祥之事——本剧的这一情节可能与此民间信仰有关,但也不乏受《西游记》影响的可能性。

第28出中,寒山拾得作为财神出场。寒山拾得在明本《西游记》中未见,但出现于杨东来本《西游记》(杂剧)的第二十二出,本剧或许与此有某种关系。

第 29～31 出写到十个强盗（十友），第 36 出他们先于罗卜赴西天。之后他们也发挥着非常重要的作用。为何必须创作这类人物形象？这的确有些不可思议，也许是与《杂剧》第八出中护佑玄奘取经的十大保官有关系。十大保官未见于明本《西游记》。明本大概是为了使玄奘的三个弟子显露身手，而去掉了十大保官这个团体的情节。

第 37 出写到了去往西天途中的难关，而此在后文还将论及，故暂不详述。

第 48 出中，刘氏之魂被门神所阻不得进入家中，这让我们想到《西游记》第十回中门神的故事。

第 51 出龙女试探罗卜的情节，也许是《西游记》第二十三回观音试探三藏一行禅心情节的翻案。

第 57 出，罗卜向西天出发。这个情节本身，也许是从玄奘西天取经故事中得到的灵感。

第 58 出中，相当于《西游记》里孙悟空的白猿精出场。毋庸赘言这是对《西游记》的模仿，但疑点也不少。与悟空相当的猴子，只称之为白猿精或白猿，并没有名字。悟空在早期被称为猴行者、孙行者。本剧中，由于白猿精变成道人（又作道士）的形象，称之为行者固然不合适，但也该有一个名字。也许早期的《西游记》中就是如此。明本《西游记》中，悟空原本是跟随须菩提祖师学习道教（第一回），之后由于成为三藏的弟子，故而弃道从释；而早期《西游记》中，在成为三藏弟子之前，似乎是神仙，这在明本《西游记》中也留下了不少痕迹。例如第二十四回（三二一页）的太乙散仙、第四十九回（六三六页）的混元一气上方太乙金仙，由此皆可知悟空之过去，是悟空以前的称号。若如此，本剧的白猿精扮成道人或道士，也许是有所依据的。剧中云其住处为碧云窝，此未见于其他文本。早期西游故事作紫云洞或紫云罗洞。白猿精的头上戴着金箍，明本《西游记》中也同样如此。本剧虽然写到白猿精"打筋斗",但没有像明本《西游记》中那样乘筋斗云的情节,这可能是由于戏剧上演时候的制约。另外这一出中,写到王母三次请白猿吃蟠桃,接下来的第59出中虽然没有三次,但总之也有请白猿吃蟠桃的记述。扰乱蟠桃宴的情节没有出现。接着提到白猿原来是周穆王时候的军中君子。本剧中西王母是穆王时候的人,可能是为了使时代一致,所以如此记述。总而言之,白猿不是像明本中那样从石头里生出来的。

第59出白猿开路,与明本《西游记》第六十四回荆棘岭、第六十七回稀柿衕八戒开路的情节相当。白猿精手持的棒,本剧称为乌龙钢椽,此未见于其他文本。本剧又称白猿精是铜胸铁胆,早期文本的记述是铜头铁额或铜筋铁骨。

第62出的黑松林,可见于《西游记》第二十八回、八十一回,而本剧所记似相当于前者。本剧第58出有云"黑松林有虎豹关"。明本《西游记》第十九回(二四九页)乌巢禅师曾言:"仔细黑松林,妖狐多截路。精灵满国城,魔主盈山住。老虎坐琴堂,苍狼为主簿。狮象尽称王,虎豹皆作御……"但在明本《西游记》中并没有与此确切对应的记事,恐怕只有碗子山破月洞的黄袍怪与之大致对应。禅师之语在早期《西游记》中就有,有可能是明本在大幅度修改故事情节的同时,忘记了修订这一部分。本剧所云的"虎豹关",大概是早期《西游记》的反映。该出观音试探罗卜的情节,在第51出也有类似的故事,这让我们想起明本《西游记》第二十三回的观音试禅心情节。但是,把场所设定为黑松林,这应该是本剧作者的创意。

第65出的寒冰池未见于本剧以外的其他文本,可能是与明本《西游记》第四十七回的通天河相当。据本剧第37出,寒冰池似与云桥道人有关系;另据第58出,此处有蛟龙窟。而在此第65出中,完全没有提到云桥道人和蛟龙窟。即便不写蛟龙窟也可以，但未见云桥道人，则可能本来是有的，而在这出中脱落了。假如寒冰池是本剧作者的创造，那么只要略微注意就应该会设法使前后统一。这显示出寒冰池的故事在早期《西游记》中就有，本剧对之进行概括简化的痕迹。本剧名曰乌龙精的蛟龙，与明本《西游记》第四十七回的灵感大王即金鱼精相当。

第66出的火焰山，亦见于明本《西游记》第五十九回之后。住在这座山上的火蛇精，在第58出中仅能看到其名字，而此出有非常详细的说明。此出只说它吃人，似与山的火焰没有直接关系。明本《西游记》等其他文本中没有出现火蛇精。第37出可见铁扇公主之名，但之后没有再出现。铁扇公主亦见于明本《西游记》第五十九回。

第67出的烂沙河即明本《西游记》第二十二回的流沙河，是沙和尚的住所。由于第37出可见猪百介之名，原以为这里会和沙和尚一战，但此出并没有出现猪百介。自不待言，猪百介就是明本《西游记》里的猪八戒。

第68出，沙和尚被观音变化而成的锦罗王抓住。这个情节在明本《西游记》中没有。之后，白猿精与沙和尚二人把罗卜从百梅岭的悬崖上推落，由此罗卜脱去凡身，这个情节与明本《西游记》第九十八回的凌云渡的部分相当。

第89出中目连向地狱的鬼使求情，得以听闻对戈子虚这个狱卒的介绍，在第91出中与其见面。这与明本《西游记》第十回中太宗游历地狱时出现的崔珏（敦煌本《太宗入冥记》作催子玉）这个人物相当。也许本剧是受《西游记》的影响而创作出这个情节的吧。不过，《西游记》中采入太宗游历地狱的故事，反过来说也可能是从自古流传的目连救母的故事中得到的灵感。虽然众所周知太宗游历地狱的故事自古以来就存在，但它原本与西天取经的故事没有关系。

（四）结　　论

　　本剧采用的西游故事中的"难"处，是黑松林、寒冰池、火焰山、烂沙河、百梅岭五个地方。（第 37 出中虽然将火焰山与寒冰池调换了位置，但此或为地理顺序所致。）寒冰池、百梅岭未见于其他文本，而其他三个与《销释真空宝卷》所载相同。《朴通事谚解》所引，只有火炎山是一致的。然而，《朴通事谚解》在此之前有棘针洞，内容是开路使三藏能够行走，因而与本剧第59 出的白猿开路大致相当。

　　将以上总结再加上明本《西游记》一起比照，可得下表。前文已述及本剧所见的西游故事内容上与明本《西游记》不一致，而通过下表可以看出每个故事的顺序也不同。本剧反映的《西游记》故事，与《销释真空宝卷》接近。本剧的西游故事与下表中未加的杨东来本《西游记》（杂剧），也基本上不一致。本剧大概是将《销释真空宝卷》反映的《西游记》或者与之基本相同的早期《西游记》前半的一部分采用，中间省略，直接跳到将近结尾处的百梅岭的故事，把它们拼接在一起。另外关于除此之外的其他零碎性影响，目前所知的仅有以上既述的那些。

《目连救母戏文》(出)	《销释真空宝卷》	《朴通事谚解》	明本《西游记》(回)
白猿开路(59)		棘针洞	荆棘岭(六十四)
黑松林(62)	黑松林		黑松林(二十八)
寒冰池(65)			通天河(四十七)

（续表）

《目连救母 戏文》(出)	《销释真空 宝卷》	《朴通事 谚解》	明本 《西游记》(回)
火焰山(66)	火焰山	火炎山	火焰山(五十九)
烂沙河(67)	流沙河	(沙和尚)	流沙河(二十二)
百梅岭(68)			凌云渡(九十八)

（原刊于《神戸外大論叢》第二十六卷一号,1975 年）

《永乐大典》本《西游记》考

众所周知，《永乐大典》卷一三一三九引用了《西游记》古本（以下称"本书"）的一段。此在郑振铎的《西游记的演化》一文中有介绍，但之后一直未出现可称得上研究的相关论著。也许这是由于该引用部分是极为短小的片段，因而找不到什么线索所致。郑氏的引用误字较多，故在此先照录全文（句读按原来的样貌。即便有误处，也仍其旧。"西游记"三字，原文用朱笔）：

梦斩泾河龙**西游记**长安城西南上有一条河。唤作泾河。贞观十三年河边有两个渔翁。一个唤张梢。一个唤李定。张梢与李定道长安西门里有个卦铺。唤神言山人。我每日与那先生鲤鱼一尾。他便指教下网方位。依随着百下百着。李定曰。我来日也问先生则个。这二人正说之间怎想水里有个巡水夜叉听得二人所言。我报与龙王去。龙王正唤做泾河龙。此时正在水晶宫正面而坐。忽然夜叉来到言曰。岸边有二人却是渔翁。说西门里有一卖卦先生能知河中之事。若依着他算。打尽河中水族。龙王闻之大怒。扮作白衣秀士入城中见一道布额。写道神相袁守成于斯讲命。老龙见之就对先生坐了。乃作百端磨问难道先生问何日下雨。先生曰来日辰时布云。午时升雷。未时下雨。申时雨足。老龙问下多少。先生曰。下三尺三寸四十八点。龙笑道未必都由你说。先生曰。来日不下雨剉了时。甘罚五十两银。龙道好如此。来日却得厮见。辞退。直回到水晶宫。须臾一个黄巾力士言曰。玉帝圣旨道你是八河都总泾河龙。教来日辰时布云。

《永乐大典》

午时升雷。未时下雨。申时雨足。力士随去。老龙言不想都应着先生谬说。到了时辰。少下些雨。便是问先生要了罚钱。次日申时布云。酉时降雨二尺。第三日老龙又变为秀士入长安卦铺。问先生道你卦不灵。快把五十两银来。先生曰。我本算术无差。却被你改了天条。错下了雨也。你本非人。自是夜来降雨的龙。瞒得众人瞒不得我。老龙当时大怒。对先生变出真相。霎时间。

黄河摧两岸。华岳振三峰。威雄惊万里。风雨喷长空。那时走尽众人。唯有袁守成巍然不动。老龙欲向前伤先生。先生曰。吾不惧死。你违了天条。刻减了甘雨。你命在须臾。剐龙台上难免一刀。龙乃大惊悔过。复变为秀士。跪下告先生道果如此呵。却望先生明说与我因由。守成曰。来日你死。乃是当今唐丞相魏徵来日午时断你。龙曰。先生救咱。守成曰。你若要不死。除是见得唐王与魏徵丞相行说。劝救时节或可免灾。老龙感谢。拜辞先生回也。玉帝差魏徵斩龙。天色已晚。唐皇宫中睡思半酣神魂出殿。步月闲行。只见西南上有一片黑云落地。降下一个老龙当前跪拜。唐王惊怖曰。为何。龙曰。只因夜来错降甘雨。违了天条。臣该死也。我王是真龙。臣是假龙。真龙必可救假龙。唐皇曰。吾怎救你。龙曰。

臣罪正该丞相魏徵来日午时断罪。唐皇曰。事若干魏徵。须教你无事。龙拜谢去了。天子觉来却是一梦。次日设朝。宣尉迟敬德总管上殿曰。夜来朕得一梦梦。见泾河龙来告寡人。道因错行了雨。违了天条。该丞相魏徵断罪。朕许救之。朕欲今日于后宫里宣丞相与朕下棋一日。须直到晚乃出。此龙必可免灾。敬德曰。所言是矣。乃宣魏徵至。帝曰。召卿无事。朕欲与卿下棋一日。唐王故迟延下着。将近午。忽然魏相闭目笼睛寂然不动。至未时却醒。帝曰。卿为何。魏徵曰。臣暗风疾发。陛下恕臣不敬之罪。又对帝下棋未至三着。听得长安市上百姓喧闹异常。帝问何为。近臣所奏千步廊南十字街头。云端吊下一只龙头来。因此百姓喧闹。帝问魏徵曰怎生来。魏徵曰。陛下不问。臣不敢言。泾河龙违天获罪。奉玉帝圣旨令臣斩之。臣若不从。臣罪与龙无异矣。臣适来合眼一霎。斩了此龙。正唤作魏徵梦斩泾河龙。唐皇曰。本欲救之。岂期有此。遂罢棋。

引文里的"玉帝差魏徵斩龙"七字,在《永乐大典》中被混杂在叙事的行文当中;而也许《西游记》的原文是像《全相三国志平话》等所见的那般,采用黑底白字的显目方法来表示这是标题。开头的标题"梦斩泾河龙"可能也是《西游记》原文的标题,或对之稍作了修改。最后又提到"正唤作魏徵梦斩泾河龙",这一形式在以前也往往被使用。总而言之这本《西游记》不分回,而是不时地用小标题来表示段落的这样一种旧形式(姑且称之为分则本)。

从文体看,是稍微带有文言色彩的白话文,未免简略生硬,有欠圆熟。所用词语中有特色者不多,但还是试进行若干考察。首先,"则个"是基本上相当于现代汉语"吧"的助词(但没有表示推测的用法),宋元时常用。明代也用此词,但大概带有一种复古色彩。"剗"（郑振铎误作"到"）又写作"错"等,是"过"或"误"之意。"问先生要了罚钱"的"问"字是"向"的意思(郑振铎改作"向")。"问先生道"的"问"也是此意。"错下了雨也"的"也"相当于现代汉语的"了"。"…了…了"的句式元代似未见。"先生救咱"的"咱"是表示希求的助词,宋元时常用,明代几乎不再使用。"除是"等同于"除非"。郑振铎改作"除非",但其实并非是"除非"之误。"与魏徵丞相行说"的"行"字,是"处""前"之意。"劝救时节"的"时节"应该是表示假定的助词。这段引文中用了很多处"却"(郑氏臆改了其中少许),其中"却醒"的"却"是"方才"之意。(除此以外,郑氏的误字还有不少,此处不一一注记。)

以上引文中的用语,不能明确确定时代者有很多,但大致可以推测出这是元明间的文章。然而除此之外的详情,不得而知。

接着看内容方面值得注意的点。开头可见张梢、李定两个渔夫的名字。"梢"又写作"稍"等,船尾之意,"梢公"指船夫。"定"指锚,或是系船的石头。对于渔夫来说,这两个都是合适的名字。明本中只有张梢是渔夫,李定被设定为樵夫,这脱离了命名的由来。神言山人袁守成,可能与袁天纲(纲在明本中作同音字罡)有关系。守成这个名字有暗示是第二代的意思,因此推测是袁天纲的儿子,但众所周知天纲的儿子名为客师。明本中作同音词守诚,是天罡的叔父。袁天纲是成都人,隋代大业年间(605~618)任资官令,善风鉴,能据看相断人之穷通,颇为灵验。唐代武德初年,他任火井令;贞观八年(634),受太宗之召前去拜谒。据载武则天还是婴儿时,被穿着男子衣装让袁天纲看相,袁大惊,说如果这是女子就会成为天下之主(《旧唐书》卷一九一方伎传。亦见于《新唐书》卷二〇四方伎传,《太平广记》卷七十六《感定录》、卷二二一《定命录》等)。袁天纲受太宗之召之事乃史实,因此我们很可能会认为本书没有必要特意创作出袁守成这个人物,就么采用虽然只是小官但作为相士很有名的袁天纲,更易于被读者理解。但本书并没有按这种通常的设想去写,还是创作了袁守成这个人物,其理由可能是:大概在魏徵斩龙的传说被《西游记》采入之前,袁天纲的名字是已经出现在《西游记》中的;然后袁天纲的身份升高,成为唐的功臣,如此就不再适合以市井的卖卦先生(卖卜者)的形象出现。

据《程咬金斧劈老君堂》杂剧,袁天纲在唐代官任谏议大夫。今从通说,将此剧作者暂定为郑光祖,他被列于《录鬼簿》(曹本)卷下的"方今已亡名公才人余相知者"名单中,可知他卒于离《录鬼簿》成书的至顺元年(1330)不远的时候。从这点来看,此剧的成立年代也不难大致想象出来。而如果按照严敦易《元剧斟疑》的说法将之定为古今无名氏之作的话,那么成立年代就更加模糊了。暂且搁置成立年代的问题,总而言之袁天纲随着时间流逝地位也在上升,成为唐王朝的功臣之一。于是就有必要塑造一个别的人物,因而创作了袁守成这个人物形象,这样的猜想大致不差。

关于魏徵斩龙的传说是何时成立的这个问题,详情不知。龙误降雨的故事,在《太平广记》卷四一八"李靖"条所引《续玄怪录》中有类似的记载,但年代过早,在内容上也没有直接的关系。然而元代马致远的杂剧《荐福碑》第三折【满庭芳】中有:"我若得那魏徵剑来,我可也敢驱上斩龙台。"马致远被列于《录鬼簿》卷上"前辈名公"中,贾仲明之词提到"元贞书会李时中、马致远、花李郎、红字公,四高贤合捻黄粱梦",可知他为元贞(1295~1296)之际的人。魏徵斩龙的故事,应该至晚在元代初年就已经成立了。并且,《荐福碑》及杨东来本《西游记》第七出的"斩龙台",与本书及世本第九回、朱本第28则的"剐龙台",

文字上极为相似,因此内容上应该也非常接近。

毋庸赘言,《永乐大典》引用的《西游记》,经过大幅增补后进入明本(朱鼎臣本卷五第二十七则～第三十则,世德堂本第九回及第十回开头)中。明本中的字句也往往仍其旧。特别值得注意的是,龙王一怒之下在袁守成面前现出原形的场面中有这样的描写:

> 黄河摧两岸。华岳振三峰。威雄惊万里。风雨喷长空。

此仅见于朱鼎臣本(卷五第十叶上《老龙王拙计犯天条》的最后。但"振"作"镇","喷"改为了"振"),世德堂本等其他明本全部省略了这段描写。有一说认为朱鼎臣本是世德堂本的省略本,仅从此一例来看就知道这种观点是错误的。尽管如此,但如果认为朱鼎臣本的增补本就是世德堂本,也是错误的。两者是以同一版本为祖本,朱鼎臣本是其省略本,世德堂本是其增订本。内容上,朱鼎臣本继承旧作的地方比较多。

《朴通事谚解》所引的那本《西游记》中是否有"梦斩泾河龙"的故事,其确切情况我们不得而知。但《朴通事谚解》卷下三叶 b 的注(笔者本书中称为注 2)有云:

> 唯南海落迦山观世音菩萨,腾云驾雾,往东土去,遥见长安京兆府,一道瑞气冲天,观音化作老僧入城,此时唐太宗聚天下僧尼,设无遮大会……

接续的确很自然,无遮大会之前应该没有插入魏徵斩龙的故事。另外《销释真空宝卷》所引也同样如此:

> 唐圣主　烧宝香　三参九转
> 祝香停　排鸾驾　送离金门……

从这个开头部分来看,应该也没有明本中所见那样的复杂地错综在一起的一系列故事（魏徵斩龙、门神的故事、太宗的地狱游历、刘全进瓜等）。这可能是由于两书都只不过是极为简单的梗概，故而被省略了；而虽然是梗概，假如有这一系列故事，感觉也会采用与明本不太一样的写法。杨东来本《西游记》第七出提到南海火龙误发了火，马上紧接着又说因为误降雨而在斩龙台上差点被斩，得观音相助，化为白马护送唐僧去往西天。火龙降雨有点荒唐，但这也许是小说所加的改订，在杂剧中反映出来。但尽管如此，也没有到终被斩掉的地步。再看明本（朱鼎臣本、世德堂本）的这个部分，其接续方式有问题。第十回（一二六页），太宗梦见被斩首的龙，醒来后却一句话也没有提到龙的事情，只是说"有鬼"（亡灵）。之后亡灵作祟不止，胡敬德（尉迟敬德）和秦叔宝（宝又作保）二人想看看究竟是什么亡灵，于是守住宫门，结果什么都没出现（门神的由来）。龙已经到冥府的阎魔那里告太宗的状去了，因此作祟的亡灵，当然不会是龙。这种接续的拙劣表明，斩龙和门神的故事，本来不是一个系列，而是后来强行凑合到一起的。虽然《永乐大典》的引文在斩龙处就结束了，但接下来还是要考察一下门神的由来。

《三教源流搜神大全》（内阁文库藏。另收于叶德辉辑《丽廔丛书》）卷七"门神二将军"条有如下记载（句读为笔者所加）：

> 门神乃是唐朝秦叔保胡敬德二将军也。按传，唐太宗不豫，寝门外抛砖弄瓦，鬼魅呼号。三十六宫七十二院，夜无宁静。太宗惧之，以告群臣。秦叔保出班奏曰：臣平生杀人如剖瓜，积尸如聚蚁，何惧魍魉乎？愿同胡敬德戎装立门以伺。太宗可其奏。夜果无警。太宗嘉之。谓二人守夜无眠，太宗命画工图二人之形像，全装手执玉斧，腰带鞭锑弓箭，怒发一如平时，悬于宫掖之左右门，邪祟以息。后世沿袭，遂永为门神。《西游记》小词有"本是英雄豪杰

169

旧勋臣,只落得千年称户尉,万古作门神"之句,传于后世也。

以上引文中的"《西游记》小词"似指《西游记》中的词,明本(朱鼎臣本、世德堂本)中也有上面所引这句(一二七页)。不仅如此,可以说此文全体是根据《西游记》而作的,有不少相似处。此《三教源流搜神大全》卷一"儒氏源流"条谈到孔子:

圣朝崇奉,追封尊号"大成至圣文宣王"。

孔子被追封这个尊号,是在元大德十一年(1307)。明代嘉靖九年(1530),孔子改封"至圣先师",但在此书中未见。这是一条很重要的线索,假如此书是在嘉靖九年以后刊行,那么肯定会言及这一点。另外书中有很多处称元朝为圣朝,可见它作于元代。但是,同是此"儒氏源流"条以明太祖驾崩后的称号"高皇"称呼之,由此看来,该书应该是在洪武以后、嘉靖九年之前刊行的,有可能在明初进行了一些增补。但像门神这类琐碎的细节大概保留了元代的原貌,没有经过修正增补。门神的故事应该在元代的《西游记》中就已经存在。

《朴通事》原本的成立时间,可以根据其中记载的步虚和尚在燕京永宁寺说法之事(上六十五叶,第 39 话)推测是稍晚于元代至正七年(1347)。现在我们所能读到的版本并非就是原本的样貌,此可以根据注中屡屡言及的"旧本"一词得知。但是其改订,仅限于字句上的细微之处。倘若如此,《西游记》的故事(下十六叶,第 88 话)无疑是原本就有的,因而这种《西游记》应该是至正或至正以前的,可能是刊本。与《西游记》有关的事件,也可见于注中。此书注中时间最晚的是卷下三十八叶的"南京应天府丞"所附的注"永乐中于北平肇建北京为行在所,正统中以北京为京师,设顺天府……"。然而,因为这是政治性的重要事件而特别进行的改订,必须把它当作例外来看待。

《西游记》这样的小说，纵然出了新版，注也没有必要立刻改订。正文中所言的《西游记》与注中所言的《西游记》，没有证据可以判断一定是不同的版本。再从以上考察的时期来看，《朴通事谚解》所引《西游记》，有可能具有门神的故事。

《永乐大典》编成于永乐六年（1408），比《朴通事》原本的成立约晚六十年。《永乐大典》的编纂对于国家而言是一项大事业，因此在版本上应该会尽可能地选择善本。当时，假如《西游记》有两种的话，自然会选择使用新出的，也就是内容更为详细丰富的那一种。因此笔者认为，本书（《永乐大典》所引《西游记》）比《朴通事谚解》所引《西游记》可能时代要晚。如果是这样的话，那么本书的"梦斩泾河龙"的后面，就应该是门神的故事。

总而言之，《永乐大典》引用的《西游记》古本是明初的，《朴通事谚解》引用的《西游记》以及《销释真空宝卷》引用的《西游记》，要比《永乐大典》引用的《西游记》更古老一些。

（原刊于《神户外大論叢》第二十卷三、四号，1969 年）

《玄奘三藏渡天由来缘起》与
《西游记》的一个古本

引　言

　　龙谷大学图书馆藏有题为《玄奘三藏渡天由来缘起》的一册写本。此书著录于《龙谷大学增加图书分类目录》（真宗之部·佛教之部，昭和九年）三一九页，被归在佛教·史传·纪行类中。此书虽又见于《佛书解说大辞典》卷三第二〇〇页，但没有任何解说。另《国书总目录》卷三第一三一页虽然也著录，但不过仅仅注了"佛教"两个字。

　　笔者在广泛搜集关于玄奘资料的过程中，获得了一睹此书的机会，而特别感到惊讶的是发觉此书不是记述玄奘三藏的史实，而是小说《西游记》的翻译，是佛家（净土真宗）的说教用书。这种翻译文本的存在，以前一直完全不为人所知，况且这竟是一本说教用书，是世人所不能想象的。另外，这个翻译本的内容，与向来人们所知道的《西游记》故事有着显著差异。如果这是译者或说教师的改作的产物（虽然事实并非如此），那么所用的文本（本书的原本），是向来人们不知道的《西游记》的某种异本，这个异本可能比现存的明本《西游记》年代要早。本章主要从《西游记》成立史的视角，通过本书来考察其所依据的《西游记》（称之为缘起本《西游记》）的样貌。

（一）形　态

　　本书是写本，序跋、年月等标示其成立的文字全部没有。　　175

《玄奘三藏渡天由来缘起》第三叶

开本为纵 24 厘米、横 17.5 厘米，除表纸外，共计九十八叶。第一叶 a 记有“玄渡记上　和净　真量”，第二叶空白，第三叶开始进入正文。正文共九十五叶，最后一叶是白纸（但其背面记有类似于歌咏亲鸾生涯的和赞的文字）。本书与一般的汉籍一样，是所谓的折页线装本，一叶分为两面。单面为十八行，每行字数不等，有的一行有三十字以上，没有段末换行等，页面挤得很满，总共超过十万字。第一叶所记的“玄渡记”可能是本书的简称。其下面记有“上”字，但之后没有出现“下”字，因而此书应该不是一个完本。本书并非《西游记》的全译，而是到中途（明本的第四十六回）就结束了，可能这就是所谓的“上”，“下”则缺失了。但是像《西游记》这样的大部头小说要全部翻译，即便只是翻译梗概（当然，本书非常详细）也相当困难，因此也很有可能翻译出来的就只有这些，“下”从一开始就是没有的。

第三叶第一行有“玄奘三藏渡天由来缘起　无耳山　真量写”，随即进入正文。真量这个僧人生平未详，当然，他并非本书作者，而不过是抄写者而已。无耳山可能是指奈良县耳成山北麓的一座阿弥陀寺（橿原市山之坊町。现在为真宗本愿寺派）的山号。倘若如此，那么本书就是阿弥陀寺的一位叫真量的僧人抄写的。本书成立及抄写的年代不明，而从内容来看（例如烟草已经普及），推测应该是江户后期。

本书没有分回，正文中有很多处用〇表示段落，〇中用汉字从㊀标到㊂来记数。但是〇中也有未加数字的，另外㊂之后的〇中全部未加数字。还有，看起来〇脱落的地方也不少。〇总共有五十个，换言之全书分为五十一段。本稿将完全遵从书中段落，计算顺序后把所有〇重新连续编号，以①……51表示。把原本的汉字编号与此阿拉伯数字编号对照的话，情况如下：

㊁＝④　㊂＝⑤　㊃＝⑥　㊄＝⑧　㊅＝⑫

㊆＝⑭　㊇＝⑯　㊈＝⑱

$$\oplus = ⑳ \qquad ⑪ = ㉒ \qquad ⑫ = ㉖$$

（二）内　　容

本书内容与明本《西游记》的对照如下：

本书（段·内容）	《西游记》（回）
① 玄奘的出身	（十一）
①～② 太宗的地狱游历	十一
③～④ 熊山君	十三
⑤ 收孙悟空	十四
⑥～⑫ 孙悟空的出身	一～八
⑬ 遇六贼	十四
⑭ 观音授金箍咒	十四
⑭ 乌巢禅师授《心经》	十九
⑮～⑯ 收猪八戒（高老庄）	十八、十九
⑯～⑰ 黑风怪	十六、十七
⑱～⑲ 黄风怪	二十、二十一
⑳ 收沙悟净	二十二
㉑～㉒ 试禅心	二十三
㉓～㉖ 人参果	二十四～二十六
㉗ 被蛇蝎烧	（十六）
㉘ 白虎岭	二十七
㉙～㉝ 黄袍怪	二十八～三十一
㉞～㉟ 金角银角	三十二～三十五

本书（段·内容）	《西游记》（回）
㊳～㊴ 乌鸡国	三十六～三十九
㊵～㊹ 红孩子	四十～四十二
㊺～㊿ 车迟国	四十四～四十六

以上顺序中，与明本的最大差别是本书是从玄奘的出身开始写的。明本《西游记》是从孙悟空的故事开始的，而本书从玄奘的故事开始。即本书采用的是玄奘旅行记这种视角，明本《西游记》则采用悟空故事的立场。（另外《朴通事谚解》本可能是从释迦造经的故事开始写的。）像这样的位置移动并不困难，所以也许这是本书在翻译之际对明本进行了改造加工的结果。但是本书与明本之间故事内容和顺序的其他差异出入也不少，其中有些差异，无论如何也不会认为是本书在翻译时（或说教之际）被恣意篡改的。所以比较合理的观点是：这个开头部分也不是译者或说教师擅自移动了位置，而是原本本来就是如此。第二，两者有个小差异，本书中乌巢禅师出现于猪八戒之前，观音授金箍咒、乌巢禅师授《心经》是一组故事⑭。明本中金箍咒是在第十四回，乌巢是在第十九回，相隔较远。此二者哪个在前不能说是固定不变的，但是把类似的事件归结到一处的本书之原本显得较为幼稚，也许反而比明本要早。第三，猪八戒的故事与黑风怪的故事变换了位置（明本中黑风怪在前，猪八戒在后）。仅仅通过这一点，难以判断哪个文本更早。但是像本书这样把黑风怪和黄风怪这两种相似的角色安排在一起，多少有些拙劣。明本在两者之间穿插进猪八戒，在结构上变得更为巧妙，可见明本应该较为晚出。总而言之，本书的顺序是：

金箍咒——《心经》——猪八戒——黑风怪——黄风怪

明本的顺序是：

金箍咒——黑风怪——猪八戒——《心经》——黄风怪

本书中类似的故事（金箍咒与《心经》、黑风怪与黄风怪）接连排列在一起，明本等对它们进行了分隔处理，以避免造成重复感。其次，本书的黑风怪有颇值得注意之处。本书的第 16、17 段的大要如下：

⑯玄奘一行到了哒呾哈哎国，宿于观音院。次日早上，玄奘不见了。问僧，僧人说黑风山黑风洞里住着妖怪。于是悟空与八戒赶去。悟空让八戒在洞门外等待，自己变成蜜蜂进入洞内，发现色黑的男子、大高个男子、中等身材的男子三个人正在说话，色黑的男子说因为抓来了玄奘所以接下来要款待大家。悟空现身，与之相战，但未能得胜，想把八戒带进来助阵，于是来到洞外。但是已经日暮，只得回到观音院。

⑰次日，悟空与八戒赶去洞里，途中遇一童子。问之，得知三人都负伤，他正要去取仙丹。悟空询问童子仙丹的颜色和大小，然后把他杀了。接着悟空偷了一个洞里妖怪家的毒药，将之变成三粒仙丹的形状放入金钵，化作童子，拿着它们向黑风洞走去。

悟空给妖怪吃了毒药，乘其痛苦之际，首先打杀了大高个男子和中等身材的男子。然后刚一打到色黑的男子，他的头就在空中飞舞上升，吐着火焰想要咬住悟空。悟空用金棒挡住，那头咬住金棒不放，死了。

这三个人是蟒蛇、猴子、大熊。

正如以上所见，这部分中虽然有八戒出场（明本中尚未出场），但从其他各点来看，本书较之明本远为简单，没有像明本那样的老和尚因为觊觎袈裟而放火想杀死玄奘，以及黑风怪趁此机会偷走了袈裟等事件。和尚觊觎袈裟而谋划放火杀人这样的情节,是对僧侣的巨大侮辱,因此即便原本或翻译本有这样的情节,在说教之际也会被略过。倘若如此,那么可能就会有人认为,这个部分不能成为推测本书的原本与明本《西游记》不是同一种的证据。但是本书㉗中,有明本《西游记》里没有的故事,与明本的和尚放火情节大致相当。其梗概如下:

㉗ 玄奘一行向黑云山前进,在路旁遇到一对痛苦的男女,玄奘命令好好照看他们。悟空识破了他们是妖怪,一击打杀。玄奘发怒,悟空告诉他说二人其实是蟒蛇精,证据是照看他们的八戒和悟净的手油腻发光,还有腥味。

到了晚上,玄奘一行看到荒野有一户人家,于是去投宿。这户人家只有一对年老的夫妇,而里面传出呻吟声。老人把三藏一行安置在一间屋里,关了门。悟空变成蚊子去一探究竟,发现房屋周围堆积了干柴,觉察到这是想要把一行烧死,于是马上到忉利天借来帝释天的行壁(避?)火罩盖住熟睡的三人,自己藏在山上观望。这时老夫妇拿着火来了,两个孩子被打得半死不活,老夫妇一边说着要把玄奘等蒸了做酒菜以报仇雪恨,一边放火。悟空吹起一阵风,火势蔓延,老父母想救出呻吟的孩子,大呼小叫。悟空从山上下来,向老人打去,老人现出原形,变成巨大的蛇蝎。悟空把他们彻底打死。最后火灭了,天亮后,拿行壁火罩救出了三人,烧死四条蛇蝎。三人中了蛇毒,手肿胀疼痛,正在苦恼之时,从一个白发翁那里得到妙药。

明本中没有与这一段恰切相当的部分。这一段变成了明本第十六回老和尚放火的部分,悟空向帝释天借行壁火罩在明本中变成借广目天王的辟火罩儿。换言之,明本中是一系列故事,而本书中是分成内容不同的两个故事。所以只能认为这并非说教师的擅自改订,而是原本就是如此。那么,是本书原本那样的故事情节更早，还是明本《西游记》那样的故事更早呢？如果将两者详细比较的话，应该会感觉到是本书更早。这一段情节的进展，明本更为复杂和巧妙，而本书较为幼稚，算不上精彩。另外从悟空的形象来看，明本更显得是超人的、英雄的，本书的悟空没有达到这样的程度。再说本书中的悟空，在寺院夜里睡觉的时候，竟然不小心让玄奘被抓走了，可见他没有本事。明本中，悟空即便是在睡觉的时候也丝毫不会失去警觉，一有敌人靠近马上就会清醒。还有上一段写到悟空用毒药打败妖怪，这也是看起来不像悟空风格的卑劣做法。也许本书的原本年代更早，明本对之进行了改订。

笔者曾经推测，明本第二十八回以后的黄袍怪夺宝象国公主的故事与第十六回以后的黑风怪夺玄奘袈裟的故事在元代文本中属于同一系列的事件，都是悟空做的勾当。但是本书中完全没有夺袈裟的故事；明本中所见的黄袍怪的故事在本书中则可以说有很大差异，见于㉙～㉝。这应该如何来理解呢？

元本之一（暂且称为 A 本）中，似有悟空夺金鼎国公主为妻，偷西王母的仙衣给她的情节。接着在 B 本中，认为这样的行为不符合悟空的形象，改作成黄袍怪夺宝象国（原金鼎国）公主；而认为偷西王母仙衣之事黄袍怪不能办到，于是将此情节删除。然后 C 本一边以 B 本为依据，一边又觉得 A 本中所见的盗仙衣故事难以割舍，于是改作成既不是悟空、也不是黄袍怪的其他人（黑风怪）偷了玄奘的袈裟，使该情节又复活。如果这个推测是正确的，那么本书的原本就是 B 本系统，现在的明本就是 C 本系统。即本书的原本较之现存的明本，继承了更为古老的形态。

本书是故事梗概的翻译，因此本书中未见的内容，不能断定在原本里也没有。例如①玄奘的出身故事，没有提到玄奘生下来后被流到江里的理由；但是原本中可能有陈光蕊被杀的一段。所以，考察某个人物、某个事件在原本中的有无是困难的，但也不是完全没有可以推测的点。最大的特点是，原本中应该几乎没有涉及龙王的事件。当然本书中并非完全没有提到龙王，⑦、㊷中有记述。但是，明本第十回魏徵梦里斩龙的故事在本书中未见，可能原本里也没有。另外明本第十五回收龙马（白马）的情节，本书中也没有。明本的龙马只是玄奘的坐骑，不是十分重要的角色，然而在第三十回很活跃。但这在本书中也未见，情节完全不同。

除此之外，细微的情节差异也相当多。只要一读本书的内容，就会感觉到本书并非以明本或之后该系统的版本（包括简略本）为基础将其进行缩略，而也许是依据比现存明本更早的一个异本作成的。现不必赘述本书的全部梗概，而差别的大部分在：①～②太宗的地狱游历，⑥～⑬孙悟空的出身，⑯～⑰黑风怪，㉗蛇蝎（明本中无），㉙～㉝黄袍怪，㉞～㉟金角银角，㊳～㊴乌鸡国等。此差别并非仅仅是繁简的问题，而是故事情节本身就不同。相较而言，很显然本书更为单调和平淡。明本等现存《西游记》远远更具技巧性和趣味性。假如仅仅只是对明本等现存《西游记》作简略处理，那么应该不会有这样的变化。现再举一例乌鸡国的故事加以说明。

乌鸡国故事的梗概是：狮子怪杀了乌鸡国国王并将其藏在井里，自己做了假国王，后被孙悟空打败。这一点本书和明本《西游记》相同，但明本《西游记》的脉络是首先是悟空等人从井里挖出国王的尸体使其复苏，与假国王当面对质，然后打败狮子怪；而本书中是先讨伐狮子怪，再挖出乌鸡国国王的尸体，当然国王没有复活。本书这样记述多少有点简单和幼稚，没有明本那样天马行空的奇思妙想。从这一点也可以看出，本书的原本无疑属于比世本更古老的系统。这个古本比世本、鲁府本所据的《西游释厄传》也更早，但是可能比《朴通事谚解》等所引的《西游记》要晚，因而大致可以推测这个古本是明初的。换言之，对缘起本等古本《西游记》进行增订、变换顺序，把悟空的故事移到卷首，形成了《西游释厄传》；对《西游释厄传》加以改订、分回的鲁府本系统中其中之一就是世德堂本。当然缘起本《西游记》应该是分则不分回本，而与本书的分段之间的关系则无从得知。

但本书是在日本为了说教而作的脚本，因此与缘起本《西游记》的关系就成了问题。换言之，问题在于是缘起本《西游记》已经有了翻译本，据此译本而作了本书，还是直接根据缘起本而作了本书？一般来说，前者即以既有翻译为中介，间接作成的可能性较大一些。但是具有这些内容的翻译本，其存在情况完全不知。

现存的《西游记》翻译本分为两个系统。较早的名为《通俗西游记》，从宝历八年（1758）至天保二年（1831）刊行到第五编（第六十五回）。它依据具有玄奘出生传说的百回本而译，明确标示回数。其原本为《西游真诠》，仅从例如第五十三回中摘译悟一子的参解就可得知这一点。此译本只有木版本，没有活字本。第二种称为《画本西游全传》，文化三年（1806）至天保八年（1837）刊行。这虽是摘译本，但首次译出了全百回，保留了各回的标题而删除了回数（第×回）。其所据，似乎亦是《真诠》。此书明治以后的活字本很多，因为它一百回都有。总之翻译本就是以上两种，故事的内容没有太大的差异。倘若如此，那么本书这个说教脚本所据不是上述翻译本也就确凿无疑了。说不定江户时代有据缘起本《西游记》的翻译，据此而作了这个说教脚本。如果是这样的话，那么其原本——缘起本《西游记》，现存于日本的可能性不是没有，但现在只能停留于猜测阶段。

（三）作为说教本的润色

本书是净土真宗里为了说教而作的脚本，再加上是以日本人为听众对象，因而进行了润色，这成为本书的一大特色。但说教本这种文本的实态几乎没有什么研究。

佛教中讲说经文、教义的唱导说经，到中世形成了艺能化的说经节，到江户时代被义太夫净瑠璃压迫或吸收而逐渐衰落，从祭文、歌祭文变成阿呆陀罗经、化缘僧的街头卖艺，又转变为浪花节，堕落成大众演艺。这样的概说，有过分关注唱导说经的支脉和旁系、无视其正统和嫡嗣——寺院的说教之嫌。这类说教僧作的说教脚本及其读物化的文本（把这些叫做说教本）大量产生，但不知是否由于文学性价值较低等原因，基本上没有什么研究。笔者的知识也颇为贫弱，但得到了一本可能有助于了解说教形态的书，在此稍作介绍。这本书名为《莲如上人御一记》，净信房充贤述，是昭和二年永田文昌堂发行的排印本。据《佛书解说大辞典》，此书原名《慧灯大师御传记劝诱代录》，明治十五年刊行，国会图书馆藏有一本。莲如上人得赠慧灯大师之敕谥是在明治十五年，因而本书的成立不可能是在这之前，内容上则明显地继承了说教的传统。全书分为三十座，而标题仅言"其一"……"其三十"。本书把一次说教称为一"座"。其他书多称"席"，也有极个别称"会"。本书中，首先各座的开头有表示这是连续性读物、简单概括前座内容的前置文句。例如：

> 从今天开始连续的每一场，我要讲莲如上人一生的传记，所以你们不要缺席，大家一起来听听这故事。原来这

上人的传记云……（其一）

上次开始讲的莲如上人一生的行状之中，莲如上人是开山上人（亲鸾）的再来人。关于此事，还有亲鸾上人的遗言，上次已经讲过。今天这一场，我要讲他的母亲是石山观世音的化身，所以你们要好好听。……（其二）

先有上面这样的前置文句，再进入本座的正式说教，结束后再加敷衍，有不少是讲说佛法的文句。这部分缩下一个字印刷，目录中将此称为"余弁"。本书的三十座中多达二十五座有这种余弁。这些余弁也有篇幅略长的，占了一页或两页。另外，它们多以"何"开头。正如这般，当天的说教结束后，最后作为结尾，多有让听众期待次座的简单文句。这类结尾的文句，没有余弁的时候就置于正文的最后，有余弁的时候就被包含在这余弁部分，缩下一字印刷。首先看没有余弁时的结尾的例子：

可是文明三年由天子许可从日花门进去，但因为此事，不知是谁竟然烧毁大谷。还有关于日花门，日本举国无双的工匠左甚五郎的妙术，因故事很长，所以下一场讲给你们听。（其十二）

再看余弁及其结尾的例子：

各位听听，有贫者一灯，这弥七兄弟虽然贫穷，但这么照顾御本山，尊敬善知识，献上茶叶，茶叶很少，但心里的信心不止万金。……却说弥七第二天早上上比叡山拜见后讲说的事情，且听下回分解。（其八）

总之，通过本书可以看到的说教的形态为：

开头部分——正文——余弁——结尾

以此构成一座（一席），正文（说教的中心）以外的部分偶尔会被省略。现在一般所看到的说教本，很多不具备这种形态，读物化的倾向较为显著。

以上通过净信房充贤述《莲如上人御一代记》所见的说教的传统形态,在《玄奘三藏渡天由来缘起》中也有同样的表现。首先开头部分的前置文句是:

> 如此开始讲的玄奘渡天的一段,就这时候地藏菩萨慈悲的手抱起皇帝……②

> 前几次以来讲给你们听的玄奘渡天的由来,上一次讲过孙悟空是玄奘的弟子,显现神变,救了危难的玄奘,在这时候孙悟空……⑥

像以上那样进入中心故事(正文),其后再加余弁,例如:

> 看官听说,各位如果到百里的御本山,也有很多障碍。如果听到路上有盗贼,没人承诺到御本山,可是他们到十万八千里外的天竺,不惧虎狼怪物。想起此事,一句法也不可等闲听。②

最后的结尾的例子:

> 依靠桃枝不知前后地酣睡,不过有一场大闹事出来,孙悟空的头都飞起来,这段下次再讲。⑨

> 然后还有大闹事出来,天界极为骚乱,这在下次再讲。⑪

另外,还有说教师所作的明显带有日本色彩的润色。例如讲黑风怪的一段⑰:

> 以前丹波国大江山的鬼神酒天童子被源赖光斩首时,手足身体被由八幡大菩萨、春日大明神所做的金锁系在八方。可是他的头没有系,所以赖光公砍了他的头,他的头飞舞在天空,然后吹了火焰下来,要咬赖光公的甲胄。这时幸亏有甲胄,没有遇到危难。这是很有名的鬼的一念,

这也是有道理的事。这个已经是 80 岁的老爷爷，喜爱中将姬。中将姬酷似照手姬，她那婀娜的腰肢和不俗的言辞，即便是老奶奶都会赞叹这活似菩萨下凡。但是，据说中将姬极恶的意念，有时变成直径约摸二尺的火球，伤害中将姬；有时又变成大蛇的头，从口中喷出火焰，舔舐中将姬的睡姿。诸位啊，鬼和大蛇世界上是根本不存在的。所以，这位美貌的公主的心，正是鬼本身。

最后引用一段作为真宗的说教颇具特色的内容。不用说，这同样也是所谓的余弁：

> 诸位啊，在亲鸾圣人的眼里，看到今日我们的这番情形，是怎样的呢？——日夜耽于三毒五欲，命尽之时，即被牛头马头所捕，被无间地狱的猛火烧焦，身体难逃此宿命，对此却毫不自知，依然像个没事人似的。即便听到亲鸾圣人的教化，也只是搪塞说很忙。㊵

这个写本的书法极为草率杂乱，阅读较困难。另外有很多地方使用异体字、合体字，其中向来未被关注者有不少，也不失为字体研究的绝好材料。最后的引文里所见的两处"亲鸾"，在这个写本中是将三个"口"重叠的字形，今暂据文意改为"亲鸾"。也许这并非正确的读法。盼方家不吝指正赐教。

（原刊于《神戸外大論叢》第十八卷一号，1967 年）

[十]

《唐三藏出身全传》(杨本)考

引　言

明代成立的《西游记》中，以《新刻出像官板大字西游记》二十卷百回即世德堂刊本（世本）、《唐三藏西游传》十卷（67则）即朱鼎臣编本（朱本）、《唐三藏出身全传》四卷（40则）即杨致和编本（杨本）这三种，时代最早，也最为重要。本稿将以杨本为中心，来考察其与世本、朱本的关系。

杨本中最古最善的版本是 Oxford 的 Bodleian Library 收藏的朱苍岭刊本。其次是绣谷锦盛堂刊《唐三藏西游全传》，有时亦被称作《西游记》《西游全传》。这可能是朱苍岭刊本或其系统本在清代的改刻本，保留了上图下文的形式，是个粗劣本。再后来的刊本废止了上图，只保留下文，称作《西游记传》。日本有东洋文库所藏聚古斋梓（正文）、会元楼藏版（封面）的版本，以及无穷会所藏聚古斋梓（正文）、光绪戊子年新刊（封面）的版本等。它们都是误脱极多的粗本，后者尤劣。

杨本除了单行本外，也被编入《四游记》中。《四游记》有古典文学出版社1957年排印本，臆改之处颇多，完全不足为信。世界书局民国五十七年再版本是此本之覆印，连页码都相同，但文字有修改。

杨本中，编者杨致和的名字有种种不同写法，有杨又作阳，致又作至、志、玉的版本，不知哪个是正确的。这大概意味着善本很早就亡佚，只有误脱很多的版本流传下来。杨本的正文由四十章构成，各章前有标题。尽管章也可以称作回，但比一般的回更为短小，另外也没有第几回的表示。

这样的形式，一般称为则。本稿中笔者进行计数，称之为第几则。

朱本的形式也和杨本相同，全卷由 67 则构成。当然这也是笔者为了计数方便所加，朱本本身并没有标记第几则。

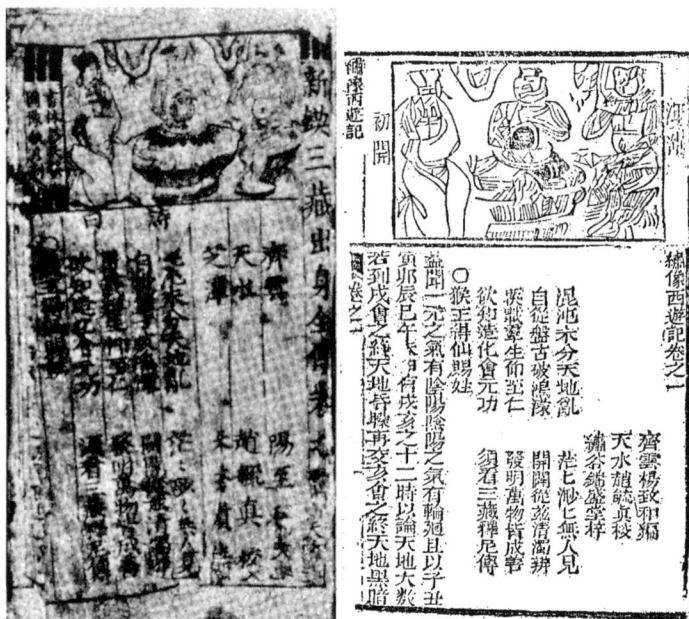

朱苍岭刊《唐三藏出身全传》（杨本）　　绣谷锦盛堂刊《西游记》

要考察明本《西游记》的成立过程，我们所能拥有的具体材料即作品，只有上述三本。而这三本不过是偶然地流传到现在，彼此之间似乎没有可以比拟为亲子的直接关系。但除此以外根据世本之序，可以知道世本的先行本——王府本（鲁府本）的存在；另外通过各本开头的诗，可以推测之前有《西游释厄传》（厄又作尼）一书，为现存明本《西游记》的祖本。那么加上上述二书，据此厘清现存三本的关系正是笔者的目的。

（一）明刊三本对照表

朱本则目	杨本则目	世本回数
一 1 大道育生源流出(一 a)	一 1 猴王得仙赐姓(一 a)	一
2 石猴投师参众仙(十三 b)		
3 石猴修道听讲经法(十五 b)	2 孙悟空得仙传道(七 a)	二
4 祖师秘传悟空道(十八 b)		
二 5 悟空炼兵偷器械(一 a)	3 猴王勒宝勾簿(十一 b)	三
6 仙奏石猿扰乱三界(十 b)		
7 孙悟空拜授仙录(十三 b)	4 玉帝降旨招安(十六 b)	四
8 玉皇遣将征悟空(十八 b)		
9 孙悟空玉封齐天大圣(二十三 a)		
10 乱蟠桃大圣偷丹 反天宫诸神捉怪(二十五 a)	5 大圣搅乱胜会(十九 b)	五
三 11 观音赴会问原因(一 a)	6 真君收捉猴王(二十三 a)	六
12 小圣施威降大圣(四 b)		
13 大仙助法收大圣(八 b)		

193

（续表）

朱本则目	杨本则目	世本回数
14 八卦炉中逃大圣（十一 a）		
15 如来收压齐天圣（十三 a）	7 佛祖压倒大圣（二十六 a）	七
16 五行山下定心猿（十五 b）		
17 我佛造经传极乐（二十 a）	8 观音路降众妖（二十九 a）	八
18 观音奉旨往长安（二十四 a）		
四 19 唐太宗诏开南省（一 a）		
20 陈光蕊及第成婚（二 a）		
21 刘洪谋死陈光蕊（五 a）		
22 小龙王救醒陈光蕊（七 b）		
23 殷小姐思夫生子（九 b）	无	无
24 江流和尚思报本（十二 a）		
25 小姐嘱儿寻殷相（十六 a）		
26 殷丞相为婿报仇（二十二 b）		
五 27 袁守诚妙算无私曲（一 a）		
28 老龙王拙计犯天条（七 a）	9 魏徵梦斩老龙（三十三 a）	九
29 太宗诏魏徵救蛟龙（十 a）		

朱本则目	杨本则目	世本回数
30 魏徵奕棋斩蛟龙（十一 b）	10 唐太宗阴司脱罪（三十六 a）	十
31 二将军宫门镇魂（十三 b）		
32 唐太宗地府还魂（二十 a）		
六 33 还受生唐王遵善果（一 a）	二 11 刘全进瓜还魂（一 a）	十一
34 刘全舍死进瓜果（七 a）		
35 刘全夫妇回阳世（八 b）		
36 度孤魂萧瑀正空门（十一 a）		
37 玄奘秉诚建大会（十四 a）	12 唐三藏起程往西（又四 b）	十二
38 观音显象化金蝉（十六 a）		
39 唐太宗描写观音像（二十二 a）		
40 三藏起程陷虎穴（二十四 a）	13 唐三藏被难得救（八 a）	十三
41 双岖岭伯饮留僧（二十九 a）		
七 42 五行山心猿归正（一 a）	14 唐三藏收伏孙行者（十二 a）	十四
43 孙悟空灭除六贼（五 a）		

（续表）

朱本则目	杨本则目	世本回数
44 观音显圣赐紧箍（十二 b）	14 唐三藏收伏孙行者（十二 a）	十四
45 三藏授法降行者（十四 b）		
46 蛇盘山诸神暗佑（十九 a）	15 唐三藏收伏龙马（十六 b）	十五、十六
47 孙行者降伏火龙（二十一 b）		
八 48 观音收伏黑妖（一 a）	16 观音收伏黑妖（二十二 a）	十七、十八
49 三藏收伏猪八戒（七 a）	17 唐三藏收伏猪八戒（二十七 b）	十九
50 唐三藏被妖捉获（九 b）	18 唐三藏被妖捉获（三十 b）	二十
九 51 孙行者收妖救师（一 a）	三 19 孙悟空收妖救师（一 a）	二十一
52 唐僧收伏沙悟净（四 b）	20 唐僧收伏沙悟净（四 a）	二十二
53 猪八戒思淫被难（七 a）	21 猪八戒思淫被难（六 b）	二十三
54 孙行者五庄观内偷菓（十一 a）	22 孙行者五庄观内偷菓（十 a）	二十四、二十五
55 唐三藏逐去孙行者（十六 a）	23 唐三藏逐去孙行者（十四 b）	二十六、二十七
56 唐三藏师徒被难（二十一 a）	24 唐三藏师徒被难（十九 b）	二十八、二十九
57 猪八戒请行者救师（二十四 b）	25 猪八戒请行者救师（二十二 b）	三十
58 孙悟空收妖救师（二十七 b）	26 孙悟空收妖救师（二十五 a）	三十一、三十二

朱本则目	杨本则目	世本回数
59 唐三藏师徒被妖捉（三十 b）	27 唐三藏师徒被妖捉（二十七 b）	三十三
60 孙行者收伏妖魔（三十四 a）	28 孙行者收伏妖魔（三十一 b）	三十四、三十五
无	29 唐三藏梦鬼诉冤（三十四 b）	三十六、三十七
无	四 30 孙行者收伏青狮精（一 a）	三十八、三十九
十 61 唐三藏收妖过黑河（一 a）	31 唐三藏收妖过黑河（四 a）	四十～四十三
无	32 唐三藏收妖过通天河（八 b）	四十四～四十八
62 观音老君收伏妖魔（五 a）	33 观音老君收伏妖魔（十三 a）	四十九～五十二
	34 昴日星官收蝎精（十六 a）	五十三～五十五
63 孙行者被弭猴综乱（九 b）	35 孙行者被弥猴综乱（十九 a）	五十六～五十八
	36 题圣印弥勒佛收妖（二十二 b）	五十九～六十六
64 三藏过朱紫狮驼二国（十五 b）	37 三藏过朱紫狮驼二国（二十六 a）	六十七～七十七
65 三藏历尽诸难已满（十九 a）	38 三藏历尽诸难已满（二十九 b）	七十八～九十七
66 三藏见佛求经（二十三 a）	39 三藏见佛求经（三十五 a）	九十八
67 唐三藏取经团圆（二十六 a）	40 唐三藏取经团圆（三十七 b）	九十九～一百

注：除朱本、杨本外的明刊本全部与世本相同。则目上的一～十表示卷数。世本卷数未标示。

（二）朱苍岭刊本之形态

　　封面缺。序文、目录等无，直接就是正文。第一叶 a，虽与之后的各叶一样具备上图下文的形式，但只有此处是九行，有界线。首先记有"新锲三藏出身全传卷之一」齐云阳至和□」天水赵毓真校」芝潭朱苍岭梓"四行。芝潭是芝城潭邑的略称，即建阳（福建省）。第五～八行有"混沌未分……须看三藏释尼传"的诗，第九行是第 1 则的标题"猴王得仙赐姓"，其上方加了〇，表示这是标题。没有第几回（则）这样的标示。上图左侧记有"书林彭氏发」图像秋月刻"二行小字。卷首诗中的"三藏释尼传"，朱本作"西游释尼传"。

　　第一叶 b 为上图下文，十行十九字，无界线。图像左右有"天地""轮回"字样。以下亦同。版心上部有"唐三藏"或"唐三藏传"，黑鱼尾下方记有"几卷"。这里的"卷"用的是一种简写字，与《唐僧西游记》蔡敬吾刊本中所见的类似。卷二第四叶有二叶，第二那叶标有"又四"。卷二第五叶缺失，故文章不连续，卷四第三十八叶以后亦缺，较为可惜。各卷首尾所记的书名如下所示非常不统一，而卷头大概是唐字脱落了。

（卷首）		（卷尾）
卷一	新锲三藏出身全传	三藏传
卷二	新锲唐三藏出身全传	三藏全传
卷三	新锲唐三藏出身全传	唐三藏全传
卷四	新锲唐三藏出身全传	（缺）

　　另外，编者署阳至和，与东洋文库藏本相同。虽然阳这个

姓并非没有,但这里应该是"楊"之误。

(三) 杨本正文的问题点

杨本正文的问题点非常多,本章将就其中的主要问题逐则进行考察。引文中[　]表示脱落的补充,(　)表示正误。所说的铅印本,指铅印本《四游记》中的杨本。世本有标示原本(刊本)的卷叶的,而为了方便,也有标示人民文学出版社铅印本的页数的。

卷一

第 1 则　猴王得仙赐姓(一 a)

这个标题训读为"猴王仙より姓を赐わるを得たり"。

盖闻一元之气有阴阳,阴阳之气有轮回。且以子丑寅卯辰巳午未申酉戌亥之十二时,以论天地大数,若到戌会之终,天地昏矇;再交亥会之终,天地黑暗,故曰混沌。直至亥末子初,逐渐开明,天始有根。正当子会,轻清上腾,有日月星辰之四象,故天开于子。又至子终近丑,逐渐坚实,地始凝结。正当丑会,重浊下凝,有水火金木土之五形,故地辟于[丑]。当五(丑)会终寅会初,天气下降,地气上升,天地交合,群物皆生。

至"群物皆生"的部分,相当于世本开头的 367 字。两者有很大的差异,乍一看,杨本似乎并非依据世本而来,而实际上还是据世本或其系统内的某本,对之进行了省改。世本中,首先以十二万九千六百年为一元,将此分成十二会,一会为一万零八百年,以十二地支命名为子会、丑会等;一日中也有以十二地支命名成的十二时。这样,就像一日的展开,一元也是由每个会展开而宇宙开,万物生。——世本作了如此井井有条的叙述,已经没有省略的余地。杨本硬是对之进行了省改,结果变成了意义不通的文章。

杨本使用了"元""会"等世本特有的用语,却没有说明其意思,由于行文仓促,为什么戌会之终会天地昏蒙等问题,我们完全不知。根据杨本中各处散见的世本特有用语,可以推测杨本对世本进行了省略。但它也使用了一些诸如"阴阳""轮回"等世本没有的词语。这是杨本的毫无道理之处,文意不通。现在暂且假定是世本对杨本进行了增补,那么就是对这样意义不通的文章进行了大幅度补充,疏通了文意,但实际上这样的事情可以说是不可能的。

朱本没有世本这一部分的 367 字以及紧接着的 42 字(至"人生于寅,感"为止),直接从"盘古开辟"开始。笔者推测,早期《西游记》即《西游释厄传》是从此处开始的,世本开头的 409字是对世本之前身——王府本的增补。这一部分,全体的节奏有差异,文句也是装腔作势的玄学化的。其中引用了邵雍的诗,对"元"和"会"的说明也是基于邵雍之说。另外世本与杨闽斋本存有以邵雍《清夜吟》为卷目的分卷形式,而这大概也是王府本的痕迹。被推定为王府本之编者的鲁王,肯定倾心于邵雍,此通过这一部分可以反映出来。

杨本中,"群物皆生"之后有较长的脱落,接下去就是"玉帝……"。这个脱落部分郑振铎在《西游记的演化》一文中已经指出,证明了杨本是世本的省略本。铅印本在此处补了 65 字,但这只是编集者的妄加。虽然郑氏云曾看过具有这一部分的旧抄本,但颇为可疑。即使存有这个版本,但从其他多处幼稚的错误来看,可以断言铅印本没有使用这个版本。

杨本(五 a)中"斜月三星洞"之后,有"斜月是心勾三星是三点"的夹注。世本(卷一,十 a,文字有小异)也有这条夹注,表明两者有着密切关系。朱本(卷一,十一 b)中则无。

第 2 则　悟空得仙传道(七 a)

这个标题,东洋文库藏本等通行本"道"字脱落。此处"得"字与第 1 则标题中的一样,是"受到……"之意。题目意思是"受到仙人传道"。"传"是动词。

> 祖师道:我教你学术字门中之道,这是推演卜择;教你流字门中之道,这似壁里安柱;教你静字门中之道,这似窑头土坯;教你动字门中之道,这似水中捞月。悟空道:依师父说,这几般道,可得长生么?祖师说:壁里安柱,恐怕大厦将颓会朽;窑头土坯,恐怕未经水火锻炼,大雨滂沱会溢;水中捞月,虽然有影,只恐无捞摸处,到底成空。悟空道:这个不得长生,我皆不学。祖师闻言,咄的一声,跳下高台,手持戒尺,指定悟空道……(七 b~八 a)

这一部分与世本差异颇多,乍一看会觉得本书所据为世本以外的版本,而实际上并非如此,应该仍是据世本或其系统内的某个版本修改而成的。世本的这一部分对于"术""流""静""动"四门,祖师与悟空的问答依次(术结束后是流,流结束后是静,诸如此类)展开。然后悟空每一次都说不学。杨本把世本中的这一长问答总括起来,悟空只说一句"我皆不学"。但是由于紧接着祖师就说"这般不学,那般不学",所以问答的部分必须如世本那样。如果杨本修改了问答的形式,那么祖师说的话也应该修改。另外朱本中也同样是反复问答的形式,但文句较简略,尤其是完全没有动字门。

魔王拿钢斧望悟空劈头就砍(十一 a)——"斧"字在后文变成了"刀"字,前后不统一。此处朱本(卷一,二十六 a)作"大斧"，世本(二七页)作"钢刀"。

第 3 则　猴王勒宝勾簿(十一 b)

标题中的"勒"在通行本中误作"动"。"勒"为"勒索"之意。

第 4 则　玉帝降旨招安(十六 b)

第 5 则　大圣搅乱胜会(十九 b)

第 6 则　真君收捉猴王(二十三 a)

"草头军"出现了三次。世本中皆作"草头神"。"郭甲"(二十四 b)在世本(七一页)中作"郭申"。朱本作"郭甲"。

第 7 则　佛祖压倒大圣(二十六 a)

忽见炉开，绑索俱已松去(二十六 b)——杨本的情节是悟空被铁索绑着投入炉中。世本(第七回)作解开绳索投入炉中。

第 8 则　观音路降众妖(二十九 a)

标题的"众"字通行本中作"猴"。"众妖"指的不止是悟空，八戒、悟净也包括在内。

称八戒为"天宫大法元帅"(三十一 a)，不可理解。第 17 则(二十八 a)作"天蓬元帅"。菩萨对玉龙所言"上西方有功，许你复职"(三十二 a)，世本(第八回)无"复职"之说。

第 9 则　魏徵梦斩老龙(三十三 a)

第 10 则　唐太宗阴司脱罪(三十六 a)

画了秦叔保与尉迟敬德的像贴在宫门后，杨本(三十七 b)有云"后图魏徵真形在后门前后"，而世本(第十回)无此记载。

卷二

第 11 则　刘全进瓜还魂(一 a)

> 此处唤做六道轮回，一仙道，一贵道，一福道，一人道，一富道，一鬼道，照依阳世所为，令其各进一道……判官送唐王直至超生贵道门……

西游记研究

202

杨本省略成像上面那样，因此不知"贵道"是否即"超生贵道门"。通过世本第十一回（一三六页），可知道答案。诸如此类，皆为杨本是省略本的证据。

唐王贪看双头鱼戏（一 b）——世本（一三七页）作"一对金色鲤鱼"，但世本在后面（一四〇页）也作"双头鱼戏"，前后不统一。

杨本（四 b）中关于玄奘的出身有如下这段散文记述，其中言及刘洪的母亲等，包含了一些值得注意的内容：

> 此人是谁，讳号金蝉，只为无心听佛讲法，押归阴山，后得观音保救，送归东土。当朝总管殷开山小姐，投胎未生之前，先遭恶党刘洪，惊散父亲陈光蕊，欲犯小姐。正值金蝉降生，洪欲除根，急令淹死。小姐再三哀告，将儿入匣抛江，流至金山寺，大石挡住，僧人听见匣内有声，收来开匣，抱入寺去，迁安和尚养成。自幼持斋把素，因此号为江流儿，法名唤做陈玄奘，他母幸得刘洪母贤，脱身修行不题。

世本第十一回（一四六页）中以韵文记述，但内容不同。朱本（第 36 则，十三 a）除了和尚名作法明以外，基本与世本相同，因此杨本可能进行了修改。

第 12 则　唐三藏起程往西（又四 b）

第 13 则　唐三藏被难得救（八 a）

刘伯钦为三藏送行半日，路过一座山，此情节杨本作"路径（经）火山"（十一 b）。朱本（第 41 则，三十二 b）亦作"火山"，而世本（一七〇页）作"大山"。

第 14 则　唐三藏收伏孙行者（十二 a）

第 15 则　唐三藏收伏龙马（十六 b）

小龙化成蛇消失在草丛中，于是"行者拨草寻蛇，并无形影,三藏念声唵字咒语"(十七 b),三藏为行者之误,如果删除的话文意就通顺了。世本(一九〇页)将其删除,更为详密。另外从此处起朱本开始使用杨本,与杨本一致或者进一步进行省略。以上引文朱本中亦同。以下,原则上不再言及朱本。

第 16 则　观音收伏黑妖(二十二 a)

第 17 则　唐三藏收伏猪八戒(二十七 b)

为高老庄的高老收伏猪八戒的玄奘一行,受到高老多住几日的挽留。对此唐僧感谢道:"师徒在此宝庄厚扰,未得酬谢,取经回日,奏上唐主,必来报谢。"(二十九 a)这不免太过夸张。世本第十九回中完全没有这句话。接下来的部分,也和世本的差异非常大。

> 高老曰:小女多蒙救活之恩,死生难报,今具薄仪,权当作行头,勿嫌轻鲜。唐僧道:日食充足,自有行头,何必厚礼照之,决不敢受。孙行者曰:金银之物,帅(师)父分文不受,但斋饭点心,长者赐少者不敢辞。(二十九 b)

以上这部分,杨本与世本的距离极大,难以认为是对世本的概括。"行头"一般是指行装、衣服,而世本中无此词。此外"长者赐……"(《礼记》之语)作为悟空说的话,不太合适。之后:

> 又只见前面有一高山,其山甚是高,岩崖险峻,陵陵层层,甚是巍峨。唐僧拍马加鞭,师徒上山顶而去。话分两头,又听下回分解。

> 道路已难行,巅崖见险谷。前面黑松林,虎豹皆作御。野猪挑担子,水怪前头遇。多年老石猴,那里怀嗔怒。你问那相识,他知西去路。

> 行者闻言冷笑,那禅师化作金光,径上乌窠而去……(二十九 b~三十 a)

　胡适指出,此处有一段长文脱落(《跋四游记本的西游记传》)。

世本第十九回无"话分两头，又听下回分解"，玄奘从乌巢禅师处得授《心经》的故事约占了二叶。此作为故事而言缺乏趣味性，而且《心经》的全文占了大半篇幅。可能是出于这个原因，杨本才将之删除，却没有线索推测其所据本中情况如何。"道路已难行……"一诗，杨本中是十句，而世本（二四九页）有二十二句，字句差异亦颇多。也许是杨本进行了删减。另外，这首诗的内容反映了早期《西游记》的一些情况。禅师之名及其住所，世本作乌巢；杨本、朱本中未见禅师之名，而其住所作乌窠。可能早期是作乌窠禅师。这是以实际存在的人物——唐代的乌窠禅师道林为原型的①。

第 18 则　唐三藏被妖捉获（三十 b）

卷三

第 19 则　孙悟空收妖救师（一 a）

第 20 则　唐僧收伏沙悟净（四 a）

第 21 则　猪八戒思淫被难（六 b）

此相当于世本第二十三回，但有很大差异，显然表明杨本并非据世本而作。

师徒四人来到一个大户人家，悟空通报了一声，里面走出一妇人，说道"何人擅入寡妇之门"。之后玄奘询问"老菩萨夫君何往，高姓贵名……"，妇人回答为"……小妇人丈夫姓莫名有……不幸夫君又丧……"。向寡妇问"夫君何往"有些奇怪，妇人也没有必要说出亡夫的姓名。不过，这里似乎是妇人向悟空告知了自己是寡妇，而三藏并没有听到。即便如此，这样的对话也不恰当。世本（二九二页）中，把三藏的询问之语改成了"老菩萨高姓……"，妇人的回答改成了"……小妇人娘家姓贾，

---

① 译者注：此处"乌窠"疑当作"乌窠"。

夫家姓莫,幼年不幸,公姑早亡……又丧了丈夫……",矛盾也就没有了。杨本如果是依据世本而作的话,那么就是故意改坏。这显然表明杨本所据乃世本以前的推敲不足的版本。

之后,八戒尽管想入赘为婿,却忸忸怩怩,于是"行者扯住八戒,沙僧扯住妇人,捉八戒拜了岳母,这兽子拜毕,脚趋趋的要望房里去"(九 b)。世本(二九八页)中,未见沙僧之名,是行者一只手抓住八戒,一只手抓住妇人,没有拜岳母的记述。

接下来八戒为了选出新娘,被"手帕"蒙住眼睛,却抓不到新娘。接着妇人说道:"这三条汗巾,凭你拿一条缚在腰上,叫三女来认是谁的,就是那个成就。"(九 b)世本(三〇〇页)作穿"汗衫",两者显然不同。

第 22 则　孙行者五庄观内偷菓(十 a)

五庄观的镇元大仙因被元始天尊"请去讲道",故而外出(十 b)。世本(三〇四页)的记述是因"听讲混元道界"外出。另外杨本中,三藏与镇元大仙是在五百年前的"金盆会"上相识,而世本作"兰盆会"。

三藏不愿吃人参菓,于是童子拿回房里自己吃掉了。悟空等三人想偷来吃,又怕三藏,于是各自想计脱身:

> 行者曰:我去扫净寝房。八戒曰:我去炊些饭吃。沙僧曰:我去放马。三人脱了师父,走去后园中,偷吃三个。
> (十一 b)

世本二十四回的记述如下——趁着三人为准备饭食而离开三藏身边的间隙,童子给三藏拿来了人参果。但是三藏不愿意吃,于是童子拿回房里自己吃掉。八戒听到了童子的说话声,自己也想吃,于是去怂恿行者。行者一个人来到后园,偷到了人参果,与八戒、沙僧一起吃。

之后,杨本与世本的差异也很多。在悟空拔倒五庄观内的人参果树回到法堂后,童子去园中巡视,被吓得倒在地上哭泣。三藏一行趁机从观内逃了出去(十二 b)。世本二十五回远为复杂,是悟空让童子睡着,在半夜逃出去。另外镇元大仙用来抽打被抓住的唐僧等四人的鞭子,杨本(十三 a)作"水磨金鞭",世本(三二三页)作"七星鞭"等,显然杨本并非据世本而作。

第23则　唐三藏逐去孙行者(十四 b)

悟空从观音那里得到能使人参果树复活的甘露,回到观内。但没有提到甘露是装在什么里面拿回来的。世本第二十六回中,观音亲自来到五庄观,使树死而复生。甘露装在净瓶中,和净瓶一起不能出借,所以写观音亲自前来的世本是合理的。

第24则　唐三藏师徒被难(十九 b)

百花羞想释放三藏等三人(悟空已被赶走,故不在),向黄袍郎求情说:"这三个和尚前世在阎君殿前保我做个人身,今世始得与你配合,看来是我你的恩人。"(二十一 ab)。世本(三六七页)的百花羞则云:我曾许下斋僧布施的心愿,却不曾做到,于是受到神人斥责,不如把那三个僧人放了来还愿。

第25则　猪八戒请行者救师(二十二 b)

小龙为杀黄袍郎,于是舞剑。其舞法,杨本(二十四 a)作"上一下二左三右七",世本(三八三页)作"上三下四左五右六"。

第26则　孙悟空收妖救师(二十五 a)

为救师父而回来的行者,"望妖精头顶上一棒,打死那妖在地,化作一阵黑气上天。行者抹开火眼金精(睛),一首(看)知是上界奎木狼下界。又见洞口亦一溜青气,知公主亦非凡人……"(二十六 a)。世本(四〇一页)不同,作"望妖精头顶一棍,就打得也无影无踪……"。另外世本接下来有行者去天界查问的记述,而从上引杨本的字句来看,杨本中似无此情节。

第 27 则　唐三藏师徒被妖捉（二十七 b）

八戒被抓进洞里。银角命令道："把他浸在后园唐僧（塘
池？），浸去皮毛，然后把来做鲊。"（二十八 a）猪肉做鲊，有些奇
怪。世本（四一九页）说是用盐渍然后干燥。朱本中省略。

第 28 则　孙行者收伏妖魔（三十一 b）

这则写与金角银角的战斗，与世本的差异颇多。现引
一例。

化成金角银角的母亲的行者，说想吃八戒的耳朵，八戒大
骂，于是行者现出原形，与银角大战起来：

> 行者战至中间，拿起玉净瓶，叫一声银角妖。这妖怒
> 气一应，被行者装进去了，又得了七星剑。小妖慌忙报知
> 金角，那金角掣起芭蕉扇赶来，行者且不理战，见妖一到，
> 抛起悭金绳，望老妖一在（扣）。不知老妖有个松绳咒，缚
> 别人就紧，缚自己就宽，被老妖反把行者套倒。这妖（行）
> 者先得二宝，被他变小，放进耳朵。七星剑不曾变得，被老
> 妖拿转宝剑，劈光头砍了十数刀，行者头皮红也不曾红。
> （三十二 b～三十三 a）

此处与世本第三十四回相当。但是，银角被吸进玉净瓶、行者
将二宝（红葫芦和玉净瓶）变小放进耳朵等情节，世本没有。为
什么呢？因为世本中，把银角被吸进玉净瓶之事移到了第三十
五回。可以推测，世本为了使故事内容丰富，而把银角的死移
到后面。杨本虽是省略本，但没有为了减少字数而作改变顺序
的麻烦修改。另外上面的引文中把"妖"字订正为"行"，是依据
朱本。杨本中，"妖"字位于叶下角落，本来就是版木容易破损
的地方。大概是由于此处破损，在补刻之际产生的失误吧。现
存的朱本是相当好的善本，因而能够用来作杨本校订的参
照本。

第 29 则　　唐三藏梦鬼诉冤（三十四 b）

此则相当于世本第三十六、三十七回，但不知是否因为第三十六回的故事比较枯燥乏味，所以几乎都被省略了。至于故事的梗概，两本没有差异。

卷四

第 30 则　　孙行者收伏青狮精（一 a）

乌鸡国太子喝散宫女，向母后问话。世本第三十八回（四八四页）中，是太子前去询问母后，于是母后喝散宫女，开始讲述。世本显得更为自然，杨本推敲不足。

之后，杨本的情节是土地神告诉站在井边的悟空和八戒说国王的尸体没有腐坏，八戒得知后把尸体背了上来。世本中，土地神没有出现，八戒被悟空所蒙蔽，不知有尸体，就进入井里去了。世本与杨本相较，情节远为生动有趣。

第 31 则　　唐三藏收妖过黑河（四 a）

第 32 则　　唐三藏收妖过通天河（八 b）

在车迟国，悟空与羊力等三仙斗法。最后"羊力亦下锅浴洗，念起雪霰咒，油冷如冰。行者知他有咒，即令火德神肆起烈火，把羊力燉死"（十 b），与世本第四十六回有异。

第 33 则　　观音老君收伏妖魔（十三 a）

第 34 则　　昴日星官收蝎精（十六 a）

第 35 则　　孙行者被弭猴紊乱（十九 a）

第 36 则　　题圣印弥勒佛收妖（二十二 b）

偷了金光寺塔上宝物的龙王驸马，是称作九头飞禽的鸟精（二十四 a）。世本第六十三回中作九头虫，当然不是鸟精。

过了荆棘山，三藏被树木精掳走。此精为六个老者〔十八公、狐（孤）直公、凌空子、拂云叟、走身鬼、杏仙郎〕与两个女子（丹桂精、腊梅精）。世本第六十四回中，前四者为四老，走身鬼为仆人,杏仙郎是名为杏仙的女子。丹桂精和腊梅精是杏仙的婢女。这种出场人物的变化,与故事情节有关系。世本中杏仙想要诱惑三藏的故事,大概杨本所依据的版本中没有。据明代盛于斯的《休庵影语》("西游记误"条),他认为《清风岭唐僧遇怪,木棉庵三藏谈诗》(世本第六十四回标题作《荆棘岭悟能努力,木仙庵三藏谈诗》)部分是伪作,借周如山之口说这可能就是为了凑满百回而增入的一回。当然笔者对此论点持保留态度,但总之这一回是有问题的(参本书第二一四页)。

第 37 则　三藏过朱紫狮驼二国(二十六 a)

文中写到被赛太岁掳走的朱紫国皇后身上生出的"刺荔"就是张紫阳的"综团"(二十七 b)。"综"应该是"棕"之误,然朱鼎臣本亦作"综"。世本第七十一回(九一二页)作"毒刺"和"棕衣"。

文中写在黄花观救出三藏等人的筐篮婆,是昴日星官之妻鸡母王(二十九 a)。世本第七十三回(九四〇页)中,毗蓝是昴日星官之母,未见鸡母王之称。

第 38 则　三藏历尽诸难已满(二十九 b)

杨本第 38 则相当于世本第七十八回~九十七回,极度省略。其内容对应关系如下:

比尼国	世本第七十八、七十九回	比丘国
禅林寺(金鼻白毛鼠)	世本第八十一~八十三回	姹女
钦法国	世本第八十四、八十五回	灭法国
南山大王	世本第八十五、八十六回	
(无)	世本第八十七回	凤仙郡祈雨
豹头山虎口洞狮妖	世本第八十八~九十回	
金平府观灯	世本第九十一、九十二回	
天竺招婚(玉兔)	世本第九十三~九十五回	
铜台府(寇洪)	世本第九十六~九十七回	

开头的比尼国在世本中作比丘国。"尼"似乎并非误字，因而有一字之差。在禅林寺掳走三藏的女怪，世本为姹女，而杨本中未见，可能是省略了这个名字。两本均有金鼻白毛鼠。杨本中，金鼻白毛鼠掉了个"腰牌"，上面写有"李达天王幼女"字样，于是行者去天上的宝德关问李天王（三十b）。但世本第八十三回（一〇五七页）中，女怪所居处祭祀的牌位上记有"尊父李天王之位，尊兄哪吒三太子之位"，由此可以判明女怪的身份。

钦法国在杨本中仅能看到国名。世本提到这原为灭法国，后改名为钦法国。

至此为止，两者没有大的差异，而之后就有一些不可解之处。首先是世本中有凤仙郡祈雨之事，而杨本没有，直接就是投宿在暴纱亭时被豹头山虎口洞的妖怪夺去兵器的情节。世本中，暴纱亭是在玉华王府。杨本中在此之后云"离了凤仙郡，过了玉华城"，与世本有分歧。杨本中接下来是在金平府观灯的情节。

接下来是三藏一行借宿在布金寺，得知天竺国公主被藏匿于此，然后抓住假公主的故事。这个情节与世本差别很大。悟空首先"念动真语，把众文武定住"，即让文武百官不能动弹，然后降伏了假公主（玉兔），"回见国王，谢过多官定身罪"。只不过是降伏一只兔子，这样也未免太小题大做了。世本第九十五回没有"定身"的情节，而是后妃、宫女等都出来观看如何收服玉兔。

第39则　三藏见佛求经（三十五a）

三藏一行拜见灵山如来，呈上"求经文牒"。求经文牒是太宗写给释迦如来的文书，可见于世本（十二回，一五九页）、朱本（卷六，二十三a）。大概是早期作"求经"，后来改为"通关"。世本第九十八回（一二三四页）等作通关文牒。

第 40 则　唐三藏取经团圆（三十七 b）

此则仅存两行正文,之下均为缺页,因而此处据绣谷锦盛堂本,揭示其中的主要差异。［　］中为仅存于杨本的内容,（　）中为仅存于世本的内容,其余为两本共有的内容:

　　……太宗从望经楼上下来迎接三藏（问此三人是谁。三藏回答说是在途中收的弟子。太宗）与三藏一起回到宫中,［问此三人是谁。三藏回答说是在途中收的弟子。太宗］见经而喜,又询问弟子们的经历。三藏作了回答［又报告了得三界四府的神人相助之事］。太宗举行宴会,［欢待四人,亲赐御酒三杯。］宴会结束后四人回到洪福寺。［拜谢旧时师父诸佛,行礼未毕,就接到太宗命令］（次日,太宗作圣教序,召唐僧一起）到雁塔寺。命令［各寺僧人］（翰林院及中书科官员）誊写经文。……①

（四）结　　论

杨本与世本有着密切的关系。理由如下:

（一）杨本虽然故事情节较为简略,但基本与世本相同,尤其是两本均没有陈光蕊的故事;

（二）杨本的一则相当于世本的一回或数回(也有更多回),没有相当于世本的一回半的。即杨本则的划分处,也必定是世本中回的划分处。

其次关于两本的前后,世本在前、杨本在后,即杨本是世本

---

　　　　①　译者注: 本段为作者总结概括,并非引用原文。

的省略本的观点，此前基本已是定论。这样认为的理由为：

（一）杨本中有脱落的部分，造成文意不通。这些部分用世本作对照，文意就很容易理解。可以肯定这是由于省略过多而造成的。

但是，也有在印刷过程中偶然发生的脱落，所以少数几处脱落作为证据而言缺乏说服力。

（二）即使没有文意不通部分，还有前或后应该有的相应记述缺漏的情况，这应该是省略时粗心大意的结果。例如，杨本第 19 则中，悟空有如下言论：

> 这伙野神，自换了龙马，一向不曾点他，他倒反来弄虚头。

但是杨本第 15 则收伏龙马的情节处，没有与此对应的记述。悟空的这句话，见于世本第二十一回，世本第十五回收伏龙马的情节处有与之对应的记述。由此看来，杨本第 15 则糊里糊涂地把这些内容省略了。

但是一般来说，没有对应的记述，也可能是作者的疏忽而造成的。尤其是像《西游记》这种经过诸多人修正润色的作品，这样的不合理是很容易产生的。因此，这也充其量只能是一条旁证。

证明两者成立之前后的最有力前提是：由作品可以作出梗概，但是由梗概不能作出作品。我们必须考虑到这一点。一般而言，事物从简单向繁复发展是毫无疑问的。但是，这并没有否定从繁复的事物中产生出简单的事物，何况由梗概不能作出作品。杨本并不仅仅是一部简本，也具备了梗概的特征。其文章简短概括，缺乏具体性的描写记述；对话也极少，几乎不用虚字。反过来说，就是专有名词很多。总而言之，它是努力用较少的字数来涵盖较多的内容、缺乏生趣的文章。这样的文章，并非从一开始就存在的。关于这个问题，胡适曾经说过一句意味深长的话：从杨本的一句"多得天神地祇助功"，可以造出几万字的世本妙文。杨本从文章的风格来看，确凿无疑是一部省略本。

杨本的基本性格可以概括如下：

杨本是省略本，因而对其增补的本子不会是世本，这是不言自明的。既然如此，以上也通过列举实例，详细说明了杨本不是世本的省略本。但是杨本的开头表现出王府本（世本所依据的版本）的特征，同时，杨本的前半部分内容与世本的差别不多。与世本差别较大的，是杨本的后半部分。审视这些差异，全部都是世本较为合理，有经过推敲的痕迹。杨本第17则与世本差异巨大，其中的问题点前文已经进行了考察。然而杨本第18、19、20三则，似乎与世本没有差别。较大的差异，存在于杨本第21则，即世本第二十三回以后。

也许杨本是根据王府本而作的省略本。世本也同样使用了王府本，同时从第十九回（相当于杨本第17则）开始，增加了润色修订。杨本中连续三则与世本没有差异的部分在后面也有，因此杨本这里的第18、19、20三则同样也没有问题。

杨本与世本之差别在后半部分较大，意味着世本在后半部分进行的改订比较多，也表明王府本在后半部分的修订不足。具体情况只能够通过杨本来观察，而前述的荆棘岭（世本第六十四回）故事传递出若干消息。明代盛于斯（1598～1637?）的《休庵影语》中有如下所述：

> 余幼时读西游记，至《清风岭唐僧遇怪，木棉庵三藏谈诗》，心识其为后人之伪笔，遂抹杀之。后十余年，会周如山云："此样抄本，初出自周邸。及授梓时订书，以其数不满百，遂增入一回。先生疑者，得毋是乎？"……

周如山的言论中有诸多错误，不足为信。荆棘岭相当于《老朴集览》的棘针洞，可见这个故事在元本中就已经存在，因此明本第六十四回不可能全部都是增入的。王府本的这部分，没有诱惑三藏的情节，由于世本等有，可能是因此而发生的误解。周邸（周王府）云云，大概也与周宪王混同了。

朱本的后半，使用了杨本的后半。因而杨本的刊行比朱本也要早。但是朱本的前半，使用了更为早期的文本《西游释厄传》。杨本、朱本这两者与世本的刊行孰先孰后，颇难下定论。另外朱本不像我们现在所利用的杨本那样错误很多，因此其后半可为杨本校订提供参照。

最后要向惠赠本书缩微胶卷的 G. Dudbridge 博士表达诚挚谢意。

（原刊于《神戸外大論叢》第二十四卷一号，1973 年）

《唐三藏西游传》(朱本)考

引　言

　　本书著录于孙楷第《日本东京所见中国小说书目提要》，题作《鼎镌全相唐三藏西游释厄传》，同氏《中国通俗小说书目》中有《鼎锲全像唐三藏西游释厄传》，记朱鼎臣编集，故又简称为朱本。昭和四年（1929）夏，本书由神田的村口书房发卖，而长泽规矩也在《斯文》第十二卷第一号（1930 年 1 月）发表了题为《西游记漫谈》的文章，骤然引起中国学界的关注。孙氏在民国二十年（1931）九月访日之际，详细调查了本书，在前述《提要》中发表了本书并非《西游记》的祖本，而是出自吴承恩本的简本的学说。除此朱本之外，村口书房还售出了世德堂本《西游记》，二部并为北平图书馆购入。本书一到北平图书馆，郑振铎马上就作了调查，与孙楷第一样也认为本书是吴承恩本的省略本（《西游记的演化》，1933 年 10 月）。另外被认为与本书是同一版本的另一部藏于日光慈眼堂，丰田穣陪同王古鲁一起在昭和十六年（1941）进行了调查，发表了《某山法库观书录》（《书志学》第十六卷第六号）一文。其经纬在王古鲁的《稗海一勺录》（《初

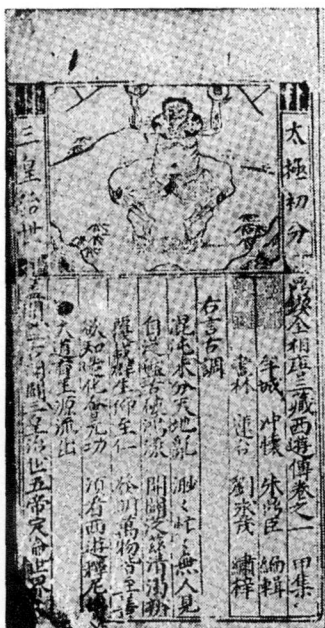

《唐三藏西游传》

219

刻拍案惊奇》,古典文学出版社,1957年,附录三)中也有记述,
而王氏对于本书仅言"简本之一种"而已。

之后,柳存仁在《西游记的明刻本》(《新亚学报》第五卷第
二期,1963年8月)中对本书进行了详细论述,强力主张世德堂
本是本书的增补本,与孙氏、郑氏的学说恰好完全相反。之后
笔者在当时俄亥俄大学语言学教授 William S-Y. Wang 先生
的鼎力相助下,得到了本书全卷的缩微胶卷,有幸可以对该问
题进行再检讨。以下将尽量不与诸氏之说相重复,试述其中的
重要之点。

（一）形 态 与 内 容

朱本分为十卷,各卷首末记有书名(但实际上只有十七
处),但彼此极为不统一。其中作"释尼"者有四处,而作"释厄"
者一处也没有。卷一开头部分的诗中也作"须看西游释尼传"。
世德堂本等其他诸本,此诗皆作"释厄"。如果"释厄"是正确
的,那么就是消除厄难之意,指克服了途中的八十一难;然作为
本书书名,根据多数,还是应该称为《唐三藏西游传》。

> 卷一　鼎锲全相唐三藏西游传　鼎锲唐三藏西游释
> 　　　尼传
> 卷二　鼎锲全像唐三藏西游传　鼎锲全像唐三藏西
> 　　　游传
> 卷三　锲全像唐三藏西游传　新锲全像唐三藏西游
> 　　　释传
> 卷四　新锲全像唐三藏西游释尼传　(缺页)
> 卷五　鼎锲全像唐三藏西游传　新刻全像西游传

卷六　鼎锲全象唐三藏西游传　唐三藏西游传

卷七　鼎锲唐三藏西游传　（破损）

卷八　新锲唐三藏西游传　（无记）

卷九　新锲全像唐三藏西游释尼传　西游传

卷十　鼎锲唐三藏西游传　鼎锓唐三藏西游释尼传

本书在书叶右半（a）板框外上方，有时记有数字。例如卷一的十三a记有二，卷二的一a记有三，最后卷十的十五a记有卄。除了若干例外，基本上是每十四叶加一个这种记号。但为何本书中没有一，二被记在第十三叶上呢？有可能是卷首有二叶脱落，上面有一的记号。第十三叶上记有二，因为实际上这是相当于第十五叶。如果是这样，那么脱落的二叶上可能是序文。当然，也会有可能上面不是序文而是目录，但要把十卷67则的目录收在二叶上基本是不可能的（半叶十行，所以总共只有四十行的空间）。

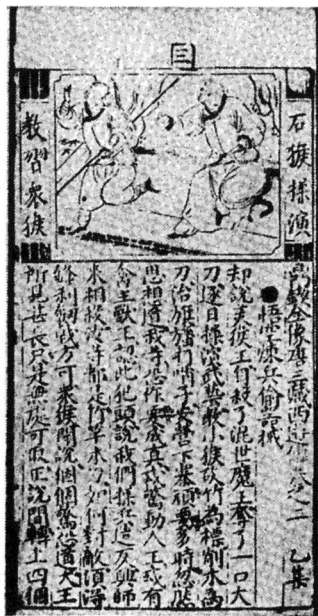

《唐三藏西游传》卷二首叶

本书不分回，但有则目。

今若以则目所分的各段为一则来计数，那么至朱本卷七（世德堂本中是第十五回的开头）为止，二～三则相当于世德堂本的一回。但此后就变成一则相当于一回，再是二回，不断增加，最终达到二十回（《三藏历尽诸难已满》）。换言之，与世德堂本相比，朱本离结尾越近，其简略程度就越是增加（但最后二则中，简略程度有所缓和）。

221

如此,朱本是一个前繁后简的虎头蛇尾本,难以称得上是全体均整统一的作品。因而在探讨朱本时,应该把它分为前半部分(至卷七第47则《孙行者降伏火龙》中的"龙舒利爪……今要成功各显能"词为止,即相当于到世本第十五回一八九页中段为止的部分)与后半部分(此之后)。

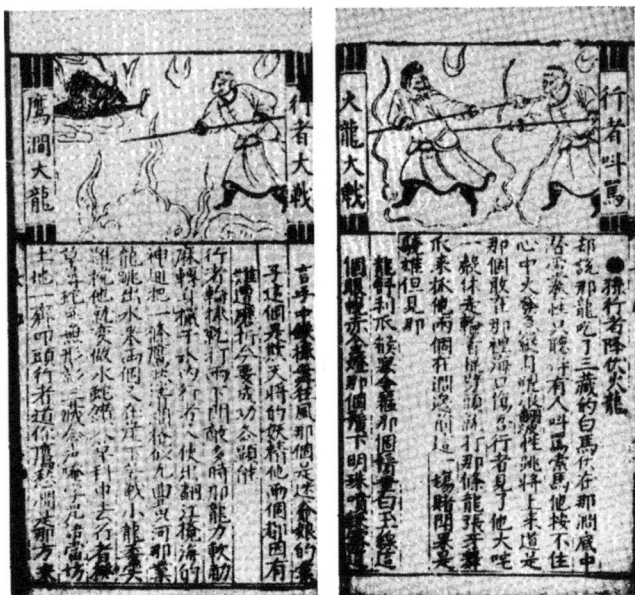

《唐三藏西游传》卷七《孙行者降伏火龙》

(二) 前半部(至第47则
中间为止)的问题点

朱本的前半部分行文详密,称之为简本并不恰当。但其字数比世本要少。

那么，朱本是否为世本或其同系统文本的节略本呢？答案是否定的。其理由主要有以下两点：

（一）从形式、内容来看，朱本的时间更早；

（二）朱本的内容中，有世本所没有的部分。

首先看第（一）点。

朱本分则，不分回。一般来说这样用则目表示段落的形式，如《全相平话》中所见那样，是一种早期形式，《永乐大典》本《西游记》应该也是分则本。后世把若干则合并，形成回。

朱本的前半部分，二～四则相当于世本的一回。如果朱本是对世本进行了省略，恐怕就没有必要做如此的细分。朱本或其系统本的二～四则归为一回就是世本，这样的观点合乎分则本被改编成分回本这一小说的发展趋向。杨本也采用了分则本的形式。但杨本的情况是：世本的一回乃至数回相当于杨本的一则，其一则极为简略。大体来说分则本要比分回本先行，但也有像杨本那样对分回本进行省略而形成分则本的例子。

其次，朱本的各卷开头首先是诗，接着是则目，然后进入正文。还有，各则必定是以诗或者与之类似的形式结尾。换言之，"且听下回分解"这样的结束文句之后会出现诗。这样的形式，在其他文本中未见类似的例子，比较特殊。例如第 1 则的结尾是：

> 两边有三十个小仙，侍立台下，果然是座仙境，且听下回分解。

> 大觉金仙没垢姿，西方妙相祖菩提。不生不灭三三行，全气全神万万慈。空寂自然随变化，真如本性任为之。与天同寿庄严体，历劫明心大法师。

第 2 则结尾是：

> 毕竟不知向后修些甚么功果，且听下回分解。

鸿濛初辟原无姓，打破顽空须悟空。悟彻菩提真妙理，断魔归本合元神。

第 3 则结尾是：

那祖师不多时觉来，舒开两足，口中自吟道：

难难难，道最玄，莫把金丹作等闲。不遇至人传妙诀，空言口困舌头干。

第 4 则结尾如下：

竟不知怎生结果，居此界终如何，且听下回分解。

贯通一姓身归本，只待荣迁仙箓名。四海千山皆拱伏，九幽十类尽除名。

对于这样的形式，我们应该怎样理解呢？

明代诸圣邻的《大唐秦王词话》，被视作反映出从鼓词向词话演变的倾向的作品。该书由八卷六十四回构成，各卷开头首先是诗，然后进入回，各回必定以诗词终结。这种形式在朱本中已经变得较为简略，而实质仍是一致的。但是《大唐秦王词话》中没有用"且听下回分解"之类的结束文句。现举第十回回末为例：

……正是人心恍惚威风散，将士犹疑壮气消。不知当夜厮杀胜败何如。

雄信怀奸图卖国，魏王拒谏弃忠良。军中若使谋臣在，安得山河属郑王。

一般的小说会把"不知"及以下的共十个字置于诗后，即回末，然后续以"且听下回分解"之类。《大唐秦王词话》没有用"且听"云云。但如果使用的话，"不知……"句位置不动，直接接在该句后面可能更为简便。假如诗后只加"且听下回分解"，那么就显得很孤立，反而不自然。

由以上来推测,朱本在"且听下回分解"等结束文句后放一首诗的形式是有历史依据的,大概是继承了说唱文学的传统。朱本各则最后出现的诗,都是带有佛教色彩的劝善文句,极为通俗。它们很多只是模仿了诗的形式而称不上是真正的诗,更不要说是文人之作。疑其作者,很有可能是尼姑、瞽者之类。这类诗在世德堂本中以原貌存在者较少,回与回的分界处出现的就割裂使用,回的中间出现的就以原貌保留或者删除。例如上引朱本则末的诗,第 1 则的在世本中由于出现在第一回中间,故而按原貌保留;第 2 则的被割裂,用于世本第一回的结尾处与第二回的标题中;第 3 则的以原貌存于世本第二回中间;第 4 则的在世本中割裂,用于第二回的回末以及第三回的标题中。

世德堂本是对朱本(确切而言是朱本的祖本)修正锤炼而来,这通过比较两者的回目、则目也可以得知。而朱本还保留了说唱文学的一些旧貌。例如:

> 三乘妙法请展开,诸佛菩萨降临来。积善之人宣一卷,三灾八难免熬煎。(卷六,第 37 则)

"宣卷"是指宣讲宝卷。此诗在世本(第十二回)中也没有。另外,以"争名夺利几时休"开头的诗(卷一,第 1 则)的前面,本书中有"有偈为证"(然"偈"字是以墨订正的),而世本(九页)改成了"正是那"。"偈"字的佛教色彩很浓。朱本与世本虽然故事的梗概大体相同,但其中表现出的作者的思想并不相同。朱本的民众性、宗教性倾向更强。以第十一回的借尸还魂情节为例,朱本中是由太宗之口说出"借尸还魂之事可信"(卷六,十叶),而世本中是由魏徵之口说出"……也有"(一四三页)。两者差异巨大,作者的立场展露无遗。当然并不是仅凭此就直接断定朱本更早,而若考虑到构成朱本之显著特征的通俗性倾向也同时显示出其内容较早，则大致不差。

明本中所见的龙马，早期文本中是火龙。世本第十五回（一九二页）有"纵火烧了殿上明珠"之语，保留了其早期的痕迹，而《销释真空宝卷》中作火龙，杨东来本《西游记》第七出也明确记载是火龙。朱本有则目是《孙行者降伏火龙》，上栏插图的左右所记文句中也屡屡可见"火龙"二字。这也是表明朱本较早的一个证据。

朱本中把关押孙悟空的五行山作火山，有云"只见对面处有一座火山"（卷六，三十二 b）；而世本第十三回（一七〇页）将"火"字作"大"。这两个字的误用之例其他地方还有，但从上栏插图来看，画的是火山的样子，其旁边的文字中也明确写着"五行火山"（卷七，一 a）。也许古时候把五行山当成是火山。如此这般，朱本与世本相比，形式、内容上都具有早期的一些元素。此类例子极多，不遑一一列举，此处仅再举一例，以下是《永乐大典》引用的早期《西游记》中的语句：

> 黄河摧两岸，华岳振三峰。威雄惊万里，风雨喷长空。

这首诗也见于朱本第 28 则《老龙王拙计犯天条》，而世本中没有。如果朱本是世本的省略本，那还有什么必要借用早期《西游记》中的语句增补进来呢？这足以证明朱本是继承了早期《西游记》。

接下来讨论第（二）点。

朱本卷四是陈光蕊的故事，世本中没有与此相当的部分。一般认为这是朱本从其他文本中采择和增补进来的。但它总体上是进行了省略，同时却又增补了这多达八则篇幅的内容，不太合常理。世本中有不少地方零散地言及陈光蕊的故事，是这个故事在之前就存在的痕迹，这样的观点是合理的。世本第十一回（一四六页）中以"灵通本讳号金禅"开篇的诗概括了玄奘的出生传说,第九十三回(一一七九页)中殷温娇讲述了与玄奘父亲结婚时的事情。第九十九回(一二四三页)灾难簿上列举的玄奘的八十一难中,从第一难至第四难是玄奘出生传说的内容。这个灾难簿具有总括小说全体、甚至像目录那样的重要作用,因此与之对应的故事不可或缺。而世本中没有这个故事,无疑是把它删除了。但由于其中只有第一难涉及玄奘前生,所以尽管没有实质性的记述也无妨。更早的时候,肯定也存在没有陈光蕊传说的《西游记》。但是在这种《西游记》中不会想到玄奘的灾难是八十一个。

判断陈光蕊故事是朱本所增补的依据,是它的行文较之其他部分更为拙劣,感觉它是性质不同的文本。的确,这一部分没有说唱文学的风格,行文呆板单调。它大概是将以陈光蕊为主题的传奇(戏曲)的情节进行稍微详细的归纳,以散文重写后插入的。这一部分之所以特别引人注目,是因为篇幅很大,组成了一大块。

朱本卷四《唐太宗诏开南省》的开头有"改元贞观,此时已登极十三年"的记载,接着展开陈光蕊的故事。但是卷六的开头也有"贞观十三年岁次己巳"。前者是玄奘之父陈光蕊结婚之前,后者是玄奘出生长大后,因而其间经过了约二十年。这个矛盾,显然是插入陈光蕊的故事时产生的。然而这个矛盾,并不能成为朱本是首次将陈光蕊故事收入的根据。为何?因为朱本是继承了先行文本。由朱本的古老性,推测出这种可能性较大。可以推测朱本的前半部分是根据《西游释厄传》而作的,而陈光蕊故事在此书中已经被采用;八十一难的目录,也同时在此书中被想出来。

另一方面,世本的先行本王府本是据《西游释厄传》而作,同时又把陈光蕊的故事(相当于朱本卷四部分)彻底删除了,这大概是注意到通过采用删除手段,矛盾就能轻而易举地解决。

但是相当于朱本卷四开头的小部分，即"陕西大国长安城，乃历代帝王建都之地，自周秦以来，三州花似锦，八水绕城流，三十六条花柳巷，七十二座管弦楼，真个是奇胜之方，今却是大唐太宗文皇帝登基，改元贞观，此时已登时十三年，岁在己巳"在世本（第九回）中以原貌保留，接在渔樵问答的开头（相当于朱本卷五《袁守诚妙算无私曲》的开头）。这造成了前后的不协调。究竟为何要从长安的繁华开始讲述？这是为了说唐代世道太平，因而科举再开，为陈光蕊应科举埋下伏笔。像世本那样把陈光蕊故事这部分删除，突然紧接着就是渔樵问答，唐都繁华的描写就没有了任何意义。世本的改订者可能也为了避开这个缺陷，接着写道"且不说…却（误作那）说…"，竭力进行文脉转换。笔者认为，朱本中的是本来面貌。

反过来说，也可以考虑是朱本插入了陈光蕊的故事。倘若如此，那么朱本就是注意到了世本第九回开头的不协调，于是穿插进陈光蕊的故事，的确是手法高超。这样有才华的编集者，为什么会犯贞观十三年的矛盾这样的失误呢？这是匪夷所思的。

朱本中，有段温娇把玄奘送走时作的一封血书。尽管这封血书非常重要，但仅见于朱本中。现将全文抄录如下：

> 温娇写刺血书，付与法明养我儿。父中状元陈光蕊，丞相殷开是外公。升父江州为州主，与母登途赴任居。婆婆张氏身沾病，万花店内寄婆身。双双行至渡江口，稍水刘洪接夫身。夫妇登船平稳过，谁知立起不良心。撑至孤村没烟处，将父谋杀逼娘身。身怀遗腹难从允，强从刘贼为犹夫。幸产我儿贼远出，孤托金山是法明。长大教他来寻母，血书为证莫埋沉。（卷四，十三 a）

"犹夫"原本误作"犹夫犹"，今据私见径改。这封血书是一种韵文，大致相当于说唱文学中"唱"的部分。第一句似有一字误脱。其次重要的一点是正如"孤托（托孤？）金山是法明"所言，没有把玄奘流到江里的事件。即朱本中殷温娇把玄奘托付给一位托钵僧（其实是南极星君的化身），这位僧人把玄奘带到金山寺（卷四，十一叶）。另外殷温娇在送走玄奘时，咬下他的一个脚趾为证（此事未记），再会后，从香囊中取出脚趾，与玄奘的脚完全融合为一体（卷四，十八 a）。此事在清刊诸本中的记述是，重逢后殷温娇只检查玄奘缺了一个脚趾就认定他是自己的孩子，对情节进行了合理化。

抚养玄奘长大的金山寺僧人之名，朱本中作法明，清代本也同样如此。世本第十一回的词（一四六页）中有云"海岛金山有大缘，迁安和尚将他养"，而朱本（卷六，十三 a）则云"托孤金山有大缘，法明和尚将他养"。即朱本中有好几处提到这个和尚，名字均作法明；世本中只出现一次，名字作迁安。

世本中作迁安，很可能与洪武十四年明州改称宁波的原因如出一辙。虽然在嘉靖、万历之际似乎还没有听说文字狱，但使用"法明"这样的文字可能还是危险的（按当时的通常读音，"法"和"伐"同音）。另外杨本第 11 则省略了前述的这首词，进行了散文化，但迁安之名是一样的。杨东来本《西游记》第三出作丹霞禅师，《陈光蕊江流和尚》（钱南扬辑《宋元戏文辑佚》一七一页）作迁安。钱氏在注中所云朱本亦作迁安，是有误的。

如果朱本是世本的省略本，那么其字句就应该全部是世德堂本里所含有的。但是除了玄奘出生传说以外，还有其他一些世德堂本中没有的字句却在朱本中出现的例子。如朱本（卷一，一 b）云：

真个（一座）好山，（四时有不谢之花，八节有长春之景，）有赋为证。

世本没有括号内的十六字（但"赋"作"词赋"）。朱本（卷六，十一a）又云：

> （却说唐太宗登龙位，左文右武众臣朝拜，退班各散。唐太宗对众臣曰，昔者寡人一梦，多得崔判官之力，临别之时，他再三叮嘱寡人，回转阳间教做）水陆大会，超度冥府孤魂，（就给）榜（文，颁）行天下……

世本第十一回没有以上（　）内的六十二字，而是补了另外的二十字取而代之。诸如此类，朱本具有世本所没有的文字的例子还有很多。但是两者共有的部分中，文字差异意外地较少，这种现象表明两者是属于同一系统，不容忽视。

朱本的前半非常详细，与世本第一回～第十五回前半字句一致部分有很多，表明两者具有密切关系。但是差异也不少。笔者推定的世本之先行本——王府本的种种特征，朱本并不具备。这大概是因为朱本所依据的文本当中，从起初开始就没有这些特征。由此看来，朱本所依据的并非王府本，而是比王府本更为古老的文本，即《西游释厄传》。

（三）后半部（卷七第47则的
中间以后）的问题点

朱本的前半，即至接近第七卷结尾为止，是朱鼎臣利用了所谓《西游释厄传》这一古本，对之进行若干省略而作成。（不仅仅是朱本，我们必须意识到所有上图下文版的正文中都会进行省略，否则将无法制版。）然而朱鼎臣似乎在编纂（确切来说是制版）过程中，感觉到《唐三藏西游传》的篇幅过大。（可能是刻书铺发出了怨言。）于是，似乎是到第 47 则《孙行者降伏火龙》（卷七最后一则）这里，突然中止使用《西游释厄传》，而改用杨本。至"龙舒利爪……"诗为止基本与世本相同，而接下来从"行者轮棒就打……"开始就几乎与杨本无异。"行者轮棒就打……"这段，杨本是在第 15 则开头的地方。朱本中这段在卷七的结尾处，乃是移竹接木，牛头不对马嘴。

朱本卷八以后完全脱离了《西游释厄传》，与杨本一致。这样一直到了卷九最后的第 60 则（相当于杨本的第 28 则），朱鼎臣似乎再次感觉到篇幅过大，于是采取了粗暴的处理方式。

他首先是把杨本第 29、30 两则全部删除，把杨本第 31 则置于朱本卷十开头的位置，作为第 61 则；接着删除杨本第 32 则，将杨本第 33 与 34 则、第 35 与 36 则各自进行省略和合并，作为朱本的第 62、63 则；未经过合并处理的朱本第 61、64、65 三则也并非完全照搬杨本原貌，而省略颇多；然而，朱本第 66、67 则，基本上保留了杨本第 39、40 则的原貌。

以上简述了朱本与杨本的关系，然还有必要进行若干补充说明。

朱本开始使用杨本，是在第 47 则的中间，相当于杨本第 15 则的中间。因而杨本第 15 则的则目《唐三藏收伏龙马》在朱本中未被采用。但是杨本第 15 则末尾的诗，被收在了朱本第 47 则的末尾。此后，杨本则末的诗见于朱本者有很多。而到接近全书结束时，杨本的诗在朱本中又不被收录了，这可能是朱本进行了省略。

杨本第 12 则末的诗，见于朱本第 39 则末。此诗在世本中没有，可能是杨本所依据的古本中恰好有这首。如果是杨本首次将此诗加入的，那么或许是朱鼎臣在编到这里时得到了杨本，为了表示纪念而插入了这首诗。看来朱本并非在一开始就完成了全部的定稿，而是根据制版情况不断地增减内容。例如杨本第 28 则末的诗在朱本第 60 则末也有,然而朱本又增加了一首,这或许是由于页面空白过多、形式不美观,故而朱鼎臣作了一首加进去了。反过来,没有余白时,朱本就把杨本的诗省略掉。

之所以认为朱本的后半是依据杨本而作,理由是:(一)朱本不仅完全原封不动地照搬了杨本的脱落、省略,(二)还有这个范围以外的脱落、省略。以下试举若干例子加以说明。首先是关于(一)的例子,杨本第 16 则(朱本第 48 则,卷八,二 b)有云:

> 正商议间,众僧供奉汤水,吃完,( )老孙去也,须臾到了南海……

排印本一二九页,( )内补了"行者说"三字,而实际上杨本、朱本俱脱落。

杨本第 17 则(朱本第 49 则,卷八,九 a):

> 唐僧上马加鞭,师徒上山顶而去。话分两头,又听下回分解。道路已难行……他知西去路。

这部分胡适指出杨本有脱落之处。朱本虽然有文字的些微差异,但基本上是相同的。将此与世本第十九回相较,世本没有"话分两头,又听下回分解",而有拜乌巢禅师的一段长文。当然杨本所据的古本,未必如世本那样。但是,由于杨本中文意不通,所以无疑有脱落。另外"道路已难行……"一诗,杨本、朱本中皆为十句,而世本中有二十二句。接着看关于(二)的例子。杨本第 31 则:

> 魔王走转,把鼻子一搋,口中喷出火来,一时(五轮车子)烈火齐起,(八戒道:哥哥快走,少刻把老猪烧得圆圆,再加香料,尽他受用。)行者虽然避得火……

朱本第 61 则(卷十,二 a)中,没有以上( )里面的内容。世本第四十一回(五二七页)中尽管字句有小异,但还是有这一部分的。

杨本第 37 则:

> 行者……把衣服(一齐)抓去,(八戒见)行者(抓去衣服,他)就做一泥鳅下水,在那妖女阴门口左冲右撞……

朱本第 64 则(卷十,十七 b,文字有小异)中省略了( )里的内容,所以骚扰女妖的人就不是八戒而变成了悟空!世本第七十二回(九二三页)将末句改成了"只在那腿裆里乱钻"。

以上所揭示的二本之差异,如果只限于单个例子的话,未必不能认为是朱本在前,杨本对其进行了增补。不过,若对朱本性格进行总体考察,还是会觉察到是朱本对杨本进行了删除。朱本中,没有与杨本第 29、30、32 则相当的部分,而这很难认为是杨本增补进去的。杨本第 32 则的前半是车迟国的故事,而《朴通事谚解》可以证明这个故事在元代就已经存在。还有,杨本第 29、30 则是乌鸡国的故事,而据《玄奘三藏渡天由来缘起》可以推测,这个故事似乎也在早期《西游记》(缘起本《西游记》)中就已存在了。这些并非杨本加进去的情节。朱本为了削减篇幅,故而把这些内容删除了。朱本第 65 则与杨本第 38 则相较,文字一致之处颇多,但朱本中不时进行省略。较大的省略是,到达金平府慈云寺后,观灯之事全部被删除,紧接着就是天竺国公主被藏匿于布金寺的情节。由于连布金寺的名称也被删除,所以变成是在金平府慈云寺得知天竺国公主的事件。假设朱本更早,是杨本增入了观灯之事,那么杨本中得知天竺国公主事件的场所必定会是金平府慈云寺,从而观灯的场所就不是金平府,而应该设定为其他地点。无疑这是朱本错误的省略。

朱本的编者朱鼎臣,似乎并非是对文学特别有见识的人,而是只要有书铺请他,就什么工作都会接受的人。为了与上栏全图这种特殊版式相配合,他能做的最多只是调整正文的字数。正因为如此,朱本较多地展现了古本的样貌,十分珍贵。但是他在编纂的半途中注意到分量过多,于是匆促改变方针,最终作出了这个虎头蛇尾的版本。

除此之外,朱鼎臣还编校了很多书,即《针灸全书》(编,万历十二年王氏三槐堂刊,内阁文库藏)、《新锲鳌头复明眼方外科神验全书》六卷(明龚廷贤撰,朱校,万历十九年,宫内厅书陵部藏)、《三国志传》(辑,见孙目。又见于刘修业《古典小说戏曲丛考》)、《南海观世音菩萨出身修行传》(同上)、《大明春》(集,尊经阁文库藏)、《海篇星镜》十九卷(明叶向高撰,朱编,明刊本,内阁文库藏)等。

（原刊于《神戸外大論叢》第十七卷四号,1966年）

世德堂本《西游记》(世本)考

　　该书收藏于北京图书馆[①]、日光慈眼堂、天理图书馆、浅野
图书馆(广岛市)。北京图书馆藏本是从神田的村口书房购入,
在此之前孙楷第特意访日,赴村口书房一览此书,在《日本东京
所见中国小说书目提要》中记述了其大要。人民文学出版社
1980 年出版的排印本,是以该本为底本,据数种明清刊本校订,
将世德堂本中所没有的清刊本第九回以附录形式插了进去。
日光慈眼堂藏本的情况,在《日光山天海藏主要古书解题》(长
泽规矩也编,昭和四十一年日光山轮王寺刊)里有记述。天理
图书馆藏本的情况,《天理图书馆藏〈新刻出像官板大字西游
记〉札记》(鸟居久靖撰,刊于《ビブリア》第十二号,1958 年)里
有稍为详细的记述。浅野图书馆藏本前半五十回缺,仅存第五
十一回以后的部分,是一个残本,《西游记的传本》(田中岩撰,
刊于《横浜大学論叢》第八卷人文科学系列第三号,1957 年)一
文里有记述。

　　关于这个版本的形态,可参以上所揭文献。另外还有一些
可以补充的要点,故将笔者所见简单记于此:

　　天理本的封面有"刻官板全像西游记"两行大字,中间以小
字记有"金陵唐氏世德堂校梓"。接着是秣陵陈元之撰《刊西游
记序》,半叶六行十二字。该序在《绘本西游记全传》中为泷泽
马琴所引用,亦收录于《帝国文库》本、《有朋堂文库》本(字句有
小异)。在中国,孙楷第的《日本东京所见中国小说书目提要》

　　[①]　译者注:即今国家图书馆,下同。

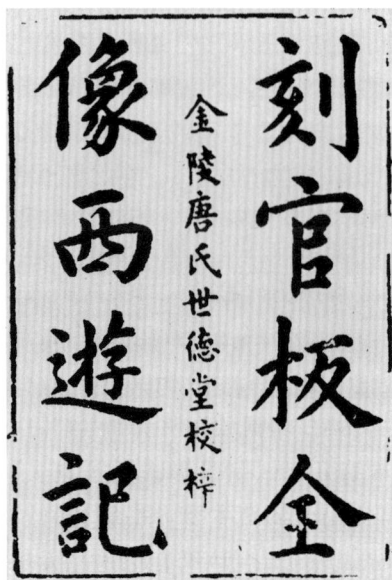

世德堂本《西游记》

中也有引用。但是孙目引用的序实际上是《鼎镌京本全像西游记》（清白堂本）中所载的，由于有错页故文意不通，并且把日期改用了世德堂本的。笔者推测，这也许是北京图书馆购入的世本，陈序有脱页而造成的。另《唐僧西游记》（蔡敬吾刊本）中也有陈序，而孙氏所见乃帝国图书馆藏的残本，没有序文。

以下据世德堂本录出陈序全文。但由于天理本有破损，在此据蔡敬吾本增补。句读为笔者所加，」表示换行，』表示换叶：

太史公曰，天道恢恢，岂不大哉，」谭言微中，亦可以解纷。庄子曰，」道在屎溺。善乎立言。是故道恶」乎往而不存，言恶乎存而不可 1a』若必以庄雅之言求之，则几乎」遗。西游一书不知其何人所为，」或曰出今」天潢何侯王之国，或曰出八公」之徒，或曰出」王自制。余览其意，近跅跅滑稽 1b』之雄，厄言漫衍之为也。旧有叙，」余读一过，亦不著其姓氏作者」之名，岂嫌其丘里之言与？其叙」以为孙，狲也，以为心之神；马，马」也，以为意之驰；八戒，其所戒八」也，以为肝气之木；沙，流沙，以为 2a』肾气之水；三藏，藏神藏声藏气」之三藏，以为郛郭之主；魔，魔，以」为口耳鼻舌身意恐怖颠倒幻」想之障，故魔以心生，亦心以摄，」是故摄

238

心以摄魔，摄魔以还理，ᵁ还理以归之太初，即心无可摄 2bᵁ此其以为道之成耳，此其书直ᵁ寓言者哉。彼以为大丹之数也，ᵁ东生西成，故西以为纪。彼以为ᵁ浊世不可以庄语也，故委蛇以ᵁ浮世。委蛇不可以为教也，故微ᵁ言以中道理。道之言不可以入 3aᵁ俗也，故浪谑笑虐以恣肆。笑谑ᵁ不可以见世也，故流连比类以ᵁ明意。于是其言始参差而诙诡ᵁ可观，谬悠荒唐，无端涯涘，而ᵁ谭言微中，有作者之心傲世之ᵁ意，夫不可没已。唐光禄既购是 3bᵁ书奇之，益俾好事者，为之订校，ᵁ秩其卷目梓之，凡二十卷数十ᵁ万言有余，而充叙于余。余维太ᵁ史漆园之意，道之所存，不欲尽ᵁ废，况中虑者哉？故聊为缀其轶ᵁ叙叙之。不欲其志之尽湮，而使 4aᵁ后之人有览，得其意忘其言也。ᵁ或曰：此东野之语，非君子所志，ᵁ以为史则非信，以为子则非伦，ᵁ以言道则近诬，吾为吾子之辱。ᵁ余曰：否否，不然，子以为子之史ᵁ皆信邪？子之子皆伦邪？子之子 4bᵁ史皆中道邪？一有非信非伦，则ᵁ子史之诬均，诬均则去此书非ᵁ远，余何从而定之，故以大道观，ᵁ皆非所宜有矣。以天地之大观，ᵁ何所不有哉？故以彼见非者非ᵁ也，以我见非者非也。人非人之 5aᵁ非者非，非人之非人之非者又ᵁ与非者也。是故必兼存之后可，ᵁ于是兼存焉，而或者乃亦以为ᵁ信，属梓成，遂书冠之。时壬辰夏ᵁ端四日也 5bᵁ

世德堂是金陵（南京）的书肆。它出版的书籍中，明确标记刊行年的有万历十三年的《节义荆钗记》、十四年的《断发记》《裴度香山还带记》、十八年的《水浒记》等。如果陈元之序所署的壬辰年设定为在此前后，那么应该是万历二十年（1592）。关于作序的秣陵陈元之这个人物，其生平详细未明。世德堂刊《唐书志传》（癸巳无名氏序。万历二十一年？）中记有"姑熟（孰？）陈氏尺蠖斋评释"，世德堂刊《宋传》（有癸巳序）中也记有"姑孰陈氏尺蠖斋评释"。另万历四十年周氏大业堂刊《东西晋演义》，有"秣陵陈氏尺蠖斋评释"。秣陵即南京，姑孰即安徽省当涂县城或其南的一条溪水。陈元之与陈氏尺蠖斋，不乏是同一人的可能性，大概是与书铺有密切往来的文人。

据陈元之序，可知《西游记》的旧本有未记作者姓名的序，里面记述了关于出场人物命名由来的穿凿附会之论。该旧本被唐光禄（世德堂为唐姓，故或许是其一族）购入，其价值为他所认可，从而校订出版。

世本的正文开头署有"华阳洞天主人校"。与陈序结合起来考虑的话，华阳洞天主人与唐光禄就是同一人。华阳这个地名很多地方都有，而这里指的是梁代陶弘景隐居的句容句曲山，即茅山。虽然也可以认为此地是华阳洞天主人的实际出身地，但这个号是一种游戏性质的号，它效仿了前述苏轼的题为《杨康功有石，状如醉道士，为赋此诗》的诗（本书第六二页），自比为茅山君，意为猴王（孙悟空）就是自己的掌中之物。

据陈元之序，《西游记》的旧本"或曰出今天潢何侯王之国，或曰出八公之徒，或曰出王自制"。"今天潢"指明代宗室，"何侯王"意为某个侯王。八公应该是指王的宾客。序文中在"天"和"王"处另起一行抬头写，是为了表达敬意，或许陈元之知道其间的事情。那么此处的"王"是谁呢？

天理藏本的封面上记有"刻官板全像西游记"，不仅是书名，也明确表明本书是根据官板而刊刻。藩府的刊本也属于官板。官板并非"上等之版"的意思。明代诸藩府中刻书很盛行（叶德辉《书林清话》）。据明代周弘祖《古今书刻》，山东鲁府刊行了《西游记》，另外登州府也有刊行。笔者将世本所据的旧本称为王府本，而这王府本无疑是鲁王府的刊本。登州府刊本可能并非王的改订本，而是另外的别本。首次将《古今书刻》介绍给学界的岛田翰，认为由于《古今书刻》中未著录万历刊本，因

而"其成书大概是在隆万之际"(《古文旧书考》)。之所以用
"万"(万历)字,也许是考虑到刊行与著录之间会有数年的时
差。由此推测,鲁府本《西游记》或许也是隆庆年间刊行的。

　　据《万历兖州府志》卷十《天潢志》、《藩献记》卷四、《明史》
卷一一六等可知,鲁恭王朱颐坦于嘉靖二十八年(1549)即位,
万历二十二年(1594)薨。鲁恭王以孝行闻,还有扶助贫者等善
行,故前后七次受到皇帝的表彰。可能他得词臣之协力,而改
订了小说《西游记》。

　　上引的陈元之序中有"今天潢何侯王之国"之语。笔者曾
经认为,"今"是"现在"的意思,即指明朝。但是杨闽斋本所附
陈元之序,日期改成了癸卯(万历三十一年),"今"字也随之删
除。因鲁王府在万历三十一年也还存在,所以"今"字没有删除
的必要。"今"大概是指现在的王、现健在于世上的王。陈元之
作序的万历二十年,鲁恭王尚在世,二年后薨,所以在万历三十
一年这个时间点把"今"字删去了。明代诸王极多,分散在各
地,所以其消息不一定会一一流传到民间。但可以想象鲁恭王
在当时很有名,所以薨去的消息等普通百姓也知道。

　　《古今书刻》没有提到鲁王府刊《西游记》是小说。但如果假
定它是小说,就与陈元之序非常吻合,没有任何矛盾;杨闽斋本陈
序的疑点也能得以解决;周如山的言论有误,而其原因也能想象
出来。杨东来本《西游记》总论中,提到在万历四十二年这个时
间,戏曲《西游记》还从未有过刊本。这并非蕴空居士的信口雌
黄。嘉靖间(1522～1566)的《晁氏宝文堂书目》乐府部可见《西游
记》之名,但它不一定是刊本。此类家藏书目通常以收藏数量之
富而自矜,故抄本理所当然也会收录在内。这部书目中偶尔有版
刻的注记。例如同是乐府部的《西厢记》条,注有"松刻一,京刻
一,闽刻一"。然而《西游记》条无任何注记。总之《晁氏宝文堂书
目》中,没有可以推定鲁府本《西游记》为戏曲的依据。《南词叙

录》中的相关记载，前文已述及（本书第一三二页）。

序文之后就是目录。首先题有"新刻出像官板大字西游记目录"，接下来是：

月字卷之一

第一回　　灵根育孕元源出　　心性修持大道生
第二回　　悟彻菩提真妙理　　断魂归本合元神
第三回　　四海千山皆拱伏　　九幽十类尽除名
第四回　　官封弼马心何足　　名注齐天意未宁
第五回　　乱蟠桃大圣偷丹　　返天宫诸神捉怪

到字卷之二

第六回　　观音赴会问原音　　小圣施威降大圣
第七回　　八卦炉中逃大圣　　五行山下定心猿
第八回　　我佛避红传极乐　　观音奉旨上长安
（第九回）　袁守诚妙算无私曲　　老龙王拙计犯天条
第十回　　二将军官门镇鬼　　唐太宗地府还魂

天字卷之三

十一回　　还受生唐王遵善果　　度孤魂萧瑀正空门
十二回　　玄奘秉诚建大会　　观音显像化金蝉
（以下略）

诸如此类，揭载了全二十卷百回的目录，各卷分别以某字来命名。此乃邵康节题为《清夜吟》的五言绝句：

　　月到天心处，风来水面时。一般清意味，料得少人知。

以上二十字，被逐一用于二十卷。

正文为半叶十二行，每行二十四字。每卷第一行题有：

　　新刻出像官板大字西游记某字卷之几

而卷十二、十三、十四、十五、十六、二十题作：

新刻官板大字出像西游记

另卷之三缺了"天字"，卷之四缺了"心字"，卷之十四缺了"意字"。

每卷第二行署有"华阳洞天主人校"，第三行署有"金陵世德堂梓行"，但卷九、十、十九、二十署"金陵荣寿堂梓行"，仅卷十六记有"书林熊云滨重锲"。正文以外的批评文句基本上没有，正文中个别处有两行小字夹注，例如：

（第一回第十叶上）灵台方寸山 _{灵台方
寸心也}

（同上）斜月三星洞 _{斜月象一勾三星象三点也是
心言学仙不必在远只在此心}

浅野图书馆藏本，虽然有些地方印版有磨灭，但情况不是很严重，远远比天理藏本容易阅读。似是补刻字体的错误叶有若干。

笔者认为世本《西游记》继承了鲁府本。它是个没有陈光蕊故事的百回本这一点，鲁府本也同样如此，而根据与杨本的对照，可以推测世本正文后半部（从第十九回开始）经过了较大的改订。

世本详密繁缛，至此《西游记》故事已最大限度地被囊括其中。之后的明刊本，多向着逐渐缩小的方向演变。但它们都是没有散文形式记述的陈光蕊故事这一点，与世本是相同的。清代本虽然复活了陈光蕊故事，改编了其前后顺序，但从全体来看，省略的程度有所增加。

鲁府本《西游记》与《西游释厄传》

我们知道世德堂本《西游记》的先行本有鲁府本，还有明代诸本之祖本《西游释厄传》。此两本现今俱不传。关于其形态与内容，前三章已尝试作了粗略的推测。本章将对其加以补充，进行稍为详细的考察。

（一）鲁府本《西游记》

既然世本继承了鲁府本，那么可以推测两书应该没有根本性的大差异。根据与世本的对照，疑似为世本之省略本的《西游出身全传》（杨本），后半部分与世本的差别较大。审视两书的差异，是世本进行了改良。杨本是据世本的前身——鲁府本而作，因此可以推测世本对鲁府本的后半进行了较大的改订。这样，杨本可以说是鲁府本的省略本，由于其省略程度较高，所以从此书无法详知鲁府本的实态。明刊三本中，保留旧形最多的是《唐三藏西游传》（朱本）。以下将通过考察朱本前半与世本的差异，来推测《释厄传》与鲁府本的样貌。

朱本的前半非常详细。笔者认为，这部分对《释厄传》的省略较少。另外朱本有自身特有的风格，若将其与世本中朱本所没有的部分相比较，会明显感觉到风格的差异。现举第一回为例，世本有而朱本没有的部分，除开细节大体上如下所示：

（一）天地之数……故曰人生于寅（人民文学出版社本

一～二页)

　　(二)跳树攀枝……绿水涧边随洗濯(四页)

　　(三)金丸珠弹……怎比山猴乐更宁(八页)

　　(四)天产仙猴……说破源流万法通(八页)

　　(五)头上戴箬笠……争似此樵能(十页)

　　(六)何不从他修行……向后必有好处

　　　　假若我与你去了……我要斫柴(十一页)

　　(七)鬟髻双丝绾……甲子任翻腾(十二页)

以上七处,(一)、(六)是散文,其余为诗词。除此之外,字句出入差异极少。那么以上这些内容,哪些是朱本的省略(即《西游释厄传》中有),哪些是鲁府本(以及世本)的增补(即《西游释厄传》中无)呢?笔者的推测是,除了(四)以外,其他六处是鲁府本的增补。理由为:

　　(一)世本的开头首先有一首以"混沌未分天地乱"开篇的诗,紧接着说道:

　　　　盖闻天地之数……故曰人生于寅。

这部分是邵雍《皇极经世书》中无稽的时间论,朱本没有这部分,诗后即刻就以"盘古开辟,三皇治世……"开始。世本的这部分,全体的节奏不一,行文也是装腔作势的玄学化的。朱本虽是省略本,但未必会把《释厄传》的开头骤然删除。这部分是鲁府本对《释厄传》的增补,那么与鲁府本中应该有的根据邵雍《清夜吟》进行分卷或许也有关系。

　　(二)跳树攀枝……绿水涧边随洗濯

　　这首词是以文人的眼光,描写了猴子天真烂漫地嬉游的场景。应是鲁府本的增补。

　　(三)、(五)、(七)均字句凝练优美,有文人之气。应是鲁府本的增补。

（四）字句素朴拙劣，应是《释厄传》中的。

（六）这部分是散文，借樵夫之口说人们应该重视孝道。朱本没有这部分，仅仅写到寻访神佛之住处。这大概是根据以孝行闻名的鲁王的提议而增补的。

此外，世本第一回"灵台方寸山"处有夹注"灵台方寸心也"，"斜月三星洞"处有夹注"斜月象一勾，三星象三点也，是心，言学仙不必在远，只在此心"（排印本十一页。删除了夹注，以脚注说明）。这是鲁府本增补的部分。朱本中没有，是由于依据的原本从一开始就没有。

如此，鲁府本对《西游释厄传》进行了增补，但肯定也有对《西游释厄传》进行省略的部分。其中最大的省略是删除了以散文写作的陈光蕊故事。鲁府本将这个故事删除，应是由于认为它的文学价值低劣，而也不能排除避免冒渎圣僧玄奘这样的理由。但这个故事构成世本第九十九回所见的厄难簿上列举的八十一难中的三难，即出胎几杀第二难、满月抛江第三难、寻亲报冤第四难，因此原来不可能没有。《西游释厄传》采入了陈光蕊故事，应该是属于玄奘所受的三个厄难。猜测鲁府本不仅将这个故事删除，还把《西游释厄传》的每数则合并为一回，将全体改编成百回。

可以推测朱本的分则是继承了《西游释厄传》。关于世本对则末的诗的处理方法，本书前文已有论述（第二二三页）。这种处理，当然在鲁府本中就已经采用了。此处追加相同的事例：

朱本卷七的前四则，相当于世本十四回全部。其第 42 则"五行山心猿归正"的则末没有诗。接下来的第 43 则～第 45 则则末有如下三首诗，而世本中全部省略了：

> 害人人害祸先招，祸福灾殃你怎逃。只想百年长富贵，谁知今日受艰劳。

> 隐隐菩萨相,堂堂观音容。残云薄雾里,行动显神通。
>
> 千回万转极跻攀,将谓青山尽此间。行到深山更深处,深山深处更深山。

可能是由于三首都极为拙劣,所以鲁府本在合并《西游释厄传》的四则时将它们删除。

朱本与世本有小异的情况下,究竟是鲁府本作了修改还是世本作了修改,难以下定论。例如悟空用虎皮做成短裙一样的衣物的故事,朱本第43则"孙悟空灭除六贼"中,是将剥下的整张虎皮切成四方形后制作,而世本第十四回(一七六页)有这样的描写:

> ……提起来量了一量道,阔了些儿,一幅可作两幅。
>
> 拿过刀来,又裁为两幅,收起一幅,把一幅……

补充了上面的三十四字。这部分如果考虑老虎和猴子的身型大小的话,可以判断世本是合理的,对朱本进行了修改,但鲁府本是否进行了这个修正则难以推定。

明代天启(1621～1627)年间编纂的《淮安府志》,记了"西游记"三字作为吴承恩(1500? ～1582?)的著作,可见这部小说的作者是吴承恩一说被普遍认可。然而《淮安府志》的记载仅有这三字,没有丝毫可以探究内容、版本的线索。另外现存《西游记》无一记有吴承恩之名,序跋等里面也无一言及其名。据传吴承恩还有《海鹤蟠桃篇》《二郎搜山图歌》之类的让人联想到《西游记》的作品。但这两篇都是歌咏图画内容,所以这类传说并非吴承恩第一个讲出来,而是自古以来就存在。在祝妇人长寿时引用蟠桃即西王母的故事可以说是一种常套,宋词中也有若干例子。二郎神的传说在唐代以后很流行,《朴通事谚解》本《西游记》中明显采用了。这两篇作品,都不能成为吴承恩是《西游记》的作者的旁证。

大体上，"吴承恩作者说"是在不知明本之存在的时候轻率采用的一种观点，提倡此说之人没能读到明本序文等。只有郑振铎注意到了陈序，认为吴承恩可能是藩王幕下的一个人物。吴承恩曾担任过荆王府纪善这个职务。但陈序中提到的王可能指的是鲁王朱颐坦（1594 年薨），吴承恩与鲁王的关系全然未知。然而吴承恩的故乡淮安，与鲁王府所在的兖州相距不算太远，因此不乏某个时期吴承恩曾在鲁王幕下的可能性。如果假定吴承恩与《西游记》有关系，那么或许就是他在鲁王幕下时，从事过改订《西游记》的工作。即他是鲁府本的改订者，而由于某些讹传，被认为是《西游记》的著者，这样的推测应该是成立的。

（二）《西游释厄传》

《西游记》诸本的开卷起始处，以"混沌未分天地乱"开头的诗的最后一句，世本等大多数版本作"须看西游释厄传"，据此推测《西游释厄传》（简称《释厄传》）是这部小说的旧名。

《释厄传》现今不存，而正如本书第十一章《〈唐三藏西游传〉考》所述，朱本为此书的省略本，世本为此书的增补本。但世本并非直接出自《释厄传》，而是出自《释厄传》的增补本——鲁府本。然而鲁府本今不存，现在以完整形式流传的《西游记》，以朱本、杨本、世本最为古老。本章将通过比较世本和朱本，尽可能地推测《释厄传》的旧貌。

首先比较朱本与世本的字数，可得下表。计算方法是：世本为一行二十四字，朱本为一行十七字，然后乘以各回的行数。由于假定各行没有空白，实际字数会比这里计算出的数字少一些。朱本没有表示回数，而以与世本相当的则来表示。另外世本所没有的陈光蕊传说部分即朱本卷四,由于最后有脱页,在此只能记录大致字数。

① 朱鼎臣本	② 世德堂本	二本之差(②-①)
第1~2则　4 981字	第一回　6 240字	1 259字
第3~4则　3 995字	第二回　5 952字	1 957字
第5~6则　4 250字	第三回　5 928字	1 678字
第7~9则　4 046字	第四回　5 736字	1 690字
第10则　3 315字	第五回　5 496字	2 181字
第11~13则　3 485字	第六回　5 640字	2 155字
第14~16则　3 060字	第七回　4 896字	1 836字
第17~18则　3 434字	第八回　5 664字	2 230字
第19~26则　约9 520字	(无)　0字	
第27~29则　3 621字	第九回　5 232字	1 611字
第30~32则　4 590字	第一〇回　5 712字	1 122字
第33~36则　4 627字	第一一回　6 072字	1 445字
第37~39则　3 281字	第一二回　5 448字	2 167字
第40~41则　3 211字	第一三回　5 376字	2 165字
第42~45则　6 137字	第一四回　6 528字	391字

正如以上所见,世本与朱本相较,量的方面远远更大。但由于世本不是朱本的增补本,所以这些数字对比只是表面的,没有什么深层意义。

其次从质的方面来看,两本的异同大致可以分成以下四项要素:

(一)朱本与世本的共有部分;

(二)朱本有、世本无的部分;

(三)朱本无、世本有的部分;

（四）朱本与世本文字相异的部分。

上述的二本之差，大致上相当于从（三）中去除（二）的部分。但由于（二）极少，所以粗略来讲所谓二本之差也就是（三）。差别最少的是第十四回，其次是第十回、第一回。差别最大的是第十三回。但这并非表示世本增补的字数，而是也加上了朱本省略的字数，所以不能仅仅通过此数就认为第十三回是世本中增补最多的。这个差别越小越有价值：因为我们可以由此看出二本均与《释厄传》接近。第十五回以降，差别变得更大，不再具有参考价值，因而上表将其省略。

（一）朱本与世本的共有部分

这部分当然《释厄传》中是有的。全体的量非常多，而如第十四回那样，可以说共有部分特别多的与原本接近。

（二）朱本有、世本无的部分

这部分应该也是《释厄传》中所具有的。朱本卷四全体为其中最重要的部分，而另一个特点是，朱本的则在世本中被合并时，省略了前后的文句。例如，朱本卷二"悟空炼兵偷器械"与"仙奏石猿搅乱三界"这二则在世本中被合并成第三回，而"悟空炼兵偷器械"最后部分为：

> 自此山中老猴者，阴司无名故也。［话分两头，毕竟且看后笔如何，又听下回分解。
> 一种灵苗秀，天生体性空。枝枝抽片纸，叶叶卷芳丛。］

［　］中是世本没有的内容。其中至"下回分解"为止是由于合并而舍去，而这首诗被省略，是因为它歌咏的是芭蕉，与这里的故事没有关系。这首诗在世本中出现于第三十八回（四九一

页），篇幅远远更长。这也许不是世本变换了位置，而是朱本误将它混入了。据此判断，《释厄传》应该也是像世本那样把这首诗放在隔得较远的后面。

另，以上引文中的"山中老猴者"似有误脱。世本（三八页）作"山猴多有不老者，以"。其他还有很多细节方面的例子，然而如果从量的方面来说，这类朱本有、世本无的部分并不多。尽管如此，仅见于朱本的诗词（并非正式的诗词，而不过是一种韵文）有四十首之多。其中十首被割裂修正，以某种形式也存在于世本中，而如果不与朱本相对照，就不能知道其本来为诗词者较多。它们不少是七言四句，也有五言四句、七言八句、七言十句。现仅举二例，在此虽附记了世本回数，但世本并未标记：

> 黄河摧两岸，华岳镇三峰。威雄惊万里，风雨振长空。（朱本卷五第 28 则，世本第九回。见《永乐大典》）

> 五庄观内一神仙，后园菓品不轻传。行者不合偷他吃，引起仙童闹声喧。恼发大圣凶狂性，推倒树木走西天。镇元转观心烦恼，要把师徒火熬煎。刚强果有刚强辈，法大还有法大仙。（朱本卷九第 54 则，世本第二十五回）

仅见于朱本的诗词，全部用于各则末。似乎朱本保存了很多《释厄传》则末的诗词。这样它们有幸流传下来，让我们据此得以推测《释厄传》的旧貌。它们类似于道情，与诗这种文体相距较远，不过是切割下来的词话的韵文部分。在即将收尾时有篇幅较长的，而可能不仅朱本是如此，《释厄传》也是这种样貌。世本将这类文字几乎全部删除，大概是嫌其过于粗俗，只将其中一小部分进行了省略和修正等保留下来。

（三）朱本无、世本有的部分

这部分由以下两种情况构成：

（1）《释厄传》有，而朱本删除的部分；

（2）《释厄传》无，世本补充的部分。

实际上要区分（1）和（2）非常困难，而可以尝试的一种方法是，根据前后关系以及接续方式、其内容等进行推测。现分别举若干具体例子。

（1）

将朱本中字句不完整、文意不通的地方，与世本对照后就能很容易理解，这种情况推测可能是朱本对《释厄传》粗率地省略而造成的。例如世本第九回（一二一页）：

> 不觉红日西沉，太阴星上。但见：（烟凝山紫归鸦倦，路远行人投旅店。渡头新雁宿睡沙，银河现。催更筹，孤村灯火光无焰。风袅炉烟清道院，蝴蝶梦中人不见。月移花影上栏杆，星光乱。漏声换，不觉深沉夜已半。这泾河）龙王也不回水府，只在空中……

朱本无（　）内的内容。然而既然有"但见"一词，那么显然后面应该有一段词之类的文字。但并不能保证其就是和世本中的这段一样。还有世本第十回（一二五页）：

> 原来是秦叔保徐茂公等将着一个血淋［淋］的龙头掷在帝前。（启奏道：陛下，海浅河枯曾有见，这般异事却无闻。）太宗（与魏徵起身）道：此物何来？

（　）内的内容朱本没有，这是朱本删除过度，《释厄传》中应该是有的。因为臣下扔出一个龙头一句话都不说，皇帝先开口说话，这样的事情是匪夷所思的。《释厄传》是几近完成的《西游记》，不至于在这类问题上有疏忽。世本第五回（五五～五六页）有：

> 王母娘娘设宴……即着［七衣仙女］（那红衣仙女、青

　　　衣仙女、素衣仙女、皂衣仙女、紫衣仙女、黄衣仙女、绿衣仙
　　　女)各顶花蓝,去蟠桃园摘桃……

[ ]内的内容世本没有,( )内的内容朱本没有。《释厄传》中
情况如何呢? 估计是与世本接近。七衣仙女在此处是首次出
场,那么理所当然要列出全部的名字。朱本、世本都在此处稍
后出现青衣女、红衣女的名字。朱本在此处未列举她们的名
字,是由于没有读后文,而稀里糊涂地总括为"七衣仙女"。世
本第四回(五三页):

　　　玉帝即命(工干官张鲁二班,在蟠桃园右首起一座齐
　　　天大圣府,府内设个二司,一名安静司,一名宁神司。司俱
　　　有仙吏,左右扶持。又差)五斗星君送悟空[前]去到
　　　任……

朱本卷二第 9 则没有( )内的四十八字。朱本中建起齐天府
之事,见于之后的卷二 30b。这也是《释厄传》中有而被朱本糊
涂地删除的例子。

　　　(2)
　　　世本第九回有张稍(渔翁)与李定(樵夫)唱和的十四首诗
词,而朱本卷五第 27 则中以△标记的六首没有:

　　　　　1、2 蝶恋花　 3、4 鹧鸪天　 △5、6 天仙子　 7、8 西江
　　　月　 △9、10 临江仙　 11、12 诗　 △13、14 诗

二本共有的八首无疑是《释厄传》中具有的。那么朱本没有的
那六首是属于(1)和(2)哪一种情况呢? 笔者推测六首都属于
(2),即它们是世本的增补。

　　　3、4 词的大意是各自夸耀河边与山间哪里有美味的食物。
7、8 也是各自讲述生活的乐趣。5、6 虽然是重复了 3、4 的内容,
却缺乏 3、4 那样的具体性。9、10 是说生活的优雅。总而言之,

3、4、7、8 是从物质层面讲述生活的乐趣；与之相反，5、6、9、10可以说是从精神层面描写生活的乐趣。可是第 10 首词后渔翁的言辞中有"这都是我两个生意赡身的勾当……"之语（二本均有）。"这"字指的是什么？从词的内容看，无疑是指 3、4、7、8。而 5、6、9、10 的内容中包含有与所谓"生意赡身的勾当"不相吻合的部分。假如考虑这四首是后来插入的，那么就能理解此处多少感觉不太自然的展开方式了。13、14 的联句，字句凝练，应是文人所作，但接续方式上也有问题。至 12 为止是渔翁与樵夫的各自夸耀之语，然而到 13、14，这种对抗意识突然消失了，变成无论是河边还是山间都没有区别，赞美自然间的生活。总之就是两人的感情完全融合在一起了。但随即张稍就挖苦李定说，回到山里当心不要被老虎吃掉啊；李定也不甘示弱，讽刺说，当心不要翻船死掉啊——马上就是这样的互相争吵。虽然关系亲密的人之间吵架是常有的事，但这里的接续方式非常不可思议。现暂且除去 13、14 的诗，至 11、12 为止依然是两人互相夸耀，各不相让。朱本随即就是：

> 张稍道"李定，我两个真是微吟可相狎，不须檀板共金樽"，二人行到那分路去处，躬身作别……

没有 13、14 的联句。张稍的这句话多少有些不协调，放在这个语境中不是很合适，然二本均有这句话，应该是《释厄传》中就有的。至此两人的感情似在向着和解的方向移动，但之后又发生了争吵，所以联句就不需要了。如果此处插入联句，后来发生吵架就变得更加不自然了。这一部分显然是朱本保留了旧貌，世本则增补了 13、14。

《永乐大典》所引《西游记》中所见的龙王拜访卖卜者袁守成的一段，即从开头到"乃作百端磨问，难道先生"（这部分似有误，但此处暂且置之不论）为止的 237 字，相当于朱本卷五第 27

则"袁守诚妙算无私曲"全部约1 800字,可见朱本增加了七倍以上。朱本的这一部分应该是《释厄传》中就有的,因此《释厄传》的详细程度是《永乐大典》所引《西游记》无可比拟的。《永乐大典》本中虽然出现了张稍、李定两个渔翁,但全然没有两人唱和的诗词。到了朱本,把李定的身份变成樵夫,情节变成渔翁与樵夫各自夸耀自己的生活,唱和了八首诗词。先行本《释厄传》中应该也有这八首诗词。

《西游释厄传》与《永乐大典》所引《西游记》相比,有了显著的发展,面目一新。从朱本的推测来看,《西游释厄传》的文章较为素朴,文句有推敲不足之处。

(四)朱本与世本文字相异的部分

这部分也与(一)～(三)有重合,以单纯形式存在者较少。概言之,世本较为精良,而暂且搁置优劣不论的话,这里当然是朱本保留了《释厄传》的旧貌。例如,悟空挂起齐天大圣的旗子,要求天界给他封这一官衔,朱本中随后有这样的问话:

> 不知上天肯与我齐天大圣之官衔也。

而世本第四回(五三页)改作:

> 但不知上天可有此齐天大圣之官衔也。

朱本断定齐天大圣这个官衔是一直以来就有的(或者并没有考虑是有是无),显得很无知;而世本考虑到要求封一个不知是有是无的官衔看起来不合情理,所以让悟空有这样的发问。相比之下,世本更为合理,且同时使得悟空这只猴子接近人类形象了。

对悟空在龙宫得到金箍棒等归去时(第三回,三四页;朱本卷二,第5则)的描写如下:

悟空[道：多承列位厚赠。就]将金冠金甲云履都穿戴停当，使动如意棒，一路打出去。[悟空就拜辞分别]（对众龙道：聒噪，聒噪）。四海龙王甚是不平，一边商议进表……

[　]中的内容世本没有，（　）中的内容朱本没有。此处世本把悟空塑造成傲慢的形象，朱本则应是保留了《释厄传》旧貌。此后的表文（三九页）云：

他仍弄武艺，显神通，[大闹海中，惊伤水族]（但云：聒噪，聒噪），果然无敌，甚为难制。

世本（或许鲁府本也是）的改订者似乎很喜欢这"聒噪"一词。据胡适的观点，"聒噪"是表示感谢之意的词语，现在安徽绩溪（胡适故乡）仍在使用"姑噪"一词。现查阅记录江苏方言的若干文献，明代顾起元《客座赘语》卷一"方言"条有"扰人曰聒躁"，《东台县志》（嘉庆刊，作聒噪）、《重修丹阳县志》（光绪刊）亦有同样解说。《昆山新阳合志》（乾隆刊）中有"谢人曰聒噪，取搅扰意"。《西游记》的"聒噪"单是"打搅"之意还是感谢之意，难以遽然断定，但感谢之意是从"打搅"之意引申出来的，所以可能不存在根本性差异。总之这个词语大致是鲁府本或者世本的改订者所加的，但不能断定此人是否是吴承恩。

以上，暂且不论朱本与世本的优劣，总之可知世本进行了有意识的修正。但在细节部分，尚不明确其修正意图的小差别也有很多。例如世本第十二回有如下一段：

那皇帝早朝已毕，帅文武[众]（多）官，乘凤辇龙车……下了车辇，引着[文官武将]（多官），拜佛拈香……

诸如这般，朱本（《释厄传》中也是同样）的"众官"和"文武将官"，世本改成了"多官"，理由不明。

那么通过以上的考察,尽可能地推测出的《释厄传》究竟是一部怎样的书呢?关于其形态,前文已有论述,现总结如下。

可以推测,《释厄传》不是分回本(指分成回,明确标示回数),而是超过 250 则(称之为"段"或"回"也无妨。按理说称为回是正确的,但它比分回本的回远远要短,为表示区别,故称为则)的庞大并且详细的文本,没有标示第几则,而是仅有则标题。似乎是各则的最后"且听下回分解"之后有诗歌之类的这样一种说唱文学的形式。书中有陈光蕊的故事,养育玄奘的僧人名为法明。虽然从总体来看,世本(鲁府本)要更加详细和合理,但其中不过是纯粹为了扩大篇幅而增补的部分有很多,有过于繁杂之嫌。世本(鲁府本)似乎对很多诗词进行了增补改订,这一点必须注意。

出自《烂柯经》的引文,朱本(卷五第 30 则)、世本(第十回开头)两者相同。因此这应该是《释厄传》中就已经存在的。《烂柯经》为明代朱权(1375? ~1449)所撰,有明正德(1506~1521)刊本。这或许也能为我们推测《释厄传》成立的上限提供参考。

明代本系统表

```
《西游释厄传》┐                              ┌──(前半)
             │            ┌──杨至和本──朱鼎臣本
             │    ┌┄┄┄┄┘              └──(后半)
             │    │
             └────┴──鲁府本════════════世德堂本
```

注:=表示增订,—表示可能是同一种而有若干省略,-----表示大幅度省略。

[十四]

明刊本《西游记》考

引　言

有一说认为,明刊本《西游记》除了《唐三藏西游传》(朱鼎臣本)、《唐三藏出身全传》(杨致和本)以外,可以分为华阳洞天主人校本和李卓吾批评本两个系统(孙楷第《中国通俗小说书目》)。

华阳洞天主人校本系统的世德堂本前文已有论述,故以下将对其他诸本进行粗略说明。首先,结论可以归结为以下诸点:

(1)将明刊本《西游记》分为华阳洞天主人校本和李卓吾批评本两个系统,这样的分类是不正确的。不如分为繁本和简本这两个系统;

(2)华阳洞天主人校本有三种:《新刻出像官板大字西游记》(世德堂刊)、《唐僧西游记》(有蔡敬吾刊本、朱继源刊本等)、《鼎镌京本全像西游记》(清白堂杨闽斋刊本)。虽然它们具有形式上的共同点——都有陈元之序、分成二十卷一百回,但是彼此内容有异,不可能是同一个人校订了内容不同的三种版本。因此,"华阳洞天主人校"的文字没有什么太大的意义,以此作为版本名称不妥;

(3)繁本有世德堂刊本以及李卓吾批评本,简本有《唐僧西游记》(蔡敬吾刊本、朱继源刊本)、《鼎镌京本全像西游记》(清白堂杨闽斋刊本)以及《新刻增补批评全像西游记》(闽斋堂杨居谦刊);

(4)繁本中,李卓吾本的正文与世德堂本基本无差别,可以说两者是同一种;

(5)简本中,《唐僧西游记》为世德堂本的省略本,杨闽斋本参照了《唐僧西游记》对世德堂本进行省略,闽斋堂本为李卓吾批评本的省略本。概言之,《唐僧西游记》的省略最少,闽斋堂本的省略最多；

（6）明刊诸本均出自世德堂本，因此在《西游记》成立史上不具备独立的价值。只有《唐三藏西游传》（朱鼎臣本）、《唐三藏出身全传》（杨致和本）这两种和世本不属于同一系统，具有值得我们重点注意的内容。

（一）李卓吾批评本

这一版本，日本的内阁文库、已故奥野信太郎氏、田中谦二氏、宫内厅书陵部、浅野图书馆、广岛大学等有收藏，另外巴黎的国家图书馆也有藏本。中国似乎没有收藏。暂且除去巴黎藏本，仅日本所藏的可以分成三类，在此分别称为甲、乙、丙本。甲本是内阁文库本、已故奥野氏藏本，乙本是田中氏藏本、书陵部藏本，丙本是浅野本。广岛大学本据说与浅野本相同，但未见。三类的共同点是均为百回不分卷、正文十行二十二字、回末有总批，而主要相异之处如下（○表示有，×表示无）：

	封面	袁题辞	凡　例	批点西游记序	批
甲本	×	○	○内阁　×奥野	×	栏上（一行三字）
乙本	○	○	×	×	行间
丙本	○	×	×	○	栏上（一行四字）

甲本

内阁文库藏本

封面缺。开头有"题辞"。半叶四行八字。末尾署有"幔亭过客"，钤有"白宾""字令昭"的印章。此为明末清初的文人袁于令。该文收录于《日本东京所见中国小说书目提要》。接下来是"凡例"，分"批着眼处""批猴处""批趣处""总评处""碎评处"五条来概括批评旨趣。半叶六行。上空一个字的位置，为每行十三字。无署名等。然后是目录，第一行为：

李卓吾先生批评西游记目录

半叶十行。接着有一百叶图。其中可见刻工名者如下（平凡社版拙译本揭载了全图，虽然不甚清晰，但名字可以看出来）：

第　二　回 b　卓然

第　七　回 b　君裕刘刻

第七十一回 a　汤维新摹

第八十二回 a　刘升伯刻

第八十五回 a　刘升伯刻

第　百　回 a　旌德郭卓然镌

刻工刘君裕也刻过《李卓吾评忠义水浒传》（袁无涯刊本）、《二刻拍案惊奇》（尚友堂刊本，崇祯壬申序）里的插图，郭卓然之名亦见于《醒世恒言》（叶敬池本，天启丁卯序）、《宣和遗事》（明刊本），由以上两点推断，本书应该是明末天启、崇祯之际的刊本。正文第一行仅题"西游记"，第二行记有"第一回"。署名等全无。第二回以后不再记书名，直接就是"第几回"。叶数每回另起。正文半叶十行二十二字。批语在上方，于版框外以细字记录，

李卓吾本《西游记》

回末紧接着正文下降二字有"总批"。

已故奥野信太郎氏藏本

封面缺。与内阁文库本一样，卷首有袁于令的"题辞"。没有内阁文库本中所见的"凡例"，直接就是目录。第一行作"李卓吾先生批评西游记真本目录"，加了"真本"二字。其他同内阁文库本。总之两者是同版，而该本由于是后刊，所以只加了"真本"二字。该本没有凡例，不知是脱页还是本来就没有，情况不明。

乙本
田中谦二氏藏本

封面有"李卓吾先生原评西游记"，左侧有三行细字识语。其文字印刷不甚清晰，而与浅野图书馆本等是相同的。

首先有袁于令的题辞，行格与内阁本一样是半叶四行八字。字体也非常相似。无凡例。接着是一百叶图像。记有刻工名的只有第七回 b 与第百回 a 两处，而这两处与内阁本相同。然后是目录，第一行作"李卓吾先生批评西游记目录"。行格与内阁文库本一样是半叶十行二十二字，正文第一行仅记"西游记"。以下各回开头仅记"第几回"，未记书名。正文的行格亦与内阁文库本相同。总之该本是依内阁文库本模刻的，但把栏上的评语移到了行间，版框也比内阁文库本更粗，句读的圈更大，标记于文字的中央（内阁文库本是以较小的圈不太显目地标记于文字的右下方）。句读除了圈以外，还用了黑圈和黑点，极其不统一，这一点也与内阁文库本明显不同。

书陵部藏本

至第二十五回为止，每回的开头插有两幅图，第二十六回以后无。除此之外，全部与田中本相同。

丙本
浅野图书馆藏本
封面刻有"李卓吾先生原评」西游记"两行文字，有如下刊语：

> 西游记尘矣乃尘以去而新西游以不去而新盖有不尘」者在也水浒三国鼎峙中原今梨枣谢芒鱼豕混体本」坊倩名家细绘神工精梓他刻迥异观者幸留意焉」

另外钤有"书业堂图章"方形朱印。

开头记有"批点西游记序"，第二行以下记有如下文字：

> 不曰东游，而曰西游，何也？」东方无佛无经，西方有」佛与经耳。西方何以独」有佛有经也？东生方也，『心生种种魔生。西灭地也，」心灭种种魔灭，魔灭然后」有佛，有佛然后有经耳。」然则东独无魔乎？曰：已」说心生种种魔生矣，生则『不灭，所以独有魔无佛」耳。无佛则无经可知。记」中原言南赡部洲，乃是」口舌凶场，是非悲海，如娶」孤女而云挞妇翁，无兄而』云盗嫂，皆南赡部洲中」事也。此非大魔乎？佛亦如」之何哉？经亦如之何哉？此」所以不曰东游，而曰西游」也。批评中，随地而见此意，」职须读者具眼耳。」秃老
>
> 　或曰，自有东胜神洲，乃以南」赡部洲当之，是木火并作一」方矣。或又曰：木生火，举南而东』在其中，犹东可概南也。秃老」闻之，叹曰：两家都饶舌，且迟」他十年看《西游记》，可也。

图为每回二叶，总计二百叶，统归在卷首。图与内阁本等不同，图所附说明语句也有异。亦无刻工名。正文十行二十二

字，与内阁本等相同，而字体更粗，力度更强，稍拙。批语虽然在栏上，但为一行四字，与内阁本不同。封面所见的书业堂是清代苏州的书铺，刊行了《说岳全传》《龙图公案》《豆棚闲话》《东西汉全传》《平妖传》等。过于迷信封面固然比较危险，而田中岩认为该浅野图书馆藏本为明刊本的观点，可能有误。但是，该本有《批点西游记序》，十分贵重。也许它是继承了某种未知明刊本的清刊本。

巴黎国家图书馆藏本

该本在郑振铎《巴黎国家图书馆中之中国小说与戏曲》一文中有介绍，说它是金陵大业堂的重刊本。大业堂在万历四十年刊行了《西汉通俗演义》《东西晋演义》，由此推测该书大概也是在此前后刊刻的。

（二）《唐僧西游记》

此书藏于日本国会图书馆、叡山文库、日光慈眼堂，中国未闻所藏。

国会图书馆藏本

卷一（第一回～第五回）与卷十二（第五十六回～第六十回）阙。该部分据所谓的李卓吾评乙本补写。其他部分为本来的刊本，半叶十二行二十四字。与叡山文库本应是同版，而本书印刷在前，较为清晰。此外，叡山文库藏本有若干补修。显著的例子是遇到叠字的时候，国会图书馆藏本是用重复记号（大致如"乚"的字形），叡山文库藏本将此还原成了本字。也许是由于这个记号笔画简单，所以印刷时受到的压力较大而容易磨灭，由此造成的弊端是这些地方看起来像缺字一样，所以又替换成了本字。另外该本靠近板框的部分版木破损，往往无法阅读，而可以辨认出叡山文库藏本这部分的版木有经过补修的痕迹。但是这类补修仅限于极个别的局部，因此基本上不妨说它们是同版。

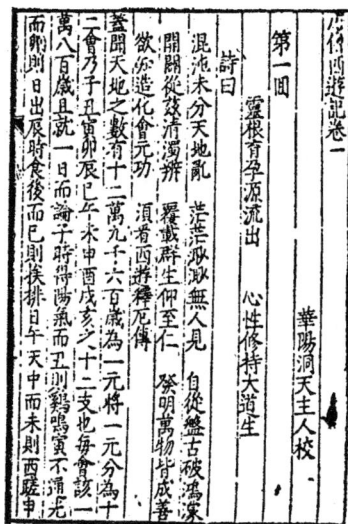

《唐山西游记》（叡山文库藏本）

叡山文库藏本（蔡敬吾刊本）

　　表纸记有天海藏，封面缺。首先是陈元之序，行格、字句均与上述世德堂本相同，只有世德堂本的"唐光禄"在该本中改成了"余友人"，最后加了一行"虎林王镆君平拜书"。次叶是全二十卷百回的目录，第一行记有"唐僧西游记目录"。有图四面。正文中首先记有"唐僧西游记卷一。」华阳洞天主人校。」第一回"三行，第四行是回目。半叶十二行二十四字。以下各卷卷首均有图四面，全卷共计八十叶。书名仅记于各卷卷首，虽然有些地方由于版面破损而不太清楚，但都可以认出是"唐僧西游记"。第十八卷的图第一叶有"全像书林蔡敬吾刻"的木记。此图的画风与其他并无特别的不同，因此可以认为全卷都是蔡敬吾书林所刻，而有可能蔡敬吾是购买该本版木进行了补修刊行。总之能够推测刊行者线索的部分只有这些，所以暂且将该本称作蔡敬吾刊本。

　　无论是国会图书馆本还是此叡山文库本，版心部分都极为不统一。即既有黑鱼尾，又有白鱼尾；书名有记作如"西游记卷二"那样的，也有记作"西游记二卷"（后者的"卷"肯定是一种简略字）那样的，还有什么字都没有记，以及仅画了罗纹状花纹的，等等，怀疑是插叶，但通过对比来看，国会本与叡山文库本同一叶又是一致的。以此推测，这类不统一是当初开始就存在的。

日光藏本

该本著录于《日光山天海藏主要古书解题》一一四页，题作《唐传西游记》；又见于《日光山慈眼堂书库现存汉籍分类目录》，题作《唐僧西游记》，因而似乎是晚于前述的叡山文库藏本的印本。

封面有"二刻官版唐﹂三藏西游记"两行大字，其中间夹有"书林朱继源梓行"。据此，该书的刊行者就是朱继源，但也不得不注意如前所述的很多时候仅依赖封面并不可靠。关于朱继源这个刊行者，生平全然未知。

该本卷首有与世德堂本的行格完全相同的陈元之序。正文半叶十二行二十四字。每卷第一行记有"唐僧西游记（仅卷一作'唐传西游记'）卷几"，第二行记有"华阳洞天主人校"。

△

（三）杨闽斋本（清白堂本）

该本藏于内阁文库，《日本东京所见中国小说书目提要》亦著录，然尚有未完善处，故在此作粗略说明。该本有封面，上题两行大字：

　新镌全像﹂西游记传

中间夹有"书林杨闽斋梓行"一行小字。第一叶是"秣陵陈元之撰"的《全像西游记序》,半叶六行十五字,故行款与世德堂本不同,文字也有若干差异。此序收于《日本东京所见中国小说书目提要》(旧版一四一页,新版一〇三页),然误字较多,另外日期也用世德堂本上的进行了偷梁换柱。文中有不通的地方,但这并非孙氏的误记,而是原本将世德堂本的第三叶和第四叶颠倒刊刻了。也许这是装订有误,但装订者没有注意到。现将三本序言的重要差异列举如下:

世德堂本(天理)	蔡敬吾本(叡山)	杨闽斋本(内阁)
出今天潢何侯王之国	今	(无今字)
唐光禄既购是书	余友人	唐光禄
壬辰	壬辰	癸卯
(无错简)	(无)	(有)

通过上表的"唐光禄"可知,杨闽斋本的序不是从蔡敬吾本等《唐僧西游记》中采入的。蔡敬吾本作"余友人",故不应该会改作"唐光禄"。

杨闽斋本的目录具有装饰性,颇富雅致。第一行题"新镌京板全像西游记目录",以下在回目的上方,有诸如"月字卷一"之类四个大字置于云形框中,其下方各记有五回的回目。像这样使用《清夜吟》文字来分卷的,只有世德堂本。如此,全二十卷百回的目录结束后,终于进入正文。正文第一行有"鼎镌京本全像西游记卷之一",接着记有"华阳洞天主人校,闽书林杨闽斋梓"二行,第四行记有"第一回"。半叶十五行二十七字。全叶是上图下文的形式,图的左右各有四个说明文字。例如卷一第一叶 a 有"天地混沌,鸿濛初开",b 有"东胜神洲,花果仙境",诸如此类。卷二(即第六回卷首)记有刊行者信息"清白堂杨闽斋梓"。像这样使用清白堂之称的,其他还有卷三、七、八、

九、十四、十五、十六、十七、十八、十九。清白堂是福建有名的书铺,其他记有清白堂之名的书还有《大宋中兴通俗演义》(嘉靖三十一年)、《全汉志传》(万历十六年)等,记有闽斋之名的书还有《三国志传》(万历三十八年)等。此《三国志传》中作"明闽斋杨起元校",可见闽斋为杨起元之号。从《三国志传》是刊行于万历三十八年(1610)这一点来看,序文中所言的癸卯很可能是万历三十一年(1603)。与清白堂之名相似的还有清江堂,同样也是杨姓经营,似乎是一族。清江堂出版了《唐书志传》(嘉靖三十二年)。这类上图下文形式的书是福建版的特色,而包括早期的元刊本《全相平话》(五种现存)在内,似乎全部都是节本。

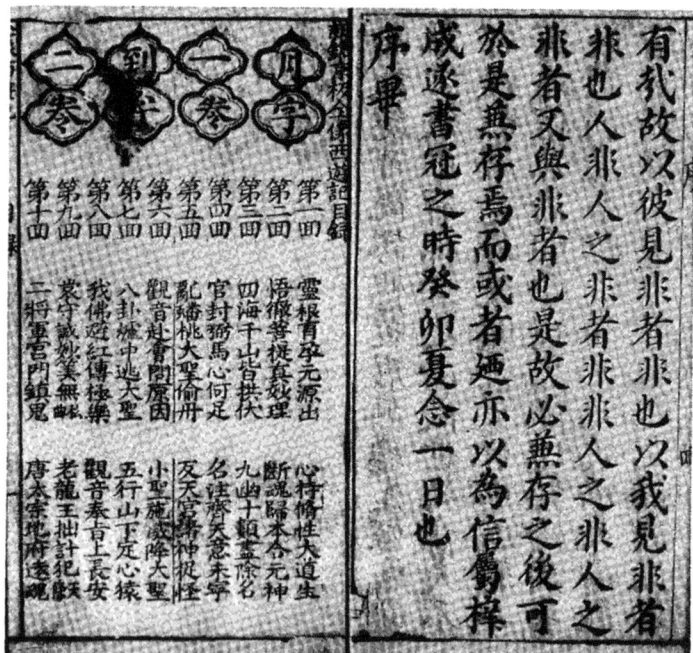

杨闽斋本《西游记》

《唐僧西游记》（蔡敬吾刊本）与杨闽斋本

两者均为世德堂本的省略本。试翻阅第一回，可以发现世德堂本中具有的内容，有些蔡、杨本均无，有些仅杨本没有。在省略的同时，还存在若干文字的改动，但原则上来讲，可以说三本之间的差异并非质的差异，而是量的差异。由此我们还能得到的一条印象是：蔡本是据世德堂本而作的省略本，杨闽斋本又是据蔡本而进一步作的省略本。但从别的点来看，给人感觉杨闽斋本不是据蔡本而作，而是直接据世德堂本而作的例子有很多。例如，世德堂本据《清夜吟》命名的卷名，蔡本中没有，而杨本中大张旗鼓地标示。还有目录中所记的回目，也有一些地方杨闽斋本是与世德堂本一致，而与蔡本不同。前文也已述及，杨闽斋本的陈元之序所据并非蔡本，而是据世德堂本进行了稍微改动（且有误）。

除以上诸点外，从正文来看，杨闽斋本也有直接对世德堂本进行省略，而不是依蔡本的部分。例如第九回，杨闽斋本总体上要比蔡本更为详细。还有，张稍和李定的唱和诗词，世德堂本、李卓吾评本都是十四首，蔡本是八首，而杨闽斋本是十首（后文将要述及的闽斋堂本也是十首，与杨闽斋本相同）。

（四）闽 斋 堂 本

已故奥野信太郎氏藏本。同氏《关于闽斋堂本西游记》（《本の手帖》1961 年 4 月号）中有论述。

卷首有秃老（李卓吾）的《批点西游记序》，文本同浅野图书馆本。序末有"李老批评""闽斋堂杨氏居谦校梓"二印。接下来第一行记有"新刻增补批评全像西游记窠言标题目次"，然后有如下记述：

一窾言

西游记虽小说也。内有玄门之工夫。佛门之宗旨。实关大道焉。读者急须着眼。

西游记说无事真如有事。说假事真如真事。此第一妙手也。文章家如此者甚少。

孙行者非他也。即吾人之心是也。行者之变化非他也。即吾心之变化者是也。人身自有一部真西游记。勿向外面寻索可也。

唐三藏亦非他也。即以为吾人之身藏气。气藏精。精藏神。亦无不可。大抵说一藏字。则不许浅露可知已。

猪八戒亦非他也。即以为戒吾身之不孝不弟不忠不信不礼不义不廉不耻。亦无不可。大抵说一戒字。则不许放肆可知已。以行者为吾人之心猿。以白马为吾人之意马。亦非牵强之言。总是关属之语。

观世音亦不在远。即此心之自在者是也。所以猴头虽千变万化。到底出不得自在二字。不定者终归于定也。语云。谁家屋里没观音。至言也。

如来佛亦不在外。即此心之本来是也。行者变化。心之变也。如来佛心之常也。行者一根头去十万八千里。只在如来掌中。见得心之变出不得心之常之手也。变终归于常而已矣。语传。佛在心头。即此意也。

悟空悟能悟净三法名。空净二字。悟之甚易。唯有能字。如何作悟。盖能亦当空之净之。若留一些能在。便不空净矣。悟能二字。作如此解。方才不是钝人。不然又留却许多查滓矣。如何可以言悟哉。

未批评以前之西游记。市井之书耳。既批评以后之西游记。可供贤士大夫之玩索矣。书之不可无批评也如此。」

以上文句他本中未见。（句读为原本所附。）然后收录了李卓吾批评本（内阁文库藏本）中所见的五条凡例"批着眼处""批猴处""批趣处""总评处""碎评处"里的经过若干省略的文句。但紧接着前文，没有记凡例。

以上亵言结束，然后换行，有：

　　一标题

记载了卷数、回数、回标题。五回为一卷，共二十卷百回。它没有像世德堂本、杨闽斋本那样以《清夜吟》的文字来作为卷

闽斋堂本

名。这样的目录结束后，进入正文。正文各叶均上面是图、下面是文，与清白堂杨闽斋本相同。图也大体相同，但图片两侧的标题未必相同，例如第一叶 a 作"天地混濛，元会初启"。图中用小字记了简单的批评。正文十五行二十六字。第一叶开头用比正文更大的文字刻了"新刻增补批评全像西游记卷之一，仿李秃老批评　闽斋杨居谦校梓"两行。此在每卷开头都有，但文字有若干异同，尤其是有好几处将"杨居谦"作"杨懋卿"。

　　一般来说人们会想象其正文与杨闽斋（清白堂）本接近，但其实未必如此，笔者认为它是以李卓吾本为基础，省略之处则参考了杨闽斋本而作成的。李卓吾本不分卷，而该本分二十卷，这一点也能表明不完全是据李本而来。其省略之处总体上

来看比杨闽斋本更多,因而可以说它是诸本中最为简略的。但是,由于它直接是以李卓吾本为基础,所以其他省略本中没有的部分,有些在该本中存在。试举一例,第一回(六页)中以"春采百花为饮食"开头的七言绝句,在朱鼎臣本、世德堂本、李卓吾本中均有,而蔡敬吾本、杨闽斋本中无,但此闽斋堂本中有。另外从字句的细微异同来看,也可知该本正文是以李卓吾本为基础,然后对之进行了大幅度省略。它将李卓吾本(甲本)上方的批语作简略化处理后收到图片中,这在上文已有述及;而完全省略掉的部分也不少。另外李卓吾本中各回末尾的总批,在该本中也进行了简略处理,同样附在各回末。卷末有大字"崇祯辛未岁闽斋堂杨居谦校梓",钤"清白堂"之印。前述的杨闽斋(杨起元)有可能是闽斋堂(杨居谦)的父亲,而总之同样是从事刻书业。崇祯辛未这个刊行年份,即崇祯四年(1631),比前述杨闽斋本晚了二十八年。

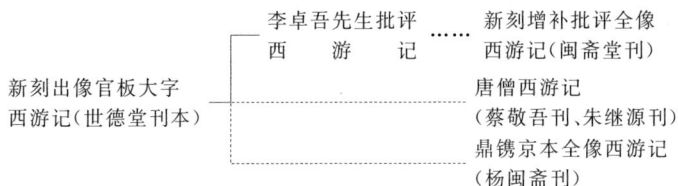

```
                              李卓吾先生批评 ……  新刻增补批评全像
                                 西  游  记         西游记(闽斋堂刊)
  新刻出像官板大字  ┌─────────────
  西游记(世德堂刊本) │                         唐僧西游记
                    │                         (蔡敬吾刊、朱继源刊)
                    └┈┈┈┈┈┈┈┈┈┈┈┈┈
                                             鼎镌京本全像西游记
                                             (杨闽斋刊)
```

注:实线表示同一,虚线表示省略。

十五

小　结

以上十四章，大体上按照时代顺序和资料种类对《西游记》的成立过程进行了详细考述。其中有很多是笔者的创见，学界未知的新资料也不少。以下为便于方家理解，将对至此为止的论述作一综合性概括，同时也将简单探讨前文限于篇幅而不得不割爱的清代本等。另外，以上诸章中未能言及的情况，在此也加以若干补充。

（一）唐代的西游故事

西游故事最为原始的祖型，由《般若心经》与观音菩萨这两者构成。本书第五七页提及的《唐梵翻对字音般若波罗蜜多心经》（敦煌出土 S.2464），载有从西京大兴善寺（《历代名画记》的兴善寺?）的石壁上录出的序文，这宛然可以称为一篇小《西游记》。由于其字句有误，在此译出梗概：

> 大唐三藏在取经途中，投宿于益州的一座寺庙，遇到一个病僧。三藏讲了取经之志，这个僧人说道：

> 为了法而不顾惜己身，诚然稀有。然五天竺路途迢递，有十万余程。途中渡流沙，弱水波涛汹涌，深不可测。（笔者注：后世将弱水与流沙河等同，但此处未明言。）在此之前是荒凉寂寞的世界。早晨过雪峰，日暮宿冰崖。树上栖猿猴，周围多魑魅。葱岭山连着山，飘着带子一样的白

279

云;灵鹫山树木丛生,碧绿的峻峰高耸入云。路途如此多难,该如何行进呢？我这里有三世诸佛的心要法门(指《般若心经》),如果认真地记住,往返就都能得到护持。

说完,僧人向法师口授。翌日早晨,僧人消失不见了。三藏收拾行装启程,离开了唐的国境。途中遭遇厄难或食粮吃尽时,凭记忆念诵《心经》四十九遍。迷路时,出现指路人;饥饿时,出现美味佳肴。只要怀着诚意祈祷,就总是能得到神佛的助佑。

三藏到达中天竺的那烂陀寺,在梦寐以求的经藏周围绕行瞻仰,突然之间,竟遇到了之前的僧人。僧人说道:

穿越险阻之地,终于来到这里。幸亏我曾经在中土向你传授了三世诸佛的心要法门,由此经之力,护送你的行途。得到经书之后,你就早早归国,实现你的心愿。我是观音菩萨。

说完,僧人升往高空。

以上应该是唐五代时期西游故事的骨架,实际上可能还有龙、摩顶松等附加成分。另外这篇文章,据说是从寺院的石壁上录出。此与最澄将来的注有"大唐拓本"的《梁武帝评书》(参本书第五八页)一起,是文学史上值得注目的文献。可以推测,寺院内所设的石经中,不乏包含传说性、小说性要素者,这些为说书先生之祖——俗讲僧提供了材料。

(二) 北宋的西游故事

《诗话》的内容,至晚在北宋时期已经成立。但不能保证该元刊本连字句这些细节全部都是北宋或者此以前的原貌。然而认为其主体——取经故事是元代的这种观点，在《西游记》成立史上是与实际情况不符的。

这部小说的特色，首先是把时代设定为唐玄宗时期。《诗话》和《取经记》的开头部分缺失。这也许是认为这一部分记载的玄宗命令玄奘取经的故事荒唐无稽，所以故意将其破坏。第二个特色是三藏随从猴行者的出现。无著道忠在其《禅林象器笺》当中，认为禅林的行者是从卢行者（六祖慧能）开始。他所谓的行者，是指有志于佛道但尚未剃度为僧的带发修行者（学徒）。《诗话》的猴行者应该就是此类。其次可见后来的沙和尚的前身——深沙神。但他没有成为三藏的随从。守护三藏的佛，不是观音，而是毗沙门天，这虽然也许是受毗沙门天信仰流行的影响，但非常特殊。《诗话》第三中，写到毗沙门天赐了隐形帽、金镮锡杖、钵盂三样东西。虽然没有明记究竟是赐给了谁，但由于法师有答谢之语，所以很可能是赐给了三藏。然而第六中猴行者将金镮杖变为夜叉，打败了白虎精。第七中猴行者将金镮锡杖变为铁龙，与九龙战斗。诸如此类含糊的记述，《诗话》中颇多。金镮锡杖大概就是后来的金箍棒。

（三）南宋华南的西游故事

关于南宋之际华南地区发达的西游故事，有一些零碎的文献，而通过福建省泉州开元寺石塔的雕像，我们可以知道其出场人物。此塔为八角五层塔，各层一面均有两尊雕像，即每层有十六尊。其西塔（仁寿塔）第四层的十六尊雕像，推测是华南海滨僻壤流行的西游故事的出场人物。

其中，据雕刻的题铭（粗体字）和推定的名称确实者，是南面的**唐三藏**与**梁武帝**、东北面的猴行者与**东海火龙太子**、西面的观音菩萨与**大势至菩萨**（即阿弥陀如来的两侧侍立者）、东面的**日光菩萨**与**月光菩萨**。北面的菩萨名称不明。总而言之，正方位（东、西、北）是菩萨；正方位中，位次最高的南面由唐三藏与梁武帝占据。此二人并非菩萨，但受到了与之同等以上的高贵待遇。中间方位（东南、西北、西南）设有持武器的神将，但名称不明。东北面的猴行者与东海火龙太子，大概也是神将中的一员。

正如以上所见，雕像的配置构成了井然有序的体系，决非随意设置。不仅仅是猴行者、东海火龙太子，六菩萨、六神将也是取经的保护者，这大概是杨东来本《西游记》（称为《杂剧》）中十大保官的前身。

猴行者的"行者"这个称呼，与《诗话》中的行者不同。此为足迹遍布诸州的祈祷师。关于其装扮，可以根据文献及雕像得知，但没有持棍棒（明本的金箍棒）。据永福僧人张圣者之诗，猴行者曾在海上往返。华南从很早开始就与南海诸国的交通很发达，人民雄飞海外。尤其泉州是当时世界上屈指可数的大贸易港。西游故事与海发生关系，也许正是由于这个原因。命令唐三藏去取经的，推测是梁武帝，而这似乎起因于武帝与龙的关系。梁武帝为华南地区的人所崇拜，也许是以可能为武帝所作的《梁皇忏》为媒介。

（四）元代的《西游记》

元本《西游记》现不存，而根据朝鲜流传的汉语会话书《朴通事谚解》，可以推测其梗概。

前述的华南地区的西游故事先后传到华中、华北,人们被其天方夜谭一样的有趣情节吸引入迷。但无论如何也不能让人信服的是,将唐三藏设为梁武帝时候的人。即便是无知无学的村夫,也会觉得这太离谱。焉知华南地区的人,是把唐三藏理解成中华的三藏。而对此毫不知情的华中、华北人,把梁武帝从这个故事中抹消,以唐太宗取而代之,然后导入了关于太宗的一些传说。猴子开始有了叫孙悟空的名字,朱八戒(明本的猪八戒)与沙和尚也加入到取经队伍中。"西游记"这个书名也是在这个时候成立的。

关于悟空的装扮,《朴通事谚解》中没有记载。而元代乔吉的杂剧《两世姻缘》第一折写道:

> 俺娘休想投空寨,常则待拽大拳,恰便似老妖精曾吵闹了蟠桃宴,凭着那巧舌头敢聒噪了森罗殿,拖着条黄桑棒直输磨到悲田院⋯⋯

这里所说的搅乱了蟠桃宴的老妖精,无疑是孙悟空。另外大闹森罗殿(阎魔的宫殿)、从生死簿上把猴子的名字勾销的情节,见于明本第三回。黄桑棒一语双关,殆指悟空手里拿的棒和剧中母亲的手杖。诸如此类,在《朴通事谚解》以外的资料中,也有有助于我们推测元本样貌的文献。

元本的悟空与明本的悟空有很显著的区别。元本的悟空是好色的妖猴,曾把金鼎国公主攫入洞中,偷西王母的绣仙衣送给她。但这只妖猴大概生于华南。猴子从三藏那里得授悟空之名,应该有戒除好色的意味。这只野兽成为三藏的弟子,在旅途中被佛教感化,性格也变成人类的,最后转世到天上,这似乎是元本《西游记》的主题。这样的主题中包含了当时在蒙古铁蹄下苟延残喘的中国人的愿望与自信,是蒙古族终将被汉民族同化的预言。

八戒的名字,似由来于佛教的八斋戒(不杀生、不偷盗、不淫欲、不妄语、不饮酒等,在家人的八种戒律)。《朴通事谚解》中仅仅只能看到这个名字,而据《杂剧》来看,八戒似是一个好色的大肚汉。明本也同样如此。八戒后来转世为净坛使者的情节,是讽刺贪吃的人即使死了也改不了这个毛病。净坛的意思是把法坛上的供品全部吃光。初次出场的沙和尚是《诗话》中深沙神的后身,然形象并不明确。

(五)明代的《西游记》

到了明代,《西游记》产生了若干异本,内容似在逐渐增加。虽然有些书籍本身现在没有流传,但这可以根据零散性资料想象出来。

其中,堪称划时代的整理、集大成作品是《西游释厄传》。该文本现亦不存,但现存的《西游记》卷首皆冠有歌咏此书名的诗(书名有小异)。

该书的故事情节,可以认为基本相当于在世德堂本(世本)的基础上再加玄奘出生故事。其字句似不失民间文学的素朴稚拙。世本全书分为百回,之后的文本也采用同样的形式。但《西游释厄传》未分回,在前面附有标题的短故事(暂且称为则)一个接一个顺次排列,即似是一个分则本。分则本一般情况下各则不标示第几则。《西游释厄传》大概也同样如此。

后述的朱鼎臣本(朱本)的前半(为计算方便,暂且设为到第 45 则为止)里面,去除在世本中没有相应部分的玄奘出生故事八则后的三十七则,与世本的十四回相当。照此推算,《西游释厄传》似为总共超过二百五十则的庞大且详细的书。可以说，《西游记》在本书中基本上已经完成了。

现存的明刊本《西游记》有若干种。关于其系统，本书第二六〇页与第二七六页已有图示。明刊本中，最为重要的是世本、朱本、杨本（杨至和本）这三本，其内容对照表在第一九三页已经列出。三本都对研究至关重要，如果没有这三本，研究也就无从进行。朱本与杨本省略过多，不适合作为读物。世本内容丰富、文章详密，最为完备。历经长年累月不断成长的《西游记》，至世本为止已经成长到了最大限度。世本堪称明刊诸本的代表。笔者在本书中说到明本时，广义上是指明代的文本，而狭义上专指世本的情况较多。然而世本有繁缛之嫌，不时有重复，同样也不适合作为读物。因此，之后的文本逐渐向着缩小的方向演变。《西游记》的文本，可以分为繁本与简本。明刊本中，杨本是简本，朱本是前繁后简本，世本与李卓吾本是繁本。其余虽是省略本，但没有像清刊本中的简本那样进行极端省略，所以也应归入繁本。

世本最大的特色，是删除了以散文记述的玄奘出生故事。玄奘之父陈光蕊，被长江的水盗所杀，妻子被水盗掳走。在父亲死后出生的玄奘被流到江里，金山寺的僧人捡到后把他养育成人。这一段也称陈光蕊故事，玄奘幼时称为江流和尚。这个故事的散文记述在世本中没有，而可能在世本的先行本——鲁府本中就已经被删除了。

明本的孙悟空，与元本的明显不同。悟空这个名字，变成是从须菩提祖师那里得授的。本来须菩提是释迦十大弟子之一，而明本中变成了道教的祖师。悟空曾学习道教，成了仙。世本第二十五回等所见的太乙散仙、第四十九回等所见的太乙金仙，是悟空在成为三藏弟子前的称呼。悟空放弃学道，皈依佛门。除此之外，世本中还有一些可以看出是道教性质的润色之处。须菩提祖师在朱本中也曾出现，由此推测其道教色彩在《西游释厄传》中就已经存在了。但是,我们无法推测出是《西游释厄传》首次加入了道教色彩,还是比它更早的元本中就已加入。

悟空的形象变成是人类的、英雄的,是一个争强好胜,虽然看起来有些小邪恶但绝对不想做伤天害理之事,还具有超能力的英雄。悟空成了被万人所喜爱和亲近的快乐的猴子。

悟空头上戴的金箍是由行者的界箍演变而来。明本中悟空带着金箍棒,这似乎也是行者的所持物品。四十回本《平妖传》第十回,可以看到名叫石头陀的品德恶劣的行者。这个行者带着一根两端用铁包裹、与身体差不多长的棍棒。金箍棒也许是从这个行者所持的棍棒联想而来。看明刊李卓吾本《平妖传》的图,行者确实戴着界箍。但其头顶上剃成了圆形,等等,与武行者(本书第五四页)不同。总之,行者本身大概也随着时代而变迁,也有地方性差异。

元本的朱八戒在明代改成了猪八戒。本来是猪,而姓是朱(与猪同音)的设定比较恰当。这也许是为了避明朝的国姓"朱"之讳而修改。猪悟能、沙悟净的名字,似乎也是明本创造出来的。

《西游记》异想天开的趣味、故事情节的复杂,至世本达到了极点。试比较元本车迟国的情节与明本第四十四回车迟国、第八十四回灭法国的情节,就很容易理解明本的进步是多么巨大。但是,世本中诗词、形容性语句非常多,同一内容也经常有重复,作为读物有过于冗漫之嫌。

世本以后的明刊本也有若干种,而都是引用了世本系统。其中李卓吾批评本是在世本的正文里加评语,其他或多或少有省略的部分。不过这些省略没有像杨本那样严重,所以不是很显目。玄奘出生故事在这些刊本中没有。总而言之,世本范围以外的特殊明刊本,不外乎杨本和朱本,除此二者外没有其他。

（六）清代的《西游记》

清刊本中，《西游证道书》是最早的，刊行于康熙初年。它由汪淇、黄周星编和评，是具有玄奘出生故事的百回简本。该书附有元代虞集天历己巳（1329）的《原序》。序文写道，该小说是元初的长春真人丘处机所作，紫琼道人（张模）给虞集看了此书并索序。由此，之后的清刊本全部相信《西游记》是丘长春之作。该书的特色是把玄奘出生故事归并成一回，作为第九回插入；重编原来的第九～十二回，变成第十～十二回。以后的清刊本皆模仿之。据汪淇的评语记载，此第九回的文本，似是从大略堂《释厄传》这个古本中得来。大略堂这家书肆实际上是否存在，不好判断。或许这只不过是暗示了此古本《释厄传》是个简略本。《西游证道书》的行文极其简单，诗词等很多被省略了。评语标举仙佛同源说，同时也展现出明末文人的游戏性笔致。编评者可能是明代的遗老。

该书在之后被改作成名为《西游真诠》的十卷省略本。书中没有一处提到《西游证道书》。它附了虞序，罗列了金圣叹、汪憺漪（汪淇）、陈士斌、李卓吾之名作为评者，但实际上只有第一回录了憺漪子的一条评语敷衍了事。

比《西游证道书》晚些时候，附有康熙丙子（三十五年）尤侗序的《西游真诠》刊行。其版本极多，不暇枚举。其中最重要的是静嘉堂文库藏本，有康熙甲戌（三十三年）悟一子陈子斌的自序。此自序在他本中似未见。这是一部有玄奘出生故事的百回简本，但省略程度不及《西游证道书》。此《西游真诠》不分卷，这一点是它与前述的十卷本《西游真诠》（实际是《西游证道书》的省略本）的区别。

《西游真诠》有少许改动明本的地方。例如世本第四十四回中，有八戒把三清（道教最高的三神）的塑像投入厕所的情节，而本书改成了投入池中。总之本书进行了符合常识的编集，总体上繁简得宜。不知是否由于这个原因，它在清代非常流行，提到《西游记》的话基本上就是指此书。之后的刊本，例如刘一明的《西游原旨》（嘉庆十五年）、含晶子的《西游记评注》（光绪十七年）等，正文都是据此书而作。

想来像《西游记》这样的中世性质的小说，所谓的作者原作、原本是不存在的。所有的文本，都在发展史上占有自己的一席之地。世本固然是《西游记》增大的极点，但并非只有增大才是发展，缩小也可以算是一种发展。可以说，《西游真诠》是成形的适合作为读物的《西游记》的代表。世本中矛盾、不统一、重复等情况颇多。这是世本继承古本留下的痕迹，在研究上具有重要价值。但如果通过省略化来消除这些缺陷，这不也是一种进步吗？

乾隆十四年，张书绅的《新说西游记》刊行。这是作者署长春真人的百回本，有玄奘出生故事，这些与其他所有的清刊本相同。正文使用了世本系统的繁本，有附会宋儒真德秀（西山）《大学衍义》的评语。它将清代以来久不为人所知的明本正文展现给广大一般读者，功绩巨大。但是，插入玄奘出生故事之处，由于张书绅的疏忽而使得第九回与第十回的开头重复了。他本中，没有这一重复。另外本书似还有改换书名的版本（也许只是把封面等换掉），还有石印本和铅印本。战前流行的亚东图书馆本，虽然号称是依据《西游正旨》而作，但这似乎并非《通易西游正旨》，而实际上是《新说西游记》。

战后广为流行的是作家出版社本（1954年）。它在依据世本的同时，又删除了陈元之的序，另外对于第九～十二回，采取了与清刊本相同的简单处理，缺乏严谨性。世本（实为先行的鲁府本）是在删除了玄奘出生故事之后，将全书分成百回，之前应该没有包含这个故事的百回本。推测在早期有这个故事的阶段，《西游记》还不是分回本。作家出版社本那样的版本，直到清代《新说西游记》刊行之前，是不存在的。人民文学出版社本（1980 年）的形态保留了明代的样貌，把玄奘出生故事作为附录插在第八回和第九回之间。这是唯一正确的处理，但遗憾的是陈元之的序被省略了。

（七）翻　　译

日本的《西游记》译本，江户时代刊行了两种（参本书第一八四页）。这是倾注了先人无数心血的翻译，故在此再稍加说明。最初的译本《通俗西游记》为五编三十一卷：

初编六卷　　口木山人译　　宝历八年刊

后编六卷　　石磨吕山人译　　天明四年序刊

三编七卷　　石磨吕山人译　　天明六年刊

四编六卷　　尾形贞斋译　　宽政九年序

五编六卷　　岳亭丘山译　　天保二年刊(?)

全书的刊行，实际上花费了七十余年。翻译使用的底本似是《西游真诠》，例如四编的末尾译出了悟一子的参解。假名全部使用片假名。虽然没有插图，后编开头却例外地刊载了出自十卷本《西游记》的图画。至第六十五回为止是摘译，但比《画本西游记》更详细，也明确标示了回数。该书只有木版本，没有活版本。

初编的译者口木山人即西田维则，所谓口木可能与其出身地朽木村（滋贺县）有关。包括通俗文学的翻译在内，西田有数种著作，明和二年没。石磨吕山人据载是江户时代人，其余信息未详。据传尾形贞斋还著有《唐韵指迷》，然此书现似不存。他大概是一位汉学家。岳亭丘山是画家，师从北斋，还有《本朝恶狐传》等著作。

接下来是《画本西游全传》（"画"又作"绘"）四编四十卷：

初编　口木山人译　吉田武然校　文化三年泷泽马
　　　琴序

二编　山珪士信译　文政十年序

三编　岳亭丘山译　天保四年序

四编　岳亭丘山译　天保六年序

各编十卷，刊行应该比序的日期多少晚一些。

此书与前者一样应该也是据《西游真诠》的摘译，而省略更多，另外没有标示回数。假名使用平假名。

初编的译者口木山人在刊行前约四十年就已经亡故，因此这部分应该是校者吉田武然的重译，文章显然不同。但《通俗西游记》中竟然也记有吉田武然的名字，这不可思议。二编应该是山珪士信的重译。士信是著名文人，有《绘本楠公记》等，弘化三年没。

该书正如书名中的"画本"所言，有插图，记有画师的姓名。初编为大原东野所绘，二编为歌川丰广，三、四编为北斋。三、四编的译者是岳亭，因此这两编可以说是师徒合力之作。初编所冠的马琴之序，是秣陵陈元之《刊西游记序》的重录。这大概是有人向马琴索序，于是马琴没有亲自执笔，而赠送了这一篇。陈序的日期壬辰被省略，而根据其他特征，可以推定是世本所附的序（参本书第二七一页）。先人一步公表这篇重要的序文，具有惊人的远见卓识。

　　《画本西游全传》中有著名士人的名字，同时是带有插图的全书翻译，不知是否由于这些因素，它非常流行。明治以后，《帝国文库》本、《葵文库》本、《有朋堂文库》本等为数众多的排印本接二连三地出版。

　　在净土真宗当中，说教布道是重要的仪式。其情形在藤村的《破戒》以及丹羽文雄的小说中有描写，因此知道的人大概很多。然而不太为人所知的是，存在将《西游记》作为说教本整理而成的题为《玄奘三藏渡天由来缘起》的珍贵写本（参本书第九章）。

　　明治以后，有很多译本出版，但它们要么是摘译，要么是半途而废，在今天没有参考价值。笔者与鸟居久靖共同翻译的《中国古典文学全集》（后为《中国古典文学大系》）本，是据《西游真诠》的全译。小野忍译《岩波文库》本，是据李卓吾本的全译，每册收十回，已刊行到第三册。正如前文所述，日本现存的世本，或是残本或有破损，因而以李卓吾本代之实属不得已。随后的君岛久子译本，是以儿童为对象的摘译。

　　英译本一向都是摘译，没有佳本。较为有名的是 Waley 的 *Monkey*，1942 年出了初版，后有重版。这是据亚东图书馆本的摘译，全卷压缩成三十章。Anthony C. Yu 的 *The Journey to the West*，是据作家出版社本的四卷全译，1978 年初版，还有台湾版（台湾版第四卷未见）。

　　法语译本有 Louis Avenol 的 *Si yeou ki*。此为据所谓 1909 年上海版这一不太为人所知的文本而译的二卷近千页，1957 年初版。里面不仅省略了诗词，散文部分也是简单地译出。

　　俄语译本有 A. Rogačev 和 V. Kolokolov 的 *Putešestvije na zapad*。全书四卷，是共达 1 945 页的大册，据作家出版社本的全译（1959 年）。作为繁本的全译，这是世界上最早的力作，遗憾的是不明之处跳过了，另外失误也不少。

表1 主要人物形象的变迁

　　现将《西游记》中出场的四个主要人物的相关事项,整理成一表。然地名中,即便是与特定人物有关系者,也置于表2。世本中表示回数(粗体字)的细目,见于表2者亦为数不少。

　　在人物和事件后,推定其进入西游故事的时代,以( )表示。(宋)一般指北宋,(南)为南宋华南之略称。"出身"大致是登上取经旅途前的经历。

三藏法师

玄奘(史实) 3,12,37,51,76

唐三藏

〔唐朝的三藏〕(唐～明) 53,59

〔中华的三藏〕(南) 53,282,283

大唐三藏(唐～) 17,115,279

三藏法师(唐～) 12,27,34,58

唐僧(元明) 89,97,99

圣僧(明) 53,121

圣僧罗汉(明) 121

了缘 111

前世

　数回取经失败(宋) 27,28,34,50,134

　金禅子·金禅长老〔金色禅者迦叶〕(明) 120

　毗卢伽尊者(明) 53,120,121

深沙神（宋）　　13,27,28,50,81,125,281

沙和尚（元～　）　　28,50,81,98～100,125,158,281,283

沙悟净（明）　13,28,45,81,178,286

出身　　世本 **8,22**

卷帘将军（明）　125

转世为金身罗汉（明）　84

表 2　《西游记》的来源与异同

　　为了解世本中所见的人名、妖怪名、地名等的来源与异同，而制成此表。各项首先用粗体字表示世本回数，然后列出它们的固有名词，再将人民文学出版社本的页码标注于括号中。主要人物在表 1 中已进行整理，而与此有关的地名则整理于本表。

回	（人民文学出版社本页码）	本书页码
1	花果山（*2*）	24,71,77
	水帘洞（*5*）	24,71,77
	紫云洞·紫云罗洞	24,77
3	千里眼·顺风耳（*40*）	90
4	托塔李天王（*47*）	25,211
	巨灵神（*47*）	33,71
6	二郎神·灌口二郎·显圣二郎真君等（*68*）	71,74,80,90,126,135,250
7	五行山（*83*）	77,80
8	释迦造经（*88*）	49,75,179
	苏武慢（*88*）元·冯尊师作	
	三藏真经（*91*）	34,70,75
	观音（*91*）	4,25,50,58,70,75～77,169,279～282
	流沙河（*93*）	50,51,98,99,104,160,279
	沙河	4,6,28,125

表 2 《西游记》的来源与异同

表2 《西游记》的来源与异同

29 百花羞（*366*）　　207

　　宝象国（*368*）　　86,106,125

　　　金鼎国　　106,125,182,283

32 金角银角（*416*）　　178,208

36 诗〔前弦之后…〕（*468*）宋・张伯端《悟真篇》

37 乌鸡国（*471*）　　87,179,183,209,233

39 狮猁王・青毛狮子（*509*）　　87,105

　　狮子怪　　87,105,183

40 牛魔王（*521*）　　101,105

　　罗刹女（*521*）　　29,87,126. cf.**59** 铁扇公主,**80** 姹女

　　　鬼子母　　28～30,56,87,100,126,133

　　红孩儿怪（*521*）　　29,87,100,101,104,126

　　　红孩子　　179

　　　爱奴儿　　29,100,126,130

　　　火孩儿　　126,130

43 黑水河（*554*）　　50

　　长沙？　　50

44 车迟国（*567*）　　88～90,102,104,179,209. cf.**84** 灭法国

　　三清（*577*）　　288

45 祈雨比赛（*584*）　　89

46 法术比赛〔斗圣〕（*591*）　　89,90

47 通天河（*606*）　　50,51,159

　　金沙　　50

　　寒冰池？　　150,157,159

49 金鱼精（*639*）　　51,158

　　乌龙精？　　158

　　鱼篮观音（*639*）　　50,155

53 西梁女国（*682*）　　30,87,127

表2 《西游记》的来源与异同

83 哪吒刮骨还父（*1060*）《五灯会元》卷五投子章

84 灭法国（*1066*）　　102,104,106,210

　　钦法国　　210. cf.**44** 车迟国

93 给孤独长者（*1173*）给孤长者　　129

95 玉兔（*1199*）　　210

96 华光菩萨（*1214*）　　122

98 凌云渡（*1231*）　　51

　　彼岸（*1232*）　　51

　　　百梅岭　　51,160

　　经典五千零四十八卷（*1242*）　　34,51,84

　　　　五百六十余函　　51

99 八十一难〔灾难簿〕（*1243*）　　85,227,249

图书在版编目(CIP)数据

西游记研究/[日]太田辰夫著;王言译. —上海:复旦大学出版社,2017.12(2021.5重印)
(日本汉学家"近世"中国研究丛书/朱刚,李贵主编)
ISBN 978-7-309-13330-1

Ⅰ.西… Ⅱ.①太… ②王… Ⅲ.西游记研究 Ⅳ.I207.414

中国版本图书馆 CIP 数据核字(2017)第 262325 号

上海市版权局著作权合同登记图字:09-2017-1099 号

SAIYUKI NO KENKYU by OTA Tatsuo
Originally published in Japan by Kenbun Shuppan, Tokyo. 1984.

西游记研究
[日]太田辰夫 著 王 言 译
责任编辑/张旭辉
复旦大学出版社有限公司出版发行
上海市国权路 579 号 邮编:200433
网址:fupnet@ fudanpress.com http://www.fudanpress.com
门市零售:86-21-65102580 团体订购:86-21-65104505
出版部电话:86-21-65642845
常熟市华顺印刷有限公司

开本 890×1240 1/32 印张 9.75 字数 216 千
2021 年 5 月第 1 版第 2 次印刷

ISBN 978-7-309-13330-1/I·1073
定价:58.00 元